U0907897

江苏凤凰文艺出版社
JIANGSU PHOENIX LITERATURE AND
ART PUBLISHING

图书在版编目（CIP）数据

穹顶守望者 / 卫云七著 . -- 南京 : 江苏凤凰文艺出版社，2021.11
ISBN 978-7-5594-6124-7

Ⅰ．①穹… Ⅱ．①卫… Ⅲ．①幻想小说－中国－当代
Ⅳ．① I247.5

中国版本图书馆 CIP 数据核字 (2021) 第 141196 号

穹顶守望者

卫云七 著

责任编辑 白 涵
出版发行 江苏凤凰文艺出版社
南京市中央路 165 号，邮编：210009
网 址 http://www.jswenyi.com
印 刷 三河市京兰印务有限公司
开 本 880mm × 1230mm 1/32
印 张 10
字 数 248 千字
版 次 2021 年 11 月第 1 版
印 次 2021 年 11 月第 1 次印刷
书 号 ISBN 978－7－5594－6124－7
定 价 46.00 元

Contents

目录

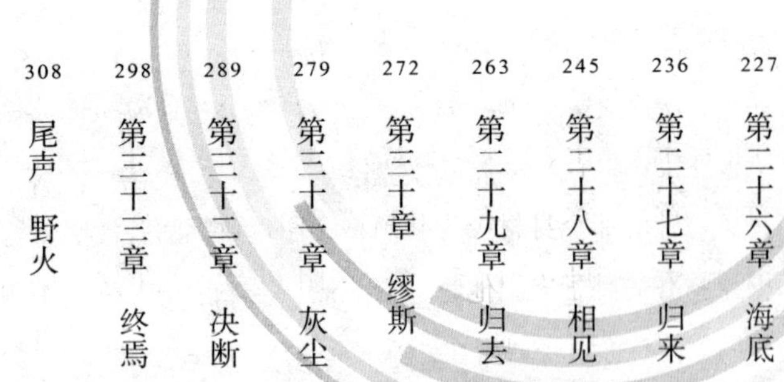

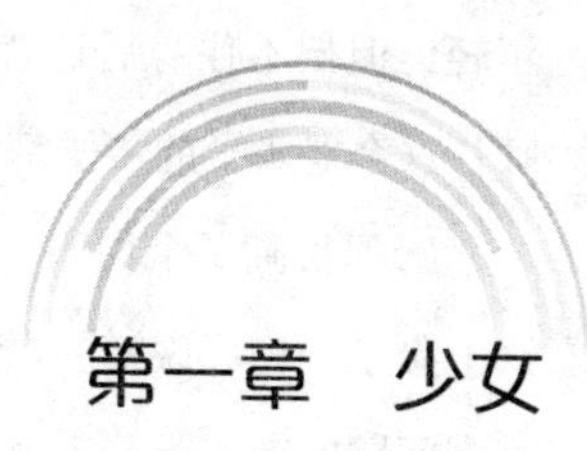

第一章　少女

炽烈的太阳给“波顿穹顶”那透明的薄膜镶嵌上了一层油润的金色，像是在给它荼毒大地的暴行摇旗呐喊。

这个时节，即便是经验最为老练的猎人，也不敢在这灰白色的荒原之上冒头。但偏生有这么一伙人，恍若不要命一般，顶着足以把人烤成焦炭的烈阳，在苍白色的沙丘之间穿梭不停，活像是一群不怕死的鼹鼠。

在这队人的最末端，远远地跟着一老一少两个身影，老的那个浑身披着破旧的防沙服，一张脸也用棉布裹了个严严实实，只把一双浑浊的眼珠子露在外面，若不是他佝偻的身体暴露了他的年纪，只从他矫健的步伐来看，根本看不出他是个老人。

年轻的那个身材极为壮硕，即便是宽大的防沙服也遮掩不住他那一身精壮的腱子肉。他将一口大锅顶在脑袋上，抵挡头顶的阳光，但即便如此，他那张裸露在外的清秀脸庞，也早就被高温烤得通红。

“厨师长，您说咱们这些天为什么要在白天做事儿？这太阳毒的，要出了人命了。”年轻人喘着粗气儿，带着一丝埋怨地说道——他虽然年轻，但架不住身后还背了一大包补给，一路跟随队伍走到已然连厨师长这个老头子的步子都快跟不上了。

厨师长翻了个白眼，没好气地伸出手来，在年轻人头顶的那口大锅上敲了一记，说道：“邹斯威！菜鸟就要有菜鸟的觉悟！哪儿来的这么多问题？老实跟着走就是了！”

被唤作邹斯威的年轻人吐了吐舌头，脸上变戏法似的挂上了一副谄媚的笑容，说道：“您就给我说说看呗，是不是和队长请来的那个高个子有关系？”

他一边说着，一边向着队伍的最前端努了努嘴。却见队伍领头的，是个皮肤里泛着病态苍白的高瘦青年。这人也不知道怎么想的，在这种时候居然穿一身深黑的防沙服。这也就算了，居然连个面巾都不戴，把一张毫无表情的扑克脸就这么裸露在外，仿佛在向着天空中的烈阳发出最轻蔑的挑衅。

厨师长听到邹斯威此问，干咳了一声，说道：“你这小子，猜都猜到了，还问个什么劲儿？那是队长在荒原上花高价钱请来的向导，听说名叫秦立，是个独自在荒原上活了十好几年的野火。”

“野火？你们这地界儿也有野火？”

“什么你们我们的，我看你小子是热昏了头了，那感染过‘洛基’苟活下来，又不住在波顿城里的，不叫野火叫什么？”厨师长没好气地啐了一口，顺手又在邹斯威头顶的那口大锅上敲了一记。

邹斯威脸上依旧是那股子谄媚的笑容，心中却是暗呼好险，方才差点儿就把话给说漏了：他十天之前才刚刚接到“上边儿”委派的观察任务，来到此处穹顶，压根儿就还没习惯自己身份的转变。只是不知道“上边儿”那些人是怎么想的，自己在整个01序列的观察员里综合成绩排第一，但怎么说也是个才刚刚接触观察任务的菜鸟，怎么就能把自己一个人派来执行任务？给的伪装身份还是个什么探矿队的队员，进来这么多天，自己连这个穹顶的主城“波顿”的样子都还没见过，搞什么观察……

心思电闪之间，却听见队伍前端传来一声激动人心的欢呼。厨师长听到这声喊，转身就是一巴掌又扇在了邹斯威头顶的大锅上，语气兴奋地说道：“找到了！找到了！这向导果然是名不虚传，这才来了几天……”

“不就一矿脉吗？找到了又有什么好稀奇的……”邹斯威只觉得自己脑瓜子嗡嗡的，揉着耳朵喃喃道。

却没承想这声抱怨被厨师长听了去，老头子二话不说，照着铁锅便又是一记，嘴里恨铁不成钢地说道：“你小子懂个屁！我们这些探矿队在荒原上找到矿脉，探明储量，拿回波顿城，就能直接换取矿藏储量价值六成左右的信息费，光是匀到你小子头上的，都是你在温玉阁里卖一辈子都换不来的钱！”

邹斯威再也无话，傻愣愣地看着队伍前方那抱在一起欢呼雀跃的人群，也不知道是被厨师长敲傻了，还是听到这么大一笔飞来横财就要落在自己头上，惊喜到无法言语。

天刚刚暗下来，这处三面被矮丘环绕着的谷地便开始热闹了起来。

火星舔舐着烧架上肥硕的猪后腿肉，金黄的油脂吱吱作响，裹挟着厨师长不断洒下的各式香料，以及男人们粗犷的歌声，乘着一股子热气儿，直冲云霄。

邹斯威全神贯注地盯着面前的烤肉，他和这支探矿队里的其他人都一样，在荒野里跋涉了一个多星期，这还是第一次正式歇下来，吃上一口肉，此时如果不做好准备，一会儿估计连根烧焦的猪毛都抢不到。

这般集中注意力，邹斯威很快便发现了有一个人抱着手臂站在篝火的阴影里，火光只能照出他一个大致的轮廓——高而消瘦。

邹斯威还记得白天时分从厨师长那儿套来的信息：这人叫秦立，是探矿小队外聘回来的荒野向导。今天晚上大家能吃上肉，他算是头号功臣，进队三天，他带着大家不断在荒野内前进，几乎没有走什么弯路，就顺利找到了这处矿藏，虽然此刻他们只探明了一个大概的储量，但是从今天晚上的庆祝行为也不难看出来，这次他们赚大发了。

他们赚大发了，向导自然也能赚大发，但邹斯威却根本没办法从秦立的身上看出任何即将赚钱的兴奋。即便只有一个轮廓，也不难发现他的身体绷得笔直，就像是一只随时准备逃跑的兔子。也就在此刻，秦立似乎发现了有人在打量他，循着目光看了回来，邹斯威惊惶挪开视线，不由自主地打了个寒噤。

就这不到半秒的对视，邹斯威居然惊出了一身冷汗，他知道自己的判断出了问题，这个人绝对不是什么准备逃跑的兔子，而是一条随时可能择人而噬的毒蛇。

邹斯威的大脑立马开始飞速运转了起来，他和周边这些正儿八经的探矿人可不一样，探矿人只是“上边儿”给他的一个伪装身份，按照道理来说应该是完全安全的才对，咋上来就遇到了这种情况？难道他的身份已经暴露了？不可能啊，这个“穹顶”还处于封闭状态，里面的人应该完全不知道外面的事儿，不然“上边儿”吃饱了撑的叫他进来执行观察任务……

“砰！”

一声枪响打断了邹斯威的思绪，猩红的热能光线从黑夜里突然袭来，穿透了熊熊燃烧的火堆，正中烤肉架前的厨师长。

没有尖叫，没有哭喊，人群头顶的歌声甚至都还没消散，密集的枪声便雷霆般连绵不断，热能光线如同飓风席卷，瞬间摧毁了探矿小队的临时营地。好在邹斯威在枪响的一瞬间便条件反射地向后躺倒，这才在这致命的风暴里捡回了一条小命。他人还没有起身，便开始在一片混乱的光线中寻找秦立，却只看见了一个行将远去的高瘦背影。

千钧一发之间，邹斯威心中只存了一个念头：这秦立应该有鬼。于是他腰身一弹。离开了地面，半蹲着激活了腰间的探矿索带，冲着秦立直接发射。这东西本来是野外勘探时的安全保障，起到链接队友或者锚定的作用，也活该秦立倒霉，身边一个旁人都没有，索带直接锁定了他的腰间，精准地链接了上去，紧接着，一股巨力自腰间袭来，被索带链接着的两人，就像两块磁铁，即将结结实实撞个满怀。

却见秦立双足发力，站稳身姿，手里直接亮起一道红光，麻利地向着腰间斩切，瞬间切断索带，头也不回地继续向前逃窜。他身后的邹斯威虽然失去了索带的拉力，但此刻也已经站起身来，踉跄几步之后便发足狂奔，勉强是跟上了秦立。

在他身后，响起了一阵充满残忍意味的号叫，一轮刚升起的残月，照亮了这次突袭的元凶——这是一群浑身裹着破烂防沙服的盗匪，他们正自百步开外的沙丘向下奔袭。

月光照亮了这些凶狠的豺狼，也照亮了邹斯威眼前的道路：此处是个矮坡，那些凶残的盗匪显然并不想留下什么活口，营地处的屠杀还在继续，矮坡下面却又出现了几道身影，他们骑在陆行鸵上，一边号叫一边向着矮坡的出口包围过来，看见邹斯威二人跑出来，抬起手中的热能枪，便要射击。

看见黑洞洞的枪口，邹斯威双腿一软，直接趴下。而跑在前面的秦立则是继续保持前进，也不知他做了什么，只听得一声巨响，数道刺目的热能光线蛛网似的自矮坡两侧迸射而出，灼热的光线从邹斯威头顶划过，也撕开了那些陆行鸵骑士的身体，那些陆行鸵却逃过一劫，继续忠诚地执行着主人生前发布的指令，向着矮坡奔涌而来。秦立脚步不停，一个纵身拉住一头陆行鸵的缰绳，潇洒翻身而上，眼看着就要再次扬长而去。

邹斯威此刻更加确定，秦立在这场突如其来的袭击中绝对扮演了什么不光彩的角色。但奔行而来的陆行鸵容不得他多想，邹斯威连滚带爬地站起来，险之又险地侧身躲过一头陆行鸵的冲击，伸手够住鸵背上的缰绳，想要学秦立一样翻身而上，却只觉双臂上一股巨力袭来，险些把他直接拖倒，万幸此刻他已经双腿发力，跳了起来，双手死死抱住了陆行鸵粗壮的脖颈下方，单腿够住了鸵背上的坐鞍，扯住缰绳，坐稳屁股，这才免去了被拖行的风险。

邹斯威顾不得清理坐鞍上的血腥残肢，调转“鸵”头，微微犹豫，便向着秦立逃窜的方向追了上去，他心里异常清楚：此刻的突袭绝对只是个前奏，后面还有更残忍的手段，想要在他们手里活命，就必须跟好这一切可能的始作俑者——秦立。

然而，没等他跟着跑上几步，前方的秦立突然回头，手臂一抬，一道灼热的热能射线便冲着邹斯威射来，但丝毫没有准头，拖着一道尾光，消失在了夜色之中。邹斯威赶忙猫起了腰，整个身体都蜷缩到了陆行鸵脑袋后面，只留一双眼睛，死死盯住那个高瘦的背影。

二人下得矮坡，直面一望无际的荒原，此时月光照耀之下，隐隐约约能够看见，荒原上伫立着一片黑魆魆的影子，还未等邹斯威看个明白，那团黑影中便响起一声嘹亮的号子，接着一团苍白的耀光便自黑影中升起，拽着一道长长的光弧，长着眼睛一般飞到邹斯威二人头顶，差点儿没把邹斯威晃成瞎了。他只得眯着眼睛向前看去，先是一愣，然后便不由得张嘴骂了一句。

却见那片影子，全是骑着各色陆行鸵的盗匪，密密麻麻，粗略看去，怕是有上百之数！

这令人心悸的场景丝毫没有影响前方的秦立，他一边"鸵"不停蹄向前奔行，一边抬手向着空中射出一枪，只见热能光束自空中闪过，准确命中了头顶那团炽烈的耀光，接着听得"轰"的一声炸响，一架圆盘似的东西自空中坠落，不知掉到荒原的哪个旮旯里去了。

这声响，如同捅了马蜂窝一般，荒原上的盗匪群里，爆发出一阵号叫，接着，便是全军出动，向着二人这边冲杀过来，其间不时有耀光拖拽着尾巴升上高空，追着二人飞行，直把四野照耀得如同白昼一般。

见得这般情景，邹斯威是两股战战，内心大喊吾命休矣！他恨不得扇自己两个嘴巴子，早知道是这么个情况，往另一边儿跑不就得了？自作聪明追什么秦立？

可还没等邹斯威把后悔两个字儿在脑子里焐热，前方的秦立突然一提缰绳，几乎是一个九十度的转弯，跑进了矮丘的阴影当中。邹斯威骑虎难下，只能跟上，等到他也转弯，却发现前方只剩下了一只原地傻站着的陆行鸵，哪里还能看到秦立的影子？

邹斯威下意识松了握住缰绳的双手，电光石火之间，一股巨力突然自胯下传来，直将他从鸵背上掀飞了出去。邹斯威人在空中，向后看去，只见那只半路跟着他出逃的陆行鸵双腿打得笔直，硕大的爪子在地面上抓出深深的爪印，踉踉跄跄地急刹住了脚步，堪堪停在一段悬崖之上。

而他邹斯威，则在半空中划出一道抛物线，被巨大的惯性裹挟着，一边惨叫，一边顺着这不知何时出现的悬崖，掉了下去。

他这声惨叫给那些乌泱泱杀来的盗匪提了个醒儿，纷纷在这悬崖旁停下了脚步，避免步上邹斯威的后尘。那些一直盘旋在头顶的耀光紧随而来，瞬间将此处照亮，却见这片矮丘之下的荒原上，错综复杂遍布着大大小小的沟壑，仿佛一块皲裂的老皮，那沟壑深处，即便是有头顶耀光的帮助，也只能瞧见一片漆黑。

盗匪头子是个瞎了一只眼睛的中年汉子，不知为何，他那只亮着的眼睛里，此刻正燃烧着熊熊的怒火。见二人身影从眼前消失，这人竟然二话不说，直接从陆行鸵背上翻身而下，将一个抓钩挂在鞍座之上，接着沿着沟壑边缘就跳了下去。他身后那些凶悍盗匪也不废话，悉数下"鸵"跟上，一时间沟壑中尘土飞扬，即便有那些耀光照明，也难以视物。

独眼汉子第一个到达沟壑底部，落脚发现此处全是松软的沙子，稍加辨认，便能从地面上认出两行足迹。他自背后拿出一柄硕大的动能霰弹枪，一边循着足迹追了出去，一边大声喊道："后面的跟上，把无人机叫下来，老子今天要把那个叫秦立的小子活剥了！给老大报仇！"

他这话音还未落下，人群之中突然响起一声凄厉的惨叫："鲨蜥！是鲨蜥！"

独眼汉子循声看去，只见松软的沙地上，突然出现数道一人高的土黄色"旗帜"，飞速向着他们冲来。紧接着，一张硕大无朋的巨口突然自地下跃起，雪亮的利齿闭合之间，几个同伴便永远消失在了黄土之中，他举枪便射，却只在地面上激起一捧尘土。

"别慌！集中起来！开枪！开……"独眼汉子的命令戛然而止，只见他刚刚站立的地方，一条壮硕长尾自翻涌的沙砾间高高甩起。

独眼汉子被那种叫作“鲨蜥”的怪物一口吞下的时候，邹斯威其实就在他旁边不到五十步的一块岩石后面，全程旁观，看了个清清楚楚。

但他一点儿声音也不敢发出来，因为此刻他的处境并不比那些四散奔逃的盗匪好到哪里去，在他的脖子上，架着一柄还未激活的热能刀，刀柄就握在秦立的手里，他只需轻轻按一下开关，邹斯威当场就是脑袋搬家。

“你，是谁？”身边就是修罗场，秦立的声音却古井无波，这种反差给邹斯威一种怪异的感觉，他觉得此刻注视着自己的，不是一个队友，而是一个常年徘徊在生死边缘的冷血屠夫。

在这冰冷目光的注视下，邹斯威牙齿打战，舌头打结，他哆哆嗦嗦半天，挤出一个比鬼还难看的笑脸，说道：“我……我不是您的队友吗？这几天儿……咱们一起探矿来着，您都给忘了？”

秦立挑了挑眉毛，向着怪兽肆虐的战场打量了一眼，接着再次盯住了邹斯威的眼睛，说道：“我不信。”

“我……我……”邹斯威咽了口口水，他充分理解秦立此刻对他的怀疑，这外面沟壑里的盗匪，再加上营地里的探矿队，一晚上死了将近二百来人，偏偏就他邹斯威一路跟着秦立活了下来，还说他只是个探矿员，他自己都不信，可是……

“你，究竟是谁？”秦立皱起了眉头，握着热能刀的手微微发力，即便没有激活，也把邹斯威的脖颈上刺出了一道口子。

“好吧，好吧，我都说！”邹斯威顾不了那么多了，小命要紧，出去之后“上边儿”会怎么怪罪那都是之后的事儿，“我是个观察员，戎卫前……”

邹斯威话到一半，突然住了口，一双眼瞪得老大。秦立手中热能匕首并不松懈，循着邹斯威的目光看去，只见一道湛蓝色的光芒自头顶落下，将两个还在对峙的身影包裹了个严严实实。下一秒，两人原地消失，无影无踪，沟壑之内，只留下不断翻滚的烟尘，以及盗匪们绝望的惨叫。

邹斯威晃了晃晕乎乎的脑袋，将传送造成的不良反应强行驱逐，他在“上边儿”已经经历过不知道多少次传送了，这种程度的后遗症虽然早已司空见惯，但难免还是有些不太舒服。

清醒之后，他第一时间便想要确认秦立的状况，却发现对方这时候还躺在地上，高瘦的身躯蜷缩一团，四肢不断抽搐，看上去活像是一条被强行拽上岸的乌鱼。

邹斯威却是不敢松气儿，怀着戒备打量起四周来。此处不知和刚才的沟壑相距了多远，脚底已经不再是细腻的沙地，而变成了坚实的地面，也明亮了不少，虽然没有月光照耀，但却充斥着如水波一般的淡蓝色光晕，这光晕撞击四野泛着金属光泽的墙壁，言说着一个事实：此处不再是荒原，而是一幢“建筑”。

借着这水波式的光晕，邹斯威很快便发现了，在他和秦立的正前方，还站着另外一个人。

一个身着白色连体服，皮肤苍白到快和衣服一个颜色的短发少女。

第二章　同盟

在一片光晕之中，邂逅一位少女，她注视着你，朱唇轻启，说出的第一句话会是什么？邹斯威此前从未考虑过这个问题，但是怎么想来也不会是这么一句。

“你……脑壳是翘的（头脑不清晰）啊？”少女明明说的是个疑问句，但不知为何，充满了不容置疑的意味。

你这话，我怎么接？脑壳翘的才像你这样聊天吧？邹斯威心里有些许恼火，这好不容易才刚刚死里逃生，现在又被一个不知道哪里冒出来的丫头指着鼻子骂，就是泥菩萨也应该有三分火气……

“咋个咯？不开腔咯？弄大一个儿娃子（这么大一个男孩子），讲你两句，该不会还要生点儿闷气吧？”少女一双黑白分明的眼睛，仿佛能够直视邹斯威的心灵。

邹斯威原地打了个哆嗦，心中那刚刚燃起的小小火苗瞬间变成了恐惧，这恐惧的来源一部分是因为少女直接看穿了他的内心所想，另外一大部分，则是因为少女那充满了麻辣味儿的口音他无比熟悉。

众所周知，自“疫病”爆发，人类的“三千世界”计划启动之后，为了避免今后的文明融合出现问题，所有“穹顶”内的语言便被统一成了“世界语”。这是一种不存在“方言”和“口音”的语言，也就只有“上边儿”那些人，在“三千世界”计划启动之前，便沉睡在了近地轨道上的卫星内，才会因为没有经历过“世界语”的普及，保留口音，以及言说史前语言的习惯，而面前的少女……

“你莫猜了，就你那个小脑壳，能想明白个啥子？”少女看着邹斯威仿佛筛糠式的双肩，挥了挥手说道，“我明给你两个讲了，我在这哈儿（这里）都已经睡了几百年的瞌睡了。”

怪不得她能直接捕捉传送，把自己和秦立从那充斥着怪物的修罗场里拯救出来……怪不得，这四周一看就不是这个穹顶应该有的风格……怪不得……

这厢邹斯威还在试图在一团糨糊似的脑子里找到一条正确的思绪，那厢昏迷了半晌的秦立终于是悠悠转醒。这一醒，两人之间高下立见，只见秦立完全没有了刚刚倒在地上抽搐的窘态，一个鲤鱼打挺，从地面上一跃而起，抬手便掏出了一柄不知道藏在哪里的热能枪，举枪瞄准了光晕里的还在原地发蒙的邹斯威，眼看便要痛下杀手。

就在此刻，平地里起了一阵呼啸的旋风，刚刚还款款站在邹斯威面前的少女，不知何时，突然出现在了秦立身前，一双纤细的双手向前一探，恍若一道苍白的闪电，击中了秦立持枪的手腕。高瘦少年手腕剧痛下，紧握着的热能枪便这么落在了少女手中。

“我说你这个娃娃，气性咋个那么大？上来就要当到我的面杀人嗦？”少女操着一口方言，老气横秋地说道。被她单手压制住的秦立显然没有像邹斯威这样经历过“上边儿”的“洗礼”，一张冷漠的脸上布满了疑惑，显然是一个字儿也没听懂。

“老仙人，他听不懂你讲的是啥子……”邹斯威话一出口就后悔了，首先，他搞不懂自己有什么必要帮着秦立说话，秦立被这位直接搞死才再好不过；其次，看少女脸上的神情也知道，他这个半吊子出家的方言，指定哪里出了点儿问题。

“你喊老子啥子哎？”少女一张苍白的小脸此刻充满了愤怒的红晕，也不知道她哪里来的这么大的力气，直接拖着秦立的一条胳膊走到了邹斯威的面前，这也就是秦立，一张冷脸都快扭曲了，愣是一句疼都没喊。“哪个教你这么喊人的？老子如花似玉的一个姑娘家，你喊老子老仙人？”

少女一边儿说着，另一边儿的手丢下热能枪，再次化作苍白色的闪电，准确地抓住了邹斯威的耳朵，直接就是一个一百八十度大力旋转。邹斯威惨号一声，身体跟着那只青葱的玉手一块拧成了麻花，连连求饶道：“女侠饶命！我是真不晓得这话是啥子意思，女侠饶命！”

少女“哼”了一声，松开了拧邹斯威耳朵的手，拎着秦立，正色说道：“行了，废话少说，我要离开这个穹顶，你，送我出去。”

邹斯威注意到少女是以“世界语”说出这个请求的，他心思电闪，还未讲话，脸上已习惯性地堆满了谄媚的笑容，他不动声色地向后退了一小步，确保少女没那么容易再抓住自己的耳朵，才开口说道：“这位女侠，我叫邹斯威，请问您怎么称呼？”

“你叫我阿瞳就行。”少女阿瞳落落大方地说道。

“阿瞳，好名字……”邹斯威还待恭维几句，斜眼儿瞥见那道苍白的闪电又有即将出动的迹象，赶忙说道，“明人不说暗话，我来这个穹顶，也是受人之命，送您离开这里，不是没这个心，是真的没有这个权限。”

“你是不是当老子是瓜（傻）的？”听得邹斯威的托词，少女立马准备再次动手，却不料斜下里响起了另外一个声音：“我……我能送你离开这个穹顶。”

“你？”少女转过脸来，看向被自己一直拎着的秦立，松开了死死抓着他手腕的手，一脸狐疑地问道，“你凭什么送我出去？”

“就凭我姓秦。”秦立揉了揉快要变形的手腕，一张脸再次恢复到了古井无波的状态，不疾不徐地说道，“我叫秦立，波顿城前任城主的独子。”

在309号穹顶“波顿”，随便一个人都至少耳闻过秦立的故事，鉴于面前的两个人，一个来历不明，另一个自称在穹顶“波顿”内沉睡了几百年的时光，秦立便言简意赅地把这个故事讲了一遍。

他的语气平淡，叙事仿佛流水账，所以这个故事听上去也就格外简单俗套：十七年前，波顿城第一财阀卫君禾密谋陷害波顿城城主秦思远一家，先是通过民众舆论弹劾罢免了秦思远的城主职位，接着将秦思远及其家人驱逐出了波顿城，再在城外对秦思远一家进行了惨无人道的伏击。最后，秦家只有八岁大的独子在父母的肉身掩护之下得以苟活，在荒原上独自求生，变成了如今的“探矿向导”秦立。

“所以，你需要我做些什么？”阿瞳仿佛对这个故事背后的血腥以及残忍毫不关心，听完秦立的叙述，她便直接说道。

“帮助我复仇，杀掉卫君禾。”秦立似乎对阿瞳这种直接的态度十分欣赏，他毫不犹豫地说道，“‘波顿’城城市核心的密钥就在我的脑子里，只要你帮我杀掉卫君禾，我就有机会接触到城市核心，送你离开这个穹顶，举手之劳而已。”

不算明亮的蓝光里，阿瞳似乎冷笑了一下，她说道：“帮助你？你刚刚好像说过，对方目前是这个穹顶内部最大势力的统领，我一个睡了几百年的人，你凭什么觉得我可以帮你？”

凭你能够捕捉传送，凭你像个鬼一样的身手呗，还能凭什么？插不上话的邹斯威只能在内心里腹诽。

“凭你脚下的这片土地，或者说，你所在的这处建筑。”秦立的回答完全超出了邹斯威的意料，“就如我之前所说，我现在的身份是‘波顿’城外的一个‘探矿向导’，对于‘波顿’而言，金属是最稀缺的资源，两周之前，我便已经发现了这里，如果我没猜错，你也没有撒谎——你确实在这里沉睡了几百年的话，这里应该是一处‘史前’建筑，建筑体内有大量的钢铁，对吧？”

“等等……你说你两周之前就已经发现这里了？”邹斯威突然怪叫起来，“那你这两周带着我……我们在荒原之上绕来绕去，是在干吗？”

“这么大的一处矿藏，我自己没有办法探明具体的深度以及储量。”秦立理所当然似的说道，“所以我得找人来帮我，当然，这些人在帮完我之后，不能走漏一点儿消息。”

果然！之前的幺蛾子果然都是这个小崽子搞出来的！邹斯威只觉得一股子怒气直冲自己的天灵，他大声说道：“所以，外面那群盗匪都是你引过来的咯？你……”

邹斯威话到一半，打了个哆嗦住了嘴，只因为秦立此刻正死死地盯着他的眼睛，双眼里的寒气逼人，吓得邹斯威下意识地又向着阿瞳靠近了半步。

秦立见邹斯威闭了嘴巴，才又说道：“外面的那群盗匪也不是无的放矢，他们的首领也在两周之前被我做掉了，所以他们才会一直追踪我故意留在荒原里的破绽。”说到此处，秦立自身后掏出来一个金属质地的方形盒子来，盒子虽然并不透明，但盒面儿上四溢的紫黑色血迹几乎已经将内里的物件昭告了出来，秦立接着说道，“‘波顿’城内的另一大财阀林家，正在通缉盗匪，再加上这处‘矿’，我便有了回城与林家搭上话的筹码。”

“啧啧啧，你这娃儿下手确实挺狠。”阿瞳摇了摇头说道，“但这么看来，你更没有可能需要我来帮你的忙了，我横竖是要离开这里的，我走了之后，这里的金属你想怎么用就怎么用……”

秦立摇头打断了阿瞳的质疑，说道：“我刚刚提到的盗匪，其实就是卫君禾的人，卫君禾手下还有很多这样的人，所以即便我与林家搭上话，即便我直面卫君禾，以我一人之力，也不过是以卵击石而已，而你……”秦立不再说话，而是举起了自己刚刚被阿瞳捏过的手腕，手腕处黝黑的皮肤此刻已经红肿了起来，看着就伤得不轻。

阿瞳眯了眯眼睛，瞥了一眼刚刚丢在地上的热能枪，点了点头说道：“行啊，那咱就这么说定了，我帮你完成你的复仇计划，你送我离开这个穹顶。不过，我还有几个要求。”

“你说。”

“第一，说好了，我只是帮忙，不会为了你拼命，要是你这个事儿完成的难度太大，我转身就走了，你可别怪我。”阿瞳竖起一根手指，表情严肃地说道，秦立配合着点了点头，“第二，你的仇报了，就得送我离开，不论我在这里面出了多少力，哪怕你走出这里，往天上随便哪儿开了一枪就把那个啥卫君禾打死了，也得送我离开。”

秦立稍微皱了皱眉头，不过最后依然还是点了头，说道：“没问题。”

阿瞳笑了笑，接着抬手一指旁边正在抓耳挠腮的邹斯威，说道：“最后，留这小子一命。”

嗨，这就对咯，邹斯威听言心中一喜，没想到这位“老仙人”还算是有情有义，没忘了把自己带上。他正准备挤出自己拿手的笑容，哪知那边儿秦立突然摇了摇头回答道："这个我不能答应，我不相信这个小子。"

"你这话是什么意思？啥叫你不能答应……"邹斯威怒从心起，刚刚说了两句，却再次在秦立冰冷的目光下选择了闭嘴。

"你也看到了。"秦立收回自己的目光，似乎是冷笑了一下，接着又看向阿瞳说道，"就他这种心理素质，要是他落在卫君禾的人手里，不出一个钟，就能把我们卖个干干净净。"

阿瞳挥了挥手，示意邹斯威把嘴巴闭上，然后说道："别的我不知道，但你说他会落在卫君禾的人手里？你好好想想，你在外面布了那么大的一盘棋，前前后后死了多少人？为什么偏偏他能活下来？"

秦立再次皱了皱眉头，邹斯威只觉得自己的心跳跟着秦立的表情一块儿漏了半拍，接着秦立依旧摇了摇头说道："我依旧不能信任他，除非他把他裤裆子里的那个玩意儿拿出来，作为抵押。"

"啥？这玩意儿还能抵押的？"阿瞳挠了挠自己利落的短发，转过脸来，满是狐疑地打量了一下邹斯威，接着嘴角一挑，露出了一个充满了哲学意味的笑容。

邹斯威下意识地感觉双腿之间一凉，好险没有叫出一声"不要啊"，却听那边儿的秦立接着说道："我说的不是那个玩意儿，是另外的一个玩意儿。邹斯威，你别装了，你以为你这些天的动作能逃过我的眼睛？"

"啥动作？你给我说清楚了！"邹斯威梗着脖子说道，"没想到啊，秦立，看你浓眉大眼儿的，居然也是这种变态？"

秦立深吸了一口气，缓缓吐出，看得出来，他在压抑自己的情绪，然后才说道："自从你进入探矿队的第一天，你就没有和人一起出去方便过，睡觉、吃饭，任何需要屁股着地的动作，你都会下意识地抱住自己的双腿。刚才你追着我，从起码有四五米高的地方滚着摔下来，你这么怕死的人，居然全程都没有想着保护自己的脑袋，而是捂着胯下。邹斯威，你裤裆子里藏着东西，那个东西和你的命等价，甚至比你的命都重要，我有说错吗？”

邹斯威眯了眯眼睛，有一丝夹杂着怨恨的愤怒从他的眼角划过，紧接着就再次变成了谄媚的笑容，他笑着说道：“秦大侠，咱说话要说明白，你看看你，把我吓个够呛。”他一边说，一边伸手进了自己的裤裆子里，也不见他有什么动作，便从胯下掏出了一个形状小巧的东西来。

这物件不过手指长短，两头细长，中间微微隆起，浑身黝黑，却又充斥着金属光泽。在这物件的正中央，雕刻着一幅奇异的图案，那是赤、蓝、绿、白四个重叠在一起的椭圆，四个椭圆交错的地方，则是一种诡异而深邃的黑色，一种明明涂抹在黝黑材料的表面，却也能明显识别出来的黑色。

一旁的阿瞳看见这个小小的物件时，脸上显露出了一瞬间的恍惚，然后轻轻地叹息了一声，这一瞬间少女仿佛不再是少女，而是一个饱经沧桑的老人。不过这声叹息转瞬即逝，叹完气阿瞳就拍了拍自己的脑袋，似乎并不知道刚刚发生了什么。

很可惜，她的异常并没有被正在做交接的二人发现。邹斯威嘴巴上说得痛快，真要把这小东西给出的时候，却无比磨叽。秦立虽然说过想要，但真要叫他去接一个还带着对方私密部位温度的东西，他似乎也要做一些心理建设，总之一个递一个接，两个人扭捏了半天，最终总算完成。秦立将这个小东西与装着人头的铁盒子放在一起，贴身收好，才接着说道：“这个东西是干吗用的，价值多少，我并不关心，只要我大仇得报，自然会把它还给你。”

邹斯威耸了耸肩，吁了口气，并没有接话，倒是一旁的阿瞳笑道：“行了，咱们三个自此就算是成了同盟了啊，走吧，回你那个什么波顿城吧。”

“等下，我也要和你们一起？刚刚只是说你帮着他去复仇啊，我可没说要帮忙啊。”邹斯威突然意识到不对劲，大声申辩道。

“得了吧你，你命根子现在不还攥在人手里？”阿瞳不动声色地拍了拍邹斯威的肩膀，手掌间的力气险些没让邹斯威背过气儿去，“你要不跟着一起，你咋知道他啥时候能把那个小东西还给你？”

阿瞳话音落下，也不见她有什么动作，湛蓝色的光芒再次从三人头顶落下，下一秒，三人消失不见。这处不知道沉睡了多久的建筑再次回归了宁静，那照亮四周的淡蓝色光晕逐渐黯淡了下去，最后彻底熄灭在屋顶上的一行史前文字之上。

“约席克精神卫生与心理咨询中心”，在这串文字的旁边，是一幅已经快磨损殆尽的图案，细看之下不难发现，这是四个重叠在一起的椭圆。

第三章 故人

一路北上。

沙砾与岩石构成的世界开始缓缓褪色，随着渐渐湿润的空气出现在视野内的，是大片灰绿色的苔藓，以及同样灰绿色的灌木，零星米白色的花朵点缀其间，有如夜空之中的繁星。

四野里再难见到猎人与探矿者踩踏出来的小径，取而代之的，是一条宽广平整的大路。道路的尽头，匍匐着一头浑身漆黑的“巨兽”，此刻朝阳刚刚在平原上露出头角，柔和的阳光攀爬上它嶙峋的脊背，在冰冷的钢铁“鳞甲”之间肆意流淌，让它显得有些温柔。

这便是此处穹顶内唯一的雄城，波顿。

没有正午的烈阳，也没有夜间的刺骨寒风，此刻正是波顿城最喧嚣的时刻，城内的几条主干道熙熙攘攘，车水马龙，忙着谋生的人们摩肩接踵，匆匆一眼，便再难相见。

但这些喧嚣，与温玉阁都是无关的，对于一个烟花去处，这就是一天中最为清净的时候，除了那位端坐在前门茶房里的护院发出的阵阵哈欠声，此时温玉阁内什么旁的声音也听不到。

所以即便是这般轻巧的敲门声，也恍若是在楼里响起了一声惊雷。

护院打了个激灵，几乎是半跳着从竹椅上起了身，紧接着心中便升起了一股子无名的火焰，但是良好的职业素养还是让他强忍着困倦，拍下了操作台上的通信按钮。

监控屏幕上，门廊的画面随着他的动作被自动放大，三个穿着厚厚防沙服的人清晰地出现在屏幕里。还没搭上话，光是看这一身行头，护院心里就有了个大致的判断，心头那股子无名的火焰也就烧得更加旺盛了，他下定决心，等轮值结束之后要好好向上头反映反映，叫管事儿的去问问城卫军，这么多银钱塞过去了到底起了个什么作用？这些个荒原上淘得一点儿碎银子回来的垃圾货色怎么能跑来拍他们温玉阁的大门？

不过现在，他还是选择了压抑住自己的怒气，清了清嗓子，冲着麦克风说道："几位爷大清早的大驾光临，实在是好兴致，不过这时节可真没姑娘能陪着您三位，还是另选时候再来吧……"

话说到这里，他便把后面的词儿和心头的火焰完全咽回了肚子里，因为为首那个高高瘦瘦的人冲着摄像头举起了一块金属质地的牌子，那小小的牌子上用鎏金的线攒成了一个耀眼的字——林。对方也不等护院发话，自顾自地说道："我们不是来这里取乐的，我们有些要事，麻烦叫管事儿的出来。"

对方这句话说到一半，护院便已经拍下了操作台上那个最大最红的按钮，为了保险起见，他甚至连拍了三次。接着他便连滚带爬地从门房里冲了出去，摁开了正门的门禁，哆哆嗦嗦地站在缓缓打开的桃红色木纹门旁边，半埋着脑袋，一边抱拳相迎，一边说道："小的有眼不识泰山，三位大人快请进，我这边已经通报过了上面儿，三位找个地方稍坐，管事儿的马上就来。”

“啧啧啧，我说秦老哥，这就是你的计划？”最先走进温玉阁的并不是之前出示牌子的秦立，而是站在他身侧的另一个人。看着个头与那人相差不多，但是身型却要健硕许多，再配上这一股子油腔滑调的声音，正是数个小时前还在秦立刀下差点儿把裤子给尿了的邹斯威无疑，只是不知道这一路上发生了什么，听他的口气，似乎与秦立之间的关系已经不再那么僵硬。

秦立并不搭话，他缓步跟在邹斯威的身后走了进来，冲着护院微微行礼后说道：“门外面停着三头陆行鸵，劳烦您帮把手，帮我们拴好喂好。”他说着，从腰间的荷包里掏出两块闪烁着金光的硬币来，轻轻悄悄地递到了护院抱起的双拳前面。也不见护院有什么动作，抱着的双拳未散，秦立的硬币却已经消失不见，紧接着，他一揖到底，朗声说了句：“多谢贵客！”然后便保持着这般姿势去了，一路上出门，下门槛，一直到停着陆行鸵的拴马石边儿上，才抬起头来。

“在地下睡了这么几百年，你们这帮子臭男人这套怎么还越玩儿越回去了？”最后一个进门的阿瞳正巧赶上了护院用这么一个诡异的姿势出门，语气间满是嫌恶的意思。她一边儿说一边转头过来打量温玉阁的内部，只见桃红色的木纹门内，是一面汉白玉质地的屏风，屏风上栩栩如生浮雕着一张白鸟嬉戏图。透过屏风向内里看去，却不见什么厅堂，只有蜿蜒的一条回廊，回廊四下挂着素色轻纱，此时楼内并无灯火，但看着这个阵仗，嗅着空气中残留的残香，也不难想象，夜间暧昧的灯火亮起时，整个温玉阁内应该是个如何销魂蚀骨的场景。

“恶俗。”阿瞳打量半天，也想不到什么好的吐槽语句，半晌只能憋出这两个字来。没等这俩字儿落地生响，回廊里便传出来一个柔弱无骨的声音：“这位姐妹所言甚是，我也早就觉得这温玉阁瞧着恶俗，但这也是没有办法，我们做着这类营生，总得迎合些客人的喜好。”

那边儿的邹斯威光是听着这个声儿，魂就已经去了一半了，只见他麻溜地撩开自己防沙服的面罩，露出一头不知何时束得整整齐齐的长发，和一张略带秀气的脸来，然后再在眨眼工夫之间，扯掉了防沙服上衣的几颗纽扣，让一张充满了壮硕肌肉的胸脯若隐若现。也不知道是不是巧合，他将将做完这些准备工作，从回廊内便款款行出了一个女子，款款轻纱之间，如同突然出现了一朵耀眼的，凝着露水的怒放玫瑰，偏生又在这“玫瑰”的眉宇之间能瞧见一股青涩稚气，就像那荒原上刚刚露出青青嫩芽的小草。剧烈的反差之下，饶是邹斯威这种有些“特殊经历”的人，也失了心神，而一旁的阿瞳更是直接没了声响，完全没有接上对方话头的意愿。

此刻做出反应的，只有秦立，他犹如一块冰冷而坚硬的石头，漠然地举起了之前在门廊内出示过的那块牌子，然后突兀地说道：“我不是来找你的，我是来找夫人的。”

也不知道秦立是哪根筋没搭对，方才对着一个护院都还有规有矩，此刻的举动却多少透着些无礼。但那女子并不因此着恼，她看了一眼秦立手中的牌子，眼睛中闪过一丝复杂的情愫，眉宇间残留着的些许困顿一扫而光，最后轻轻一笑说道：“这位爷，您算是高看我了，夫人何等人物，我桃桃何德何能可以帮您引荐？您有这块牌子，直接出门左转，上白虎大街，林宅就在那儿。”

“我知道林宅在哪儿。”秦立一边说，一边缓步上前，几个字没说完，人已经走到了那自称桃桃的女子面前，“我也知道你是谁，我再重复一遍，我是来找夫人的。”

桃桃依然不为所动，直视秦立的双眼，眼睛中那股复杂的情愫渐渐消散，最后全然化作了款款深情，二人保持着极为微妙的距离站定，一言不发，场面顿时陷入了异样的尴尬当中。

“我说，这俩不会是认识吧？你看那个桃桃，自打出来眼神就一直盯着秦立那个竹竿子，目不斜视的哦。”一旁的邹斯威总算是从惊艳中缓过了神儿来，抬手戳了戳抱着手臂站着的阿瞳，低声嘀咕道，“你再看秦立，之前和我们讲话的时候多顺溜，现在到了这儿了，和人姑娘一开口，那说的话跟个木头没啥两样。”

阿瞳极为不耐烦地拍掉了邹斯威的手指，然后低声用古方言说道：“给老子闭嘴，莫开腔。”

邹斯威耸了耸肩，看了一眼阿瞳兜帽下散发着莫名火焰的双眼，心道：得，这祖宗还是个爱看八卦的。扭过头来，却发现刚刚还保持着距离的两人此刻已经完全贴到了一起，甚至于桃桃的一只手已经伸到了秦立的防沙面罩下面，不知何时，她的一双眼睛里，深情已化作泪水，泫然欲泣，看得邹斯威一颗心都快要碎了。

猝不及防，耳边传来阿瞳的低声疾呼：“来了来了来了！”紧接着，她一双手不动声色挽住了邹斯威的胳膊，力道之大，邹斯威立刻觉得自己心碎不碎已经不重要了，反而手臂骨头差点儿直接碎了。

随着邹斯威压抑的痛叫，桃桃终于开口打破了她和秦立之间诡异的氛围：“小栗子，这么多年了，你见到我，就真的没有一句旁的话儿吗？”

秦立似是微微叹息了一声，他向后退了一步，说道：“桃桃……请你自重。”

桃桃跟着他的退步，收回了悬在空中的手臂，眼中的泪水随着秦立一声“桃桃”陡然不见了踪影，直接化作了一汪暖意盎然的春水。眼看秦立又要开口，她深吸一口气，抢先说道：“行了，要不先你给我介绍介绍你的这两位朋友。”

邹斯威见桃桃的目光终于从秦立身上挪开了，胸脯一拍就准备站出去，却不料一股剧痛从被阿瞳挽住的手臂上传来，然后就听她开口回应道：“我是阿瞳，这位是邹斯威，我们俩和小栗子是过命的交情，大家都是自己人，你可千万别见外，你们俩聊就是了，好好聊。”

桃桃嘴角露出一丝笑意，算是承了阿瞳的好意，她在邹斯威充满遗憾的目光下，转过头再次看向秦立，正了正颜色，说道：“说说看，你找夫人什么事儿？”

秦立似乎是没太适应桃桃前后态度的转变，原地愣了愣，才解开了自己防沙服的锁扣，从防沙服下把那个黑漆漆的铁盒子抱了出来。犹豫了半晌，最终并没有打开盒子，而是说道：“这里面是颗人头，‘火蜥’的乔老大，林家已经通缉他很久了。”

桃桃眉毛微微皱起，并不说话，但是眉宇间的意思却再清晰不过：哪怕是秦立，凭着一颗人头就想见到林夫人，几乎不太可能。

“这颗人头，是送给你的。”秦立见桃桃皱眉，一字一顿地说道。

此言一出，场间气氛再次陷入古怪的尴尬中。

邹斯威在一边儿听得是连连摇头，心道：不愧是你，老情人见面，上来就送人一颗脑袋，真棒……他正准备接着吐槽，腰间陡然传来一股巨力，将他整个人推了出去，好险没与两位还在对视的男女撞个满怀。转过头去，却看见阿瞳防沙兜帽下面的一张脸急得通红，双手不停在给邹斯威打着手势。

得，还是得靠小爷我，邹斯威微微摇头，面对多双眼睛的注视，丝毫不惧，眼睛滴溜溜一转，清了清嗓子，心中已然有了腹稿：“桃桃姑娘，您可别误会，我秦大哥可不是那个意思，您想想看，他真正要送你的是什么？是自己在荒原上运筹帷幄，赴汤蹈火，九死一生换来的这份功劳啊！这背后的款款深情……啧啧啧……”

邹斯威这番话立竿见影，桃桃的神色再次变得温和起来，她稍一踌躇，带着一丝歉意说道："即便如你言，我与小栗子多年未见，他突然出现，就送我这么一份大礼，我无功自然不能受禄……"

"怎能算是无功？"邹斯威抢下话头，边说边走到了秦立身前，把秦立挡在身侧，断绝了这位大哥再次开口的可能，接着说道，"桃桃姑娘，您可知道我秦大哥这些年孤身一人在荒原上飘荡，您可知道他经历过些什么？又是什么力量支撑着他不断求生？忍辱负重活到今天？别的我不知道，咱们就拿今天来说，他一进波顿城，可就是直奔这里，来找的你啊！"

邹斯威话说到一半，后脑勺上已然感受到了一股子刺骨的寒意，傻子都知道那是秦立的眼神。但他不管不顾，继续口若悬河，借着阿瞳生死之交的铺垫在前，不断言说这些年来与秦立一同在荒原经历过的生死危机，在他的故事里，桃桃俨然成了秦立的精神支柱，心中明灯，指路信标，饶是桃桃这种经历过不少大场面的温玉阁掌门人，在此刻突见秦立，心神稍乱的情况下，也被这些话语彻底扰乱了心房，一颗心儿随着邹斯威的讲述一会儿紧悬，一会儿又充满了异样甜蜜。

邹斯威眼见气氛烘托得差不多了，见好就收，干咳一声，说道："所以要我说，这份礼，您可得收好咯，礼轻情意重啊，嫂……桃桃姑娘。"

"嫂嫂"二字说出一半，邹斯威便意识到自己的火拱得旺过了头，赶忙改口，却已来不及了，桃桃已经把那个字听了去，脸上那些娇羞神情顿时退了大半，她摇了摇头，略带一丝落寞地说道："这些话儿，怎不见他自己说给我听？邹兄弟，我已知道你的好意，但……还是罢了。"

邹斯威正觉得一个脑袋两个大的时候，身后的秦立也不知道是突然开窍了还是怎么了，突然走向前来，越过邹斯威，直面桃桃的双眼，还是用那一字一顿，恍若石头一般的口气说道："桃桃……我……我嘴笨，其实……其实还不止这些，不论是我对你的想念，还是我要送给你的，都不止这些。"

就你这也能叫嘴笨？你就给我装吧。邹斯威摇了摇头，功成身退，略带一丝得意地看向一边儿的阿瞳，后者不动声色地向着邹斯威竖了个大拇指，防沙兜帽下的脸上已经泛起了姨母般的微笑。邹斯威却不等她再多看两眼，抓起她的胳膊，头也不回地便向着温玉阁的门外走去，那意思再明显不过，助攻已经打成这样了，接下来，就要看秦立自己的表现了。

还在外面守着的护院哪会让邹斯威和阿瞳走出多远，见二人打里面出来，赶忙上前，领着二人自门房穿过一个侧门，行过另外一个轻纱笼罩着的回廊。没走出几步，二人面前一亮，却是进入了一处别致小院，院内青竹林立，假山流水一应俱全，与那充满暧昧气息的回廊仅隔着一扇门，却仿佛完全不同的两个世界。

"此云崖集是我们桃阁主用来招待贵客的地方，还请二位在此处稍作休息。"护院埋着头，抱住双拳，冲着二人行礼说道。

走在最前面的阿瞳眼尖，早已发现此处小院内不止一个房间，毫不客气地选了一间看着最大的钻了进去，一边进还一边说道："能洗澡吗？"不等护院作答，房内便传出了她的一声古方言的欢呼，"巴适得板（舒服得很）！老娘终于解放了！"

邹斯威冲着一旁的护院尴尬一笑，学着秦立的样子微微行礼，说道："多谢引路，你忙去吧。"说完便想像秦立那样打荷包里掏出俩硬币来作为打赏，掏了半天却是掏了个寂寞。正待抱歉，那护院却也懂事，依旧是一揖到底，嘴里颂着："谢贵客。"接着便保持着这个姿势离开了。

邹斯威耸了耸肩，挠了挠后脑勺，习惯性地想要化解自己心中的尴尬，却发现周遭一个人也看不到了。他先是愣了一秒，然后选了一间远离阿瞳的房间走了进去。

关上房门，邹斯威脱下防沙服，随手扔在冰冷的大理石底板上，抬手想要揉揉自己已经快要笑得僵硬的脸，手抬到一半，又无力地垂下，捏了捏裤裆中间，那个空荡荡的隐藏口袋。少年人苦笑一声，放出一声长长的叹息来。

随着这声叹息，他一直高悬的一颗心也稍稍放松，一阵潮水般的困意立即奔涌上来。邹斯威连洗个澡的精力都没有了，生死交替里的刺激，连夜奔波后的困顿，脑力输出完的空虚，将他的整个身体填满，他环顾四周，找到了一张“床”，也没细看，直挺挺地倒了上去，脑袋刚刚挨着软绵绵的枕头，便沉沉地睡了过去。

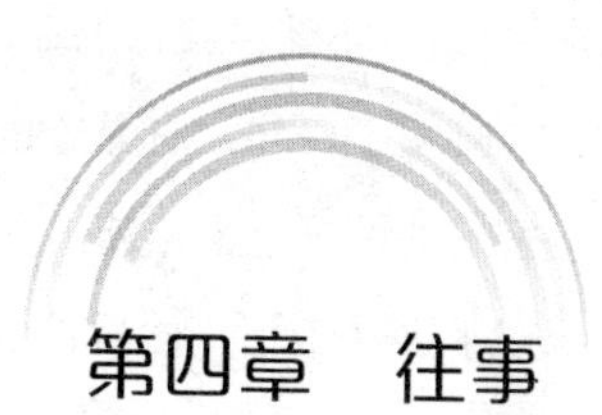

第四章 往事

乌云贴在远端的地平线上，像是一只皮肤灰白的巨手，把寒冷的空气死死地挤压在地面，与厚重的浓雾一齐，死死地包裹住整座城市，漠然地剥夺着一切温度。

夜色还未降临，街道上便早已变得空空荡荡，只拐角背风的地方，有一簇弱小的，被保护在垃圾桶内的火苗。火苗旁边站着两个沉默不语的年轻人，他们以一种极为统一的姿势，将两只手夹在腋下，佝偻着身躯，保持以最大的面积面对火堆，一看就是经常在寒冷街面上过夜的老手。

就在火苗渐渐衰弱，眼看着就要淹死在越来越浓郁的雾气之中时，街面上终于传来了一个与风声有些差别的声音："你们两个缺心眼儿吗？把地方选在这里？"

随着这个声音，一个长着一张秀气的脸蛋儿，束着一头整齐长发的少年推开浓雾走了过来。他裹着一件破旧的船工夹克，粗糙的布料下面，鼓鼓囊囊的，满塞着肌肉，正是邹斯威，只是不知道为何，他看上去年轻了不少，粗略一眼，只有二十岁不到。

“可不能怪我，老邹，活儿是独眼儿接的。”站在火堆左侧的年轻人嘟囔了一句，向旁边扭了扭脚步，让出一个位置来。邹斯威老实不客气地站了进来，伸出一双手在火堆上烤了烤，接着便极为娴熟地将双手夹在腋下，然后冲着右边那个还未开口的年轻人说道：“说说看吧，独眼儿，什么活儿犯得着咱仨一块出手？”

寒夜里，“独眼儿”的一双眼睛亮得跟狼一样，也不知道为什么会得这么一个诨名。他拧了拧脖子，冲着街面上的一处指了指，说道：“打闷棍。”

也是巧了，“独眼儿”手指一抬，街面上立马亮起了一团迷蒙的亮黄色光芒，虽然有着浓雾阻隔，但只要是常年在这附近找吃食儿的人都知道那里是什么去处——“灵台”，城内最大的一间酒馆。

“打闷棍？这种地方？”邹斯威发出一个压抑的高音，然后他转了转眼珠，清了清嗓子，说道，“讲一讲吧，给了多少？”

“不是钱的问题，老邹。”独眼儿吸了吸鼻子说道，“这活儿是黑手亲自给的……”

“黑手？打闷棍？”左侧的那个青年人挠了挠脑袋，带着一丝难以置信的语气说道，“他手下那么大一帮人，怎么能把这种活计交给你？”

“少说两句，麻子脸。”邹斯威不耐烦地瞥了这人一眼，然后扭过头来，冲着独眼儿说道，“讲讲细节。”

“今夜八点之前，有伙人会从东边儿过来。”独眼儿挺直了腰板儿，一边说，一边拿着手比画，“我们的任务就是在他们进入酒馆之前，给领头的那人来记狠的……”

独眼儿的手指头仿佛是有什么不得了的魔力，随着他的比画，街面上再次传来了异动，浓浓雾色之中，只听见一阵密集如雨点一般的脚步声。紧接着，数个昏黄的光源自东边奔涌而来，它们之间保持着整齐而严密的距离，宛若一条蜿蜒的长蛇。

“麻子脸，几点了？”邹斯威看着眼前这般盛况，从嗓子眼儿里挤出来几个干瘪的声音。

“差两分钟……八点。”麻子脸的声音微弱而颤抖。

“黑手有没有说过，这单子做不成会有什么下场？”邹斯威铁青着脸，看向独眼儿。后者此刻已经退到了火堆的边缘，一副准备撒丫子开溜的样子。

“没说。”独眼儿咽了口口水，眼睛不敢与邹斯威对视，“没跟我说，因为……我接活儿的时候，报的是你的名字。”

独眼儿说完这句话，火堆四周一阵沉默。半晌后，才传出来一声低沉的怒号，以及一阵模糊的拳打脚踢的声响。

“醒来，你的情况很危险。”一个冷静而充满磁性的声音冲进了画面。接着，眼前的一切突然发散出如水一般的波纹，邹斯威只觉得一股刺痛从自己的头顶传来，他挣扎着睁开了双眼。

曾经熟悉的街道消失不见，映入眼帘的，是木制的屋顶，整洁的房间。在他的床前，站着一个浑身苍白的少女，她的手轻轻地搭在床头上，将邹斯威已然熟悉的面容展露无遗，但是不知道为何，邹斯威尚且还处于混沌之中的大脑里，产生了一种清晰的直觉：她并不是阿瞳。

“你究竟是怎么通过戎卫前庭的训练的？”对方似乎并不打算让邹斯威疑惑太久，继续用那副充满磁性的男嗓开口说道，“休息之前也不知道检查一下四周，你知不知道你差点儿把自己的命搭进去？”

邹斯威此刻明显不在状态，那条寒冷的街道还攀附在他的大脑里，迟迟不肯退去，所以他只能把自己的注意力集中在对方话语中最具冲击力的信息上："戎卫前庭？你……是怎么知道的？"

"阿瞳"皱了皱眉头，"她"不动声色地将手臂从床头上挪开，接着上下打量了邹斯威一眼，说道："你先站起来，离开你身下的那台沉浸式体验仪。这是当年作为实验机型研发的二代机，没有在体验里设置'模糊边界'，你没有设定任何体验关键词就躺了进去，要不是我发现得及时，你这个时候很有可能已经陷入体验里，完全出不来了。"

邹斯威听着对方的话，打了个激灵，腰背发力，几乎是"弹"着离开了身下柔软的被褥，彻底站起身来，他才发现刚刚躺着的那张"床"，除了主体和一张床差不多以外，其他的部位，不论是床下密布的信号束线，还是床头上竖立着的，充满了弧线美感的体验舱盖，都在表明它的真实身份。

就如"阿瞳"所言，这是一台沉浸式体验仪，"疫病"爆发之后，这种不用接触便能让人感受到接近真实的虚幻体验的仪器，便是温玉阁这种地方的标配。只是这种极为稀有的第二代型号，即便是他邹斯威也是第一次见到。

我没见过，着了道也不奇怪吧……不愧是专门用来招待贵客的地方，要早知道，就设置点儿别的东西来玩玩，这下好了，大把美好时间都用来回忆那种东西了……邹斯威带着一丝劫后余生的后怕，一边给自己找补借口，一边挠了挠终于开始清醒的脑袋，冲着阿瞳露出一个满是尴尬意味的微笑。紧接着，他的心中便升起浓浓的戒备来，顾不得组织招牌式的假笑，他再次道："你的声音怎么了？你究竟是谁？"

"我依然是阿瞳，只不过和她一起共用这具身体罢了。""阿瞳"丝毫没有因为邹斯威的提问而显得不耐烦，换了个声音的"她"，耐心似乎成倍地增加了。

邹斯威挑了挑眉毛，或许是因为刚刚的"沉浸式体验"带来的影响，他并没有因为“阿瞳”的话而过于吃惊，反倒是在“上边儿”接受过的知识培训此时终于显露出了一些作用：“你们？你这是……精神分裂？但是……不对啊，按道理说，精神分裂不是应该不能共享记忆，而且人格之间相互独立吗？”

“阿瞳”点了点头，似乎是对邹斯威此刻的表现终于有了一些认可，“她”说道：“确实和你了解的那种情况有些区别，我们两个能够有规律地交替出现，而且彼此之间能够共享记忆，所以我说了，我们是在共用一具身体。”

邹斯威深呼吸了一下，随着他的呼吸，“沉浸式体验”的副作用逐渐消退，敏捷的思维再次回归，一个清晰的想法在他的头脑内成型：阿瞳究竟是谁，她抑或是他，这个问题对于他来说并不重要，真正重要的，是另一个问题。

“你还没有回答我，你是怎么知道戎卫前庭的？”邹斯威抬起眼睛来，看向阿瞳湛蓝色的双目，希望能够从对方的眼睛里读出些什么内容，但他失望了。

“阿瞳”的眼睛里闪过一丝茫然，然后“她”十分坦诚地说道：“我只是知道，但是我并不清楚我的信息来源是什么，说得直白一些，我的记忆有缺失，如果你硬要追求这个问题的答案……那就归咎于我这个沉睡了几百年的史前人类的身份吧。”

“所以，之前你……我说的是她，才会要求我带你们离开这个穹顶？”邹斯威小心翼翼地措辞，虽然对方现在表现得很好沟通，可那炫目的白色闪电在他心中造成的阴影并不是那么好抹除的。

“阿瞳”点了点头，然后又摇了摇头，两个动作虽然矛盾，但是意思却无比地清晰——“她”承认邹斯威的话，但是“她”并不想将这个话题继续下去。

邹斯威是什么人，“阿瞳”脑袋摇了一半他就明白了对方的想法，可他并不打算就此将这个话题打住。说实话，虽然接受过“上边儿”的训练，也承接了“上边儿”下达的任务，可“上边儿”——也就是阿瞳所说的戎卫前庭，在邹斯威的心中始终是个被迷雾笼罩着的组织，他想要知道关于“上边儿”更多的消息……

所以邹斯威拍了拍肚皮，决定采用曲线救国的方式，他那张秀气的脸上再次堆满了招牌式的谄媚笑容，然后他问道：“我说，阿瞳……现在是阿瞳兄弟？”

“阿瞳”皱着眉点了点头，算是承认了他这个有些冒失的称呼。

“那什么，咱这么奔波了一路了，您不饿吗？”

温玉阁果真是波顿城内最好的烟花去处。

这一点从这位尽忠职守的护院身上便能窥得一二，邹斯威和阿瞳二人前脚踏出云崖集的门槛，准备去寻一些吃食，他后脚便出现在了二人的面前，看那样子，这段时间似乎一直就守在这四周，半步都没有离开。

在重又经历了一次没钱打赏的尴尬之后，邹斯威和阿瞳面前的矮几上，多了两大碗热气腾腾的牛肉面。照护院的话说，这是还没到饭点儿，只能吃得简单些，但自小便在底层摸爬滚打的邹斯威知道，这两碗面可不是看上去那么简单——“波顿”所处的穹顶和他来的地方一样，都是在“三千世界”计划开始之后建造的第三代穹顶，虽然穹顶内的一切环境因素已经被调试到了最为适合人类生存的指标，但那都是理论值。几百年的穹顶生活下来，人类早已接受了一个事实，那便是穹顶内极其不适合耕种，只有在靠近穹顶核心的小部分地方才能勉强种植一些作物，所以……

所以千言万语化作一句话：邹斯威此刻已经化作了一头恐怖的恶鬼，端着一个硕大的海碗，毫无顾忌地大快朵颐，三口两口，一大碗面眼看着便要见底。

面一见底了，那些刚刚压下去的“求知欲”便再次化作了心中的一只怪猫，拿着爪子不住地在邹斯威的心头一通乱挠。他斜着眼打量了一下旁边的阿瞳，发现这位也没比自己好到哪儿去，虽然吃得斯文了些，可碗里的面条也一样残存无几了。

邹斯威眼珠子转了转，把手中的海碗放回案几上，拿起护院留下的热帕擦了擦嘴巴，然后漫不经心地说道：“你说这秦立，怎么去了这么久？眼看着天都要暗了，还没回来。啧啧啧，这小子看着瘦猴一样，没想到身体这么抗造，我在‘上边儿’受训的时候，听过这么一句话：这红粉乡啊，是英雄冢，可别等着大仇没报，秦立先在这温玉阁内把人命闹出来了……”

“如果我没有看错，秦立应该暂时没有生育能力。”看样子阿瞳确实是换了个人，之前最感兴趣的男女之事他压根儿没有搭理的意思，邹斯威都快没话了的时候，他却突然搭了这么一句。

“哦？阿瞳兄弟，你怎的？对这方面还有研究？”邹斯威一听这话，一双眼睛都亮了起来，正襟危坐，一副兴致勃勃的样子。

阿瞳叹了口气，清了清嗓子，板着一张少女感十足的脸，说道：“是戎卫前庭真的没有教过你，还是你选择性地失忆了？我问你，引起‘疫病大爆发’，导致人类被迫展开‘三千世界’计划，四处修建穹顶的‘洛基病毒’在感染后会有什么症状？”

“症状？这还用‘上边儿’教？无非是呼吸困难，高烧，紧接着浑身出现灼烧状瘢痕，这种瘢痕不可逆，即便是九死一生从疫病中痊愈，也无法消除，所以才对那些感染过‘疫病’的人，有了‘野火’这个称呼……”

“还有呢？”饶是换了个性格的阿瞳，似乎也对邹斯威这种废话连篇的谈话习惯有些不耐烦了，他晃了晃手，直入主题，“你不会不知道吧？感染‘疫病’会导致人丧失生育能力。”

“这我咋知道，我又没感染过……等等，你什么意思？你是说，秦立他……”邹斯威瞪大了眼睛，一脸的不可置信。

“他当然是个野火，真正的野火，帮助我们找到‘缪斯’的关键，不然我们为什么会答应帮助他复仇？”阿瞳看着邹斯威的目光仿佛是在看一个傻子，“我就算不答应他，等你，或者别的‘观察者’完成戎卫前庭下达的任务，这个穹顶应该也会打开吧？我们想要出去，是很难的事情吗？”

邹斯威丝毫不在意阿瞳的目光，不动声色地记下了“缪斯”这两个字，对方越是轻视他，他能知道的信息就越多。他嘿嘿一笑说道：“看来你休眠之前的级别不低啊，阿瞳兄弟，你连我是‘观察者’的事儿都知道？”

“不然呢？除非‘世界补全计划’完全启动，戎卫前庭怎么可能贸然干扰穹顶内部……”邹斯威竖着耳朵正待阿瞳讲得更多，他却突然停住了嘴巴。

邹斯威还以为自己套话的目的暴露了，条件反射就准备抽身离开，一抬头，却发现了他停住讲话的真正原因。

小院儿的门口，站了一位瘦高的青年，此刻他已经脱去了身上的防沙服，换上一身干练的黑色劲装。天外即将黯淡下去的阳光恰好投射到他的身上，衬得他那张原本就气质不凡的脸更加英气逼人，同时，也显得他脖颈上那片片仿佛被火焰灼烧过的瘢痕，更加触目惊心。

青年人此刻意气风光，他快步走向坐在庭院中的两人，朗声说道：“二位，且去准备一下，桃桃已帮我说定，今夜我们便面见林夫人。”

第五章　林家

入夜。

随着太阳在地平线上收敛自己的最后一束光芒，波顿城内外气温骤降。街道上的行人就如归巢的鸟儿，四散纷飞，随着他们的脚步，一盏盏昏黄的灯光在城内次第亮起，温暖而恬静。

陆行鸵奔跑在大街上，迎面而来的强风已有了些割人的感觉，迫得邹斯威不自觉地将自己的脖子整个缩进了兽皮大衣高耸的领子里——这身行头自然是桃桃帮忙提供的，邹斯威完全叫不出这皮毛究竟属于什么野兽，只觉得皮毛间有股子说不出的血腥气息，此刻脖子一缩，登时呛得他咳嗽连连。

奔行在前方的秦立与阿瞳并未注意到同伴的异样，因为他们的目光此刻已经完全被那座突然出现在街道尽头的宅邸吸引了过去。

准确来说，并不能称之为“宅邸”，而是应该叫它城堡。光是那冰冷和厚重的外墙，便已经高过了白虎大街上的大半建筑，更别说内里那被华灯点缀着的楼阁以及高塔，此时就远远看着，便已经能感受到一股强烈的压迫感。

隔着这座“城堡”还有快百步的距离，秦立便停住了陆行鸵，翻身下了鸵背，将陆行鸵的缰绳捏在手里，改为步行。剩下二人跟着效仿，不敢露出丝毫的不敬之意。开玩笑，林宅外围那些装备精良的黑甲护卫此刻已经把手里的热能枪端了起来，要真敢骑着坐骑跑上门去，说不准脑袋上就会多几个焦黑的窟窿。

“来者何人？”三人走了几步，那些护卫中便传出了一个威严的声音。邹斯威眯着眼睛看去，只见说话的是个身型修长的中年男人，与周遭的其他护卫不同，在他黑色作战装甲的肩部，有一个烫金的汉字——“林”，想来便是这些护卫中的领头人物。

秦立还是选择令牌开道，但姿势比起晨间在温玉阁时可要客气得多了，他上前两步，双手握住令牌，微微向前躬腰，将那块写着“林”字的令牌递出去，同时说道：“在下秦立，与桃桃阁主有约，是来寻她的。”

护卫中快步跑出一个年轻的，同样也是双手接过令牌——也就是邹斯威眼尖，匆匆一眼，便发现这块牌子与秦立早晨使的那块有区别，虽然依然是金属质地，但上面的“林”字不再是鎏金的线条，而是变成了有些艳丽的粉色。

中年统领接过令牌，抬起左手臂，只见他小臂上的战甲微微弹出一块，露出一个插槽来，他动作麻利地将令牌插入其中。片刻之后，插槽里亮起一阵绿色微光。

他这才神色稍缓，示意左右的护卫将热能枪收好，将令牌还给秦立，然后冲着门前的三人抱了抱拳头说道：“职责所在，还请几位贵客恕罪。”

秦立接过卫兵递回的令牌，并不言语，领着其他二人抱拳还礼，接着便听中年统领发话道："麻烦三位随我到这边来。"

三人点头，随着中年统领的指引向前，来到林宅那扇威严厚重的钢铁大门之前。待到三人在中年统领身后站定，他再次按了一下左手小臂上的臂甲，却见一道浅紫色流光随着他的动作，自大门之上散射开来，依次扫过三人的身体，秦立和阿瞳都没事儿，到了邹斯威这里，这道流光却仿佛卡顿住了，前前后后来回扫了几次，差点儿没把他眼睛给晃瞎。

"这位贵客，"中年统领察觉到这边的异常，拍了拍手腕，停止了扫描，走到邹斯威身前来，说道，"身上是不是带了什么不该带的物件？"

邹斯威心中恍然，原来这道流光是个安检系统，但他属实觉得有些冤枉，在来之前他便已经听秦立的嘱咐，取掉了自己身上的全部武器、杂物，要说有什么不该带的……

他叹了口气，挠了挠脑袋，冲着众人尴尬一笑，也不管周围竖着百十双眼睛，将手伸进自己的裤裆，掏出来一块深紫色的金属。

无怪安检系统会在邹斯威这里停留：这块金属不过巴掌大小，外形酷似一柄小剑，细看之下才能发现它没有任何锋锐，与其说这是武器，不如说这是个玩具。

邹斯威不等中年统领发问，赶忙解释道："这不过是我的一个幸运符，没有任何危险。"

中年统领挑了挑眉头，算是接纳了他的说法，也就不再计较。他转过头去，在自己的臂甲上按下几个按钮，厚重的大门里传来一阵轻微的金属摩擦声，然后在靠近众人的位置打开了一扇小门。

"诸位，请进。"中年统领抬手引路道，不过他并没有继续跟进的意思，想来门内另外有人会负责带路。

邹斯威三人于是自小门鱼贯而入。等到他们的身影消失在门洞里，小门缓缓关上，中年统领才转过身来，重新回到自己的岗位上。

他身侧刚刚那位负责跑腿的卫兵似乎是想起了什么，低声说道：“老大，桃姐儿不是和夫人在一起吗？这几位……”

“收声。”中年统领摆了摆手，示意手下不要多话，他此刻正在回想方才那个为首的年轻人报上来的名号，秦立？这名字怎么感觉在哪里听过一样？

相比外观的威压压抑，林宅内部却显得格外简洁温馨，进入大门之后，首先映入眼帘的，便是一座小小的花园，园中的植物虽然就是些荒原上常见的灌木，但胜在修剪得井井有条，看上去也别有一番风味。目所能及的其他地方也都透着这股子意味，构成装饰的建材物料再平常不过，可其中却暗含严谨的修建与摆放，不难看出，负责建造林宅的人，是一个极其追求细节的人。

三人还待细看，一个温柔如水的声音便从旁侧传来：“小栗……秦立，二位朋友。”

说话的正是桃桃，此时她已换了身素色的装束，身上的那股子柔媚劲儿少了大半，却多出一股端庄气息来，看得一旁的邹斯威心中赞叹连连，也就不再计较对方招呼时候的区别对待了。再看一边儿的阿瞳，果然是完全变了性子，眼神中丝毫没有流露出晨间那股子热情的八卦火焰，整个人看上去恬静了许多。

秦立自然是完全没有注意到这些，也不知道这俩人单独相处的时候发生了什么，听见桃桃的呼喊，他第一时间就转身迎了上去，他一边走，一边开口说道：“桃桃。”

桃桃眼神中露出一丝羞涩，但脚下却是退了半步，她轻轻摇了摇头，一双大眼睛四下打望了一下，那意思再明显不过：二人不便在此处显得过于亲密。

秦立脚步收放自如，住了步子，微微点头。桃桃见他明白了自己的意思，微微一笑，道："三位，请随我来吧。"

跟在桃桃身后，走过一道长廊，再穿过两个空无一人的厅堂，几人来到一处关着大门的小楼前。桃桃在楼前停步，对着身后三人正色道："夫人此时应该是刚刚用过膳，我已与她言明过你们的来意，相信夫人对此事已经有了自己的安排，进去之后少说多听，小栗……秦立，如果此事与你预想的不太相同，也请先不要反驳。"

秦立微微皱眉，点头应下，倒是他身后的邹斯威一脸轻松，碰了碰阿瞳的手臂说道："阿瞳兄弟，你看看这些大户人家的女子，说些话是真的密不透风，就不说她与秦立的关系了，就秦立之前手里那块牌子，咱们这个事儿还能出什么波折？"

阿瞳并未立即回话，倒是前方的桃桃此时转身面对小楼，深深鞠躬朗声说道："禀夫人，贵客已到。"

随着她的声音，小楼的正门缓缓打开，自楼内射出一道同林宅大门如出一辙的紫色流光，在几人身上扫描而过，接着一个清亮的声音从楼内传来："进来吧。"

入得楼内，众人眼前一亮，楼外此刻已入夜，虽有月光，但也昏暗，而这楼内却也不知道是如何做到的，居然有如白昼一般，灯火明亮但却不刺目，让人觉得格外舒适。

在这温柔灯光的正中，放着一张古色古香的茶案，一个女子端坐案后，她身着一身剪裁得体的青色纱衣，如瀑一般的长发用一根青翠欲滴的竹枝束在头顶，两道略显尖锐的剑眉让她看上去英气勃发，毫无疑问，她便是波顿城内第二大财阀林家的掌门人，林夫人。

“见过夫人。”最先行礼的是桃桃，秦立三人跟在她的身后，纷纷行礼。林夫人略略点头，说道：“来到这里，都是我林家贵客，不必如此多礼，都坐吧。”

桃桃先一步在侍茶位坐下，素手温柔的律动下，其他三人刚刚落座，几盏清茶便已经放在了他们面前。邹斯威望着盏里清亮的茶汤，心里啧啧称奇，他当然知道，在穹顶之内，茶叶是何等稀罕的物件，更别提这种还没喝进嘴里，便已闻见清新茶香的稀罕货色了。

“秦立，”待得桃桃分完茶，林夫人开口说道，她一上来便叫出了秦立的名字，“好久不见，你这一去怕是已经有十多年了吧？”

“禀夫人，十七年零二百三十七天。”秦立接过话头说道。

林夫人叹了口气说道：“已经这么久了，你们离开的时候，老爷还在，我们林家那时候也不过是波顿城内的一个靠着走镖艰难维持营生的小家族……老爷给你爹的那块牌子，现在在你手里吧。”

秦立点了点头，稍一犹豫，还是从怀里将那块攒着金色“林”字的牌子掏了出来，双手向着林夫人递了过去。

林夫人接过牌子，看了看，接着随手放在一旁，说道：“你爹应该给你说过这块牌子的分量，这十七年来，我不知道你在外边儿是怎么过的，但你直到今天才用上这块牌子，想来，你应该是要做什么不得了的大事了。”

旁听的邹斯威暗自皱了皱眉头，他从林夫人的话里察觉到一丝不对来，听二人的谈话，秦立的父亲和林家明显交情不浅，但这林夫人上来几句话，几乎完全没有提旧日情分，反而是开门见山，把话题全部带到了秦立今日的诉求上，看来他之前的判断有误，今天这件事儿，远远没有他想的那么简单。

那边儿的秦立却是没有考虑这么多，直接说道：“我想请夫人帮忙，我要复仇。”

“复仇？”林夫人挑了挑眉毛，拿过桌上的茶盏，轻轻在唇边吹了吹，微微呷了一口，说道，“你想怎么个复仇法？”

“杀掉卫君禾，毁掉卫家。”秦立语速飞快，略微有些苍白的脸上泛起两道不太明显的红晕。

夫人伸出一只手指，点了点桌面上的那块令牌，一言不发，但是那意思已经再明显不过了：光凭这块牌子，林家不可能帮助秦立复仇。

秦立眼神闪烁了一下，说道：“我杀掉了乔老大……”

“那颗人头你已经送给桃桃了。”林夫人挥了挥手，打断了秦立的发言，说道，“功劳我也自然全部记在了桃桃身上。”

秦立点了点头，举起面前的茶盏，不顾茶汤滚烫一饮而尽，说道：“我在荒原上发现了一处庞大的金属矿。”

他说着，从怀里掏出一个圆溜溜的铁球来。这铁球邹斯威再熟悉不过，这可是探矿队队长的命根子，睡觉都没离开过怀里，当时盗匪袭营，他还以为已经遗失了，此时不知道怎么又出现在了秦立手里。

秦立熟练地在铁球上按动了几下，一道浅蓝色光幕自铁球上发散出来，上面正是当时探矿队队员们观测到的矿藏数据，矿藏深度、大致储量、主要产出的金属类型一一在目，唯独矿藏所在地一栏完全空白，没有了信息。

林夫人细细浏览了这些内容，然后微微一笑，指着那处空白说道：“这矿藏所在地，应该就在你的脑子里吧。”

秦立用力点了点头说道：“确实如此，只要夫人肯帮我，事成之后，我便告知您矿藏的所在地。这么大一处矿，再加上彼时卫家已经倒台，林家完全能够变成波顿城内的第一财阀。”

林夫人并未马上接过秦立的话头，而是示意一旁的桃桃为自己添茶。端起茶盏再饮了一口之后，她才说道："我听桃桃说，你们已经去过了温玉阁，那么你去过云崖集没有？见过云崖集里面那台第二代沉浸式体验仪了吗？"

听到林夫人这突然的一句话，秦立显然有些摸不着头脑，他转头看向身边的两位同伴，却见邹斯威脸上已经挂上了招牌式的笑容，把脑袋点得如同捣蒜一样了。

林夫人并未多看邹斯威一眼，而是继续说了下去："那台体验仪可以说是我们林家生意转型，有今天这般实力的关键，正是因为有了它提供的技术支持，我林家才能生产出第一代沉浸式体验仪……秦立，你可知这东西是怎么来的吗？"

秦立微微摇头。

"大约十二年前，也是在这会客厅内，老爷接待过一个与你一模一样的……探矿人。"林夫人抬起头来，直视秦立的双眸，那剑眉锐利得仿佛要割伤秦立的双眼，"他也给了我们一处矿，一处储量、深度、产物与你这处矿极为相似的矿藏。但是等我们花了大价钱买了这矿藏信息，再花了大力气完全封闭消息，将这矿挖出来的时候，你知道我们发现的是什么吗？那根本不是什么矿，那是一处史前古建筑，之所以会被侦测为矿藏，是因为古建筑的建造框架里运用了大量的金属，可那些都是已经完全成型的钢铁，而这些钢铁，只能被波顿城的城市核心当作废料回收！波顿穹顶建立这么多年，这唯一一次的探矿失误，被我们林家撞上了，老爷得知这个消息的当夜，便急火攻心昏了过去，至今还在病榻之上沉睡，也就好在我们还发现了那台体验仪，不然我们林家……"

林夫人并没有继续说下去，但是她后面的话并不难猜：想要在危险重重的荒原上开采矿藏是一件极为损耗人力物力的事情，更别提矿藏储量价值六成左右的矿藏信息费用……如果没有那台体验仪，以林家当时不过一个二流家族的实力，矿藏开采失败，直接家道中落也不是什么特别稀奇的事情。

会客厅内陷入了一阵令人尴尬的沉默，秦立的脸上再没了红晕，邹斯威只用余光都能看见豆大的汗珠从他的额头滴落。反倒是角落里的阿瞳，此刻还是那么恬静，居然有一些遇事不惊的大将之风。

良久，夫人叹了口气，她再次伸出一只手指，点了点桌上的令牌，然后将令牌收进了怀中，说道："罢了，你能做到今天这步也是不易，看在这块牌子的面上，我给你两个选择。第一，别想着报仇了，安心在波顿城内寻个落脚的地方，我保你一辈子衣食无忧。第二，若你一心想着要杀了卫君禾，我林家只能从旁辅助你……我还有些今日的账目要看，所以，你和你的两位同伴有一个小时的时间，一个小时之后你要给我一个你的复仇计划，我不管你最后怎么做掉卫君禾，搞垮卫家，我对你只有一个要求：林家帮你做的一切事情，最后都一定不会牵扯到林家身上，若你给不出这样的计划……那你连第一个选择的机会也会失去。"

林夫人说完这些话，放下手中的茶盏，起身便向着小楼的更高层走去。走到一半，回首说道："桃桃，你还在这里做什么？随我一起。"

桃桃起身，对着秦立歉然一笑，跟在夫人身后去了，只留下茶案前的三人，面面相觑。

第六章　毒计

“还有五十四分钟零二十八秒，你还准备在那里绕上多久，才来问问我们有没有什么想法？”会客厅内，第一个打破沉默的是阿瞳，他的声音平静而温和。

一直在会客厅内踱步的秦立转过身来，脸上有些诧异，他有些不自然地说道：“你的声音……”

“那不重要，即便我告诉你原委，你也很难理解。”阿瞳看了看手腕，那里不知何时，多出来了一块银色的腕表，“还有五十三分钟零四十七秒。”

“好吧……这件事是我的问题，前期情报收集得不够多……我完全没有想到林家居然曾经找到过这样的矿藏……”秦立懊恼地揉了揉自己的短发，带着一丝自责说道。

“得了吧，这不是你的问题。”一旁的邹斯威挥了挥手说道，“你今天拿出来的筹码不管是什么，哪怕是直接把波顿城拱手相让，这位林夫人也还是会有托词，不参与到你的复仇计划中去的。”

“你什么意思？”秦立抬起头来，看向邹斯威，却发现一边的阿瞳非常罕见地点了点头，对邹斯威的观点表示了赞同。

“还能是什么意思？”邹斯威拍了拍自己的脑门子，想到秦立自幼便被赶出了波顿城，常年在荒原之上游荡，要说荒原求生，杀人越货可能是一把好手，但是对这些场面人话里的弯弯绕绕可能真的不是十分清楚，于是只能叹了口气说道，“你仔细回想一下林夫人给出来的两个选择是什么？”

不等秦立回答，他便自顾自地说了下去：“你秦立在外忍辱负重十几年，全家都因为卫君禾死绝了，你是根本不可能放下仇恨的。再者，你此刻已经把你的底牌几乎全部暴露了出来，你信不信，就算你选了第一条出路，林夫人也不会让你好过，到那个时候她可不会管你手中的矿藏是不是什么古代建筑，软刀子刮也好，硬刀子撬也罢，只要把你心里的秘密掏出来，那你就别想再如她所言，衣食无忧了。所以，看似是两个选择，你眼前此刻就只剩下了一条路，那就是给出一个复仇计划，让林家参与其中，能够在你复仇成功之后分一杯羹；同时如果你复仇失败，林家也完全能够全身而退，至于六十分钟这个时限，不过是一个考验的条件罢了。”

“说得简单一些，”阿瞳接过邹斯威的话头继续讲了下去，比起邹斯威，他此时那充满了磁性的平稳男嗓音无疑更加具备说服力，“林夫人只是将你的复仇看作是一场牌局，能够坐到牌桌旁边，除了手里的本钱，还需要有一定的牌技，不然她作为波顿城第二大财阀的掌舵人，怎么能够安心跟在你的身后下注呢？”

秦立似懂非懂地点了点头说道：“所以，眼前这个情况是注定的？”

阿瞳摇了摇头，叹了口气说道：“如果目前林家掌权的人是林夫人口中的老爷，或者你今天没有对林夫人出示你父亲给你的令牌，那事情兴许都不会走到这一步。秦立，你要明白一个道理：对于所有的掌权者而言，任何旧日支配者的余晖都是他们心头的毒刺，在林夫人眼中，那块林老爷留给你们家的令牌，就是这样的毒刺。”

“我们说得太远了。”邹斯威看着秦立陷入沉思的表情，及时地拍了拍手说道，“阿瞳兄弟，你既然早就料到了这个情况，心中应该已经有一个腹稿了吧，说来我们听听。”

经过前面的铺垫，秦立对阿瞳已然产生了钦佩之心，再加上二人之前便达成的交易，此刻虽然对阿瞳的声音，以及邹斯威对阿瞳的称呼有些疑虑，但他依然直接上前一步，单膝在阿瞳面前跪下，抱拳说道：“劳您费神，还请先生直言不讳。”

阿瞳点了点头，似乎对秦立这种极为周到的礼数颇为受用，他坐在矮凳上，抬了抬手，说道：“还请不必多礼。我这计划也不过是个雏形，你若是不嫌弃，我这便说出来，咱们讨论一下。

“依我看来，你想要复仇，向林家求助本就多此一举，拿着那颗人头以及你发现的这处矿藏直接去敲卫家的门反而是个更好的选择。不过此刻你既然为了求稳，已经向林家求助，并且已经将自己的底牌几乎完全透露出来，那便是箭在弦上不得不发，具体的缘由邹先生已经和你言明大半了，我这里便不再赘述。

“那么，我们需要想明白的关键问题就是，我们此刻需要林家帮的是什么？或者说，林家能做些什么？”

“提供情报？林家有温玉阁这种特殊所在，想来也会掌握不少关于卫君禾的信息……”秦立眉头紧皱，说出了自己的看法，但他话说到一半，便把后面的话全部咽回了肚子里，因为在他面前，不只是阿瞳摇了摇头，就连一边的邹斯威都摇了摇头。

更何况，邹斯威还一边摇头一边说了起来，完全打断了秦立继续发挥的可能：“记住林夫人的条件，一切都不会牵扯到林家身上，情报固然重要，但自温玉阁那种地方得来的信息，想要溯源过于简单了。甚至不止温玉阁，就算是别的渠道，林卫两家在波顿城耕耘了这么多年，一个第一，一个第二，鬼知道相互之间埋下了多少情报网，即便是来个神仙，也很难甄别透露哪些情报才能够保证林家全身而退。”

阿瞳再次罕见地点头，赞同了邹斯威的说法，看向邹斯威的眼神都有些诧异了，显然邹斯威此刻的表现完全超乎了他的预料。

“那……难道叫林家出人？这更不可能，波顿这个穹顶就这么大，林家即便有养在暗地里，不为人知的死士，数量也绝对不会太多，若能在卫家手下翻起浪来，他们也不至于对外悬赏乔老大的脑袋了。”秦立完全没有注意阿瞳与邹斯威之间的小小插曲，依旧皱着眉头，苦苦思考。

“往阴暗处想是得不到答案的，即便能够找到答案，你也别忘了，判断这个事儿可行与否的最终裁判，是林夫人，别人看不见的东西，都是她的底牌，你想想她会不会应承我们几个外人，把这牌交给我们？”阿瞳挥了挥手，打断了秦立的思考，说道，“时间紧迫，我直接说了吧，我们需要林家给我们作保。”

“作保？”秦立的声音高了八度，一脸不可思议地看着阿瞳，“保什么？保我们三个的人命吗？这和直接让林家出人出力有什么区别？”

“当然不是保我们三个。”阿瞳笑了笑，白皙得仿佛一张脆纸的脸上泛起了陌生而自信的笑容，“对于这种财阀而言，我们三个的命有什么值钱的？我要林家保的，是你发现的那处矿藏。”

“矿藏？”

“是的，就是你手中的矿藏，我要你找林家保你的矿藏五十年内价值因盗匪、地震、洪水、物价急剧变化、出现可能的替代品、持有人发生变动这些事项发生贬值。”阿瞳掷地有声地说道。

秦立的脸上依旧写满了困惑。他正准备发问，一旁的邹斯威却忍不住了，也不知道他是担心自己戏份过少，还是出于别的什么目的，在这节骨眼儿上突然发话说道：“这个操作准确来说叫作以保险的名义给你的矿藏做商誉背书，你也不用问细节，这么点儿时间想要给你说明白完全不可能，照着阿瞳说的去做就行了。”

“可是……林夫人怎么会答应？”秦立表面上无视了邹斯威的话语，看都没看对方那张堆满了假笑的脸，问出来的话却出卖了他此刻的想法，“她刚刚不还在这里说我的矿藏是座古建筑，里面的金属完全没有利用价值吗？”

“所以我列出的，会影响矿藏价值的事项里，并不包括‘矿藏本身属性’这一条，况且，这也并不重要。”阿瞳笑道，“你的矿真实价值多少又如何？仔细想想你真正的目的是什么？是这处矿藏吗？你此刻真正需要的，只不过是一个由林家提供的，接近卫君禾，并将他击杀的机会罢了。”

这厢阿瞳说完话，便低下了头，端起面前的茶盏来，将盏中早已凉透的茶水一饮而尽，那厢“命根子”被人拿走的邹斯威却全程注意着秦立的反应。此时阿瞳的计划已经近乎和盘托出了，在邹斯威看来，在目前这种错综复杂的局面下，找林家作保确实是所有问题的最优解。秦立原本也是听得满脸放光，可他的眉头却在阿瞳说完最后一句话的瞬间轻轻地皱了一下。

他并不是在困惑阿瞳提出来的方案，或者说，阿瞳的方案依然还有问题。短暂的沉默中，邹斯威心中瞬间形成一个模糊的想法……全家人被害，忍辱负重十几年……晨间见到桃桃的时候，秦立的态度从一开始的抗拒相认到后来的积极配合再到最后的主动出击……拿到矿藏之后想的不是第一时间去找卫家，而是绕了一个大圈，来到林家寻找帮助……他的目标似乎远远不止终结卫君禾的生命那么简单。

心神闪动不过几秒，邹斯威却仿佛又回到了多年之前那条被迷雾笼罩着的长街之上，虽然身边的队友可能比那时的独眼儿以及麻子脸厉害了不少，但是他的处境却并没有什么不同：把他拉下水的人有远超自己能力的野心和目标，如果他邹斯威不奋力划水，便只有一齐淹死这一种可能。

所以，他微微吸了一口气，打破了眼下微妙的气氛，熟练地将谄媚的笑容再次堆满了自己的脸庞，说道："秦大哥，阿瞳兄弟的计划说得差不多了，我这里还有一些小小的补充，你想听听看吗？"

"还请直言。"

"敢问，你们这波顿城内，证券交易之风，兴起了吗？"

晨光熹微，太阳再次从黑暗的深渊里爬起，将温暖投射到波顿城快要变得僵硬的躯体上，唤醒这头巨兽体内那些因为寒冷而躲藏起来的人民。

但这些变化与云崖集内坐着的两人显然是没有关系的，特别是抱着双腿坐在暖炉旁边的邹斯威，看他嘴角那快要流到地面上的哈喇子，就能知道他此刻睡得有多香甜了。

阿瞳就坐在他的对面，带着一丝好奇打量着他略带清秀的脸庞。此时距离他们二人在林宅内为秦立出谋划策已经过去许久了，虽然最后秦立不知道出于什么目的，并没有让他们参与到和林夫人的最终谈判中去，可想来，秦立和林夫人采用的计划，也应该是眼前这位……少年提出来的那个……毒计。

想到此处，阿瞳不由得打了个寒噤，与体内那个还在沉睡的她不同，她热情、活泼，同时暴烈、鲁莽，习惯用拳头和腿脚解决问题，要是这少年昨天是在她面前讲出这个计划……

“那老娘早就两皮坨（拳头）上去，打得他哭爹喊娘了。”想到她，她的声音便在心底里响了起来，“阿瞳”笑了笑，带着一丝宠溺地说道：“醒了？”

“老娘睡得安稳迈（吗）？你个胎神（有些神经质的人）昨天晚上用了好多脑袋（耗费多少精神）？这会儿还没接管身体，老娘脑壳都开始痛了……”

“等我一会儿，时间还没到。”“阿瞳”温柔地安抚着她，他抬手，看了看手腕上那只银色的腕表，下定了决心，伸出一条腿来，犹豫了一小会儿，最后还是冲着一旁睡得正香的邹斯威踹了过去。

出乎他意料的是，他脚还没踹到，那边儿的邹斯威便醒了过来，兔子一般跳离了自己的位置，一脸惊恐地看向他，颤颤巍巍地说道：“阿瞳……兄弟？”

“现在还是我。”“阿瞳”点了点头，回答道，“不过她马上就要出来了，在此之前，我还是想给你打个预防针。”

“预防针？”

“嗯，我直言不讳了，你昨天给秦立出的那个计划，我们很不喜欢。”“阿瞳”的面色严肃了起来，充满磁性的男嗓里第一次出现了一些愤怒的情绪，“虽然我不得不承认，那个计划比我的更好，秦立和林夫人更容易接受，可……你有没有想过，那是一条毒计，一旦实施成功，有可能摧毁波顿城内多少无辜的家庭？”

邹斯威此刻站在一束刚刚翻过云崖集院墙的阳光里，或许是刚刚从睡梦中醒来，或许是“阿瞳”这一夜的温润与恬淡，总之此刻邹斯威脸上的表情并不是他那招牌式的假笑，反倒是有些讪讽，在晨光的照耀之下，这讪讽被无限放大，大到有些刺眼的地步。

这样的表情使得他即便一言不发，“阿瞳”也能感受到他此刻的想法，于是“阿瞳”无奈地笑了笑说道：“我能够理解你的做法，的确，你是戎卫前庭派遣来的一个观察员，你的任务仅仅只是在观测之后，向上汇报此处穹顶究竟适不适合参与‘世界补全计划’，这穹顶内的百姓是死是活与你何干？甚至于秦立，如果不是他从你身上搜走了穹顶钥匙，导致你无法复命，你也根本不会这么不遗余力地帮助他……我说的对吧？”

邹斯威脸上的讪笑随着“阿瞳”的话语渐渐退却，转变为一种带着赞赏的笑容，他点了点头说道：“阿瞳兄弟果然是明白人，既然你对‘上边儿’以及我的身份那么清楚，那么想来你也不会不知道，我们观察员是有能力从执行观察任务的穹顶内吸收队员，组建观察小队的，你之前似乎和我说过，你要寻找一个叫作‘缪斯’的地方？所以……我们不如做个交易如何？”

“阿瞳”叹了口气，再次抬起手腕，看了看那块银白色的腕表，说道：“我猜你这个话不是和我说的，你是在和‘她’说，连我所剩时间不多了这一点都能看出来，我收回之前对你的一切判断，至少从专业水平上讲，你……无愧于你的身份。”

“在波顿穹顶内，你保我不死，离开穹顶之后，我就会向‘上边儿’报告，将你吸纳入我的小队。”邹斯威并未在意“阿瞳”说的这些话，而是语速飞快地讲道。

果然，不出他所料，“阿瞳”抬起的手臂突兀地垂了下去。紧接着，一个熟悉的女声从“他”的口中响起：“真是个人渣。”

“那又如何？”邹斯威上前一步，向阿瞳伸出自己的手来，“怎么样，我说的交易？”

阿瞳咬了咬牙，一双明眸里闪过一丝狡黠的神色，也伸出手去与邹斯威握在了一起，一边用力上下晃动一边说道：“我劝你不要高兴得太早。”

“你什么意思？”邹斯威强忍手掌上传来的剧痛，用几乎发颤的声音问道。

“戎卫前庭上面儿的人精多了去了，你今天在我面前逞英雄，你有没有想过，他们能把你派到这哈儿来，然后你又遇到了我，这一切……根本不是啥子巧合？”

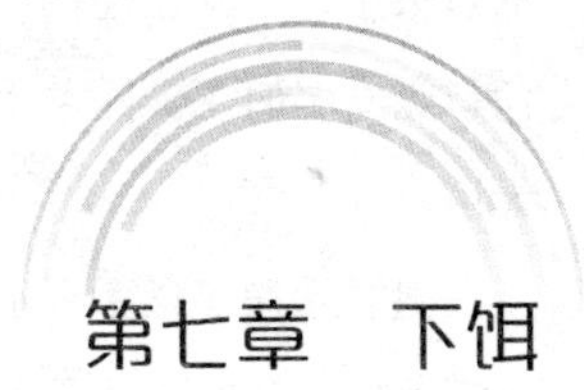

第七章　下饵

卫君禾赤身裸体，带着满身铁锈似的味道，从床上坐了起来，拉开一道缝隙的帘布里有束阳光投射到瞳孔，让他一阵恍惚。但是麻痹的感官并没有坚持多久，腰背处的酸痛就回到了他的身上，迫使他从鼻腔里发出一声模糊的呻吟。他一边哼哼着一边将帘布掀开了大半，看了看这一切的祸源——帐篷外面，并排跪着两个人，他们的四肢被死死地绑住，脑袋被套在破烂的麻布口袋里面，在他们的身下，早已凝固的鲜血汇集成暗紫色的湖泊，宁静而安详，早已没有了昨天夜里那股子充满叛逆与仇恨的热烈。

卫君禾看了一阵，觉得腰背处的酸痛更加明显了，连忙回过了头去，挪动着把自己赤裸的双脚放到了长满苔藓的地面上，缓缓地站了起来。冰冷的藓绒刺激着他的脚底，让他从迷蒙的睡意中清醒过来，他从容地从地上拾起了睡袍，又在一堆染着鲜血的刑具中找到了睡袍的腰带以及自己的拖鞋，缓步穿过小院，推开了镌刻着雄狮的红木房门。

房门外是一条走廊，四壁点着来自荒原深处的矿石油灯。明亮的灯火下，管家已经按照平日里主人的习惯，带着负责盥洗的仆人在门口矗立多时了。随着卫君禾开门的动作他们整齐划一地行礼，寂静无声。

卫君禾摆了摆手，示意他们起身。不等管家发话，自己从一个仆从端着的托盘里取过了一个盛满温热盐水的杯子漱了漱口，然后问道："几点了，老谭？"

老管家接过卫君禾手里用过的漱口杯，示意另一边的仆从递过一条备好的热毛巾，回答道："下午两点，还没到下午茶时间，大人。"

"我的客人呢？来了吗？"卫君禾随意地擦了擦脸，问道。

"来了，大人，在会客厅里等了多时了。"

卫君禾把热毛巾丢进老管家的怀里，脸上露出一个兴奋的微笑，就算是隔着他棕色的浓密胡须，也能毫无阻碍地感觉到他的兴奋。他没有再多说什么，迈动双腿大步从走廊里穿了出去，似乎那和他的腰背缠绵了一整晚的酸痛了无踪迹。

老管家慌忙跟在他身后，带着仆人们亦步亦趋，样子活像是一群被吓得不轻的工蚁。

会客厅内坐着两个身材高大的年轻人，一个精瘦，一个壮硕。

精瘦的那位穿着考究，一袭黑色的猎装，头顶漆黑如墨一般的头发一丝不苟地束在了脑后，一双漆黑的眼睛这时候正专注地盯着自己手中的茶杯，仿佛那浅褐色的茶汤里隐藏着什么不得了的秘密。

壮硕的那位则完全不同，他穿着一身做旧风格的棕色猎装，虽然长短合适，但相对于他的身型来说，这身衣服明显有些小，包裹在他的身上，处处紧绷，给人一种随时都有可能被撑爆开来的错觉。他的目光在整个房间里流窜，从门口金色的狮头雕塑，到像是点着炉火，却半点儿温度也没发散出来的壁炉，最后停在了一个垂头站在会客厅门内侧的仆从身上。

“我说，秦大哥，”这位身型壮硕的年轻人正是邹斯威，他微微侧过身子，将脑袋尽可能地远离那位仆从，压低了声音说道，“您可别介意，我这可不是要抢您的戏，待会儿见了卫君禾，我做主导……”

“我都知道。”身材精瘦的秦立伸出一只手来，揉捏起了自己的鼻梁，不过眼睛始终没有离开面前的茶杯，“倒是你，要记住，从卫君禾出现的那一秒开始，你对我的称呼里，便不要再出现‘秦’字了。”

邹斯威轻轻拍了拍自己鼓鼓囊囊的胸脯，说道：“我办事儿，你放心，咱一会一定把这场戏演得活灵活现，就算他卫君禾再长多出来一双眼睛，也休想……”

“行了。”秦立吐了口气，终于抬起了头，把严肃的，仿佛快要燃烧起来的视线透着到邹斯威的脸上，说道，“少说两句，你别忘了这里是什么地方。”

邹斯威停了嘴巴，正准备把招牌式的假笑堆砌起来，却听见会客厅的尽头，那扇自他们两人进来时便一直紧闭着的门后，传来了一个略带干哑的声音：“卫先生到。”

二人急匆匆地起身，在门闩轻响，门面被缓缓推开之前，便一揖到底，口中毕恭毕敬地颂道：“见过卫先生。”

然后他们便看见一个穿着一身睡衣，几乎半裸着的中年男人气宇轩昂地走了进来。

邹斯威没有转头去看自己的同伴，不过已经听到了秦立变得有些粗重的呼吸声。再细看了一眼卫君禾此时的装束，发现哪怕就这一件睡袍，他都没有把自己的腰带完全系紧，行走之间能够看到他连内裤都没有穿。邹斯威不由得咂了咂舌，心中对秦立送去了深切的关怀——处心积虑忍辱负重十几年，好不容易见到的仇敌，居然是这样一副带着一丝羞辱意味的装扮，任谁也难以压抑心头的怒火。

“你们一定就是我的客人了。”卫君禾环视了一圈整个会客厅，才把自己的视线集中在两个穿着上好猎装的年轻人身上，语气中略微多了些兴奋，“我昨夜听到老谭和我说的时候还觉得有些不可思议，这么些年了，居然还有人能在荒原里找到那么大的矿藏，今天一看，原来是两个青年才俊……快快请起，快快请起。”

也不知道卫君禾是故意的，还是单纯神经大条，总之，他把话说到这里，才抬起两条毛茸茸的手臂来，向前伸了伸，示意两个年轻人不用继续行礼。二人于是缓缓抬头，邹斯威也不敢和秦立对视，只能大着胆子细细打量了一下眼前这位“波顿城第一财阀掌门人”，出乎他的意料，对方看着相当年轻，虽然一把浓密的胡须挡住了他的小半五官，但裸露在睡袍缝隙之外的肌肤和肉体里，依旧充满了力量。

“果然不出我所料。”卫君禾丝毫没有在意邹斯威略显放肆的眼神，他再次向前推了推手，于是工蚁一般的仆从们快速而利落地向前，更换了邹斯威和秦立手边的茶盘，送上盛满了浅黄色麦酒的玛瑙杯。杯子入手冰凉，显然里面的琼浆被奢靡地冷藏过。卫君禾自己也取了一杯，向着二位客人举杯，三人之间并不过多言语，均是一同仰头饮尽。“果然不出我所料，看看你们二位喝酒的样子，啧啧啧，你们两个确实都是少年英雄。”

邹斯威心中对卫君禾给自己的评价嗤之以鼻，脸上却早已快要笑出褶子，他开口说道：“谢大人赏识，我和我这兄弟不过是在荒原上刀口舔血过日子罢了。此番能够寻得矿藏前来拜见卫先生，也都多亏了一帮兄弟们的支持，只是……”

"只是什么？"卫君禾抬了抬眉毛，周边的仆从立刻上前，为三人的酒杯内斟满了新酒。

邹斯威不敢把关子卖得太大，双手抬起酒杯，象征性地放到唇边抿了一口后，紧接着一双眼中就变魔术似的挂满了泪水，他带着一丝哭腔说道："只是苦了我们那帮兄弟，我们在荒原之上遭受了歹人袭击，最后只有我们二人九死一生，捡回了一条性命。"

卫君禾伸出一只手来，拍了拍邹斯威的肩膀，似模似样地叹了口气，说道："还请节哀。实不相瞒，我年轻时候也在荒原上摸爬滚打过，其中苦楚也是还记得一二，没有你们这些人的付出，波顿城也得不到今日的繁荣，我深表敬意，只是……小友，我该如何称呼你们？"

邹斯威不动声色地收回眼角那还没焐热的泪水，再次挤出招牌式的笑脸说道："小的姓邹，名斯威，这位是我患难兄弟，名叫石多余。"

听到这个"实在多余"的名字，秦立面无表情，双手举杯，只是行礼。卫君禾大笑两声，摆手示意秦立不用客气，便接着说道："邹小友，石小友，还请落座。"

邹斯威笑着领命，却哪敢直接坐下，乖乖站在原地，等着卫君禾大大咧咧在会客厅的主座上坐下，才战战兢兢地坐回了自己的位置，将手中的酒杯放在身侧的木桌上，这才发觉，杯子虽然透凉，但自己的手心里早已是大汗淋漓。

卫君禾呷了一口麦酒，放下杯子，接过身边老管家递上来的面巾，擦了擦自己沾满酒沫的胡须，才又说道："我这人说话做事讲究个直来直去，现在便进入正题吧，二位小友。"

邹斯威自然知道他说的正题是什么，于是满脸堆笑，看向一旁的秦立，说道："老石，叫你保管的东西，此刻便拿出来吧。"

秦立微微点头，从怀中掏出一张折叠得整整齐齐的厚纸。一旁早有仆从候着，将纸从秦立手中接过，放在了一个看似不太起眼的金属托盘里。却见纸张刚刚落下，托盘内便闪过一道流光，待得流光由紫变绿，这仆从才又双手托着托盘，将这厚纸呈到了卫君禾面前。

原本在秦立从怀中掏纸出来的时候，卫君禾的眉头还是紧皱着，想来这位波顿城的第一大佬对探矿的设备是有所见识的，知道矿藏信息应该储藏在什么器具内。但等他看到这张纸的时候，那张被大胡子包裹着的脸上，表情瞬间精彩了起来，先是错愕，紧接着，便是一丝带着新奇意味的笑容。

“如果我没看错的话，这应该是林家出具的保单吧？”卫君禾一手拿着厚纸，一手捋了捋自己的胡须，说道。

“大人火眼金睛，此物确实是林家出具的保单。”邹斯威大方承认，“我二人自盗匪手中偷得性命，带着这矿藏的信息回到波顿城，自然不敢再把脑袋用一根绳儿别在裤腰带上过日子，前些日子便去寻了林家作保，啧啧啧……林家给的价，可真不便宜。”

卫君禾并未直接搭话，而是反手将手中的厚纸递给了身边的老管家。老管家颤颤巍巍地接过，从怀中掏出一副镶着金丝的眼镜儿来，仔细打量了一番，再将厚纸递回了卫君禾手中，同时重重地点了点头。

邹斯威将一切看在眼里，心中想要将这位看上去快要入土的老管家记下，却不料对方似乎感受到了他投射过去的目光，抬起一双有些浑浊的老眼看来，惊得邹斯威赶忙挪开了自己的眼睛。那边儿卫君禾却好像完全没有看到这一幕，再次发话道：“林家能给你们作保，想来你们探到的矿藏的确是价值不菲，只是两位小友这保单上虽然对矿藏的深度、储量以及产出都有描述，但缺少矿藏的位置信息，不知……”

邹斯威咽了口唾沫，知道今天最大的考验来了，他瞥了一眼身边的秦立，直接起身，走到卫君禾近前，单膝跪地，朗声说道：“禀大人，小人斗胆，想与您合作。”

“合作？”卫君禾的声音并未起什么大的波澜，但是语气中的疑问意味却重得让邹斯威险些喘不过气儿来。

“是的，合作。”邹斯威硬着头皮继续说了下去，“小的当然知道，今次如果将全部的矿藏信息交予大人，大人必定会给小的一笔丰厚酬金。只是那样，矿藏日后的开采、冶炼风险会全部由大人一人承担，小的自小在这波顿城周边长大，耳朵里听多了大人的英雄事迹，心中仰慕大人风姿，实在不忍做这种一本万利的亏心买卖，所以今日便在这里斗胆请求与大人合作，大人只需出资三千万波顿币的现钱，便可购得此座矿藏百分之四十的股份，小的自会寻人开采，这样大人前期的投入不会太多，风险可谓大大降低，后期如果大人看到矿藏利润可观，自然可以随时加码。另外据小人所知，波顿城交易所内，此刻只有两只可供交易的股票，其中之一是林氏名下的温玉阁娱乐，另外便是咱卫家的卫家矿业，大人此时出资与小的合作，对外散布合作以及新矿的相关细节，卫家矿业的股价必然会节节攀升，光是这股指收益，恐怕都是一笔不菲的收入。”

邹斯威自认自己这番话说得是声情并茂，可会客厅内还是陷入一种异样的沉默之中。他呼出一口气，大着胆子抬起头来，却发现不论是卫君禾，还是他身边的老管家，甚至就连周围的那些仆从，都正以一种奇怪的眼神看着他……

“你说的这些……可都是真的？”卫君禾的声音依旧是古井无波。

但邹斯威心中却喘了老大的一口气，他知道，鱼儿吃下了他放的饵。这也怪不得卫君禾，撇开股价不谈，单说这矿藏生意，按照探矿队老大之前告诉邹斯威的信息，探矿这一行当，本就是一锤子买卖，一般来说城内的这些财阀从探矿队的手里买下矿藏信息，都需要在验证矿藏真伪之后，支付矿藏预计价值六成左右的价格作为报酬。此后，探矿队便与矿藏再无瓜葛，矿藏是赚是赔，都由买下矿藏信息的矿主自行负责。以林家为他们作保的这座矿为例，保单对矿藏的预估价值在一个亿左右的波顿币，六成就是六千万，而今天，以他提出这样的合作模式，卫家只用支付原本一半的价格，便可以参与到矿藏的开采中去，拥有的还是价值四千万波顿币左右的矿藏股份。这不仅相当于白赚一千万，还大大降低了卫家后续的一系列风险，更是给了卫君禾一个天大的机会——毕竟，以他卫君禾的咖位和邹斯威这种波顿城内的无名小卒合作，想要在矿藏稳赚不赔后再把邹斯威踢出去，看上去就是一件易如反掌的事情。

心中心思百转千回不过一瞬，邹斯威嘴巴上早已连连点头称是，他说道："小人所讲，绝对都是心中的肺腑之言，还请大人明察……"

卫君禾哄然大笑，一边笑还一边摇头。半晌之后，他终于止住了狂笑，眯着眼睛看向邹斯威说道："邹小友，我当真没有错看你，只是，你们二人一同前来，你说的这些，可都问过你同伴的意见了？"

邹斯威正待答话，卫君禾却挥了挥手，示意他不必多言。紧接着，他拍了拍手掌，说道："邹小友，你说的话，我可是都信了，可这位石小友自进我卫家以来便一言不发，你此时要我信他，自然有些难度，不过也好说。"

说话间，会客厅的门房微动。紧接着，几位身材壮硕的仆从，架着一个人自门外鱼贯而入，这人四肢被捆绑得死死的，脑袋上套着一个破烂的麻布口袋，若不是行进间，还能略微看到他胸膛的起伏，邹斯威甚至都会认为这是个死人。

"想要同我合作，我们就要先建立友谊，要建立友谊，就得分享快乐。"卫君禾走到邹斯威身边，伸出一双大手，微微发力，便将他拽了起来。然后又向着那些仆从示意，于是他们动作粗暴地将那人扔到了秦立脚下，拉开了他的头套，露出了一颗饱经风霜，头发灰白的脑袋。邹斯威眯了眯眼睛，因为他清楚地看见，在这人的面目显露之时，站在他对面的秦立，脸色陡然苍白了起来。

卫君禾却丝毫没有在意秦立的变化，而是自顾自地说道："这人，是我一个老对头留下来的余孽，我花了九牛二虎的力气，才将他和他的两个同伙抓了回来。昨夜里我亲自玩儿死了两个，今天的这个……就留给你了。"

随着卫君禾再次拍手，两位仆从一同端着一个硕大的托盘从旁而上。邹斯威远远地看了一眼，顿时觉得头皮发麻，那托盘内刀、锤、锯、斧样样俱全，更有些形状奇怪的刑具，邹斯威完全叫不上名字来。

却见那老管家跟在两位仆从身后，缓步走到秦立身边站定，伸手从托盘里取出了一把锋利的小刀，不由分说，便递到了秦立手中。

出乎邹斯威的意料，秦立虽然脸色苍白，动作却异常地麻利，电光石火间，只见他垫步上前，一手扶住那陌生人的脑袋，一手握着小刀，迅疾地从对方的脖颈间抹过。鲜血如泉，从新割出的创口奔涌而出，却丝毫没有沾染到秦立整洁的猎装，悉数流淌到光滑如镜的地板上。

耳边传来卫君禾刺耳的笑声，邹斯威一脸茫然地看着那倒在血泊中的老人，赫然发现在他那张陌生而苍老的脸上，有一丝浅浅的笑容。

第八章　重游

一路南下。

翻越过一座灰白色的土丘，波顿城便消失在了身后。同时与之消失的，还有灰绿色的苔藓以及湿润的空气，此时烈日当空，在这荒原之上即便是简单的呼吸，也能让人产生肺部被灼烧的错觉。

刚刚还处于全速前进中的全地形车非常突兀地停了下来。速度的骤降带来了剧烈的颠簸，车厢里睡得迷迷瞪瞪的矿工们被迫睁开了自己的眼睛，车厢内却安静得可怕，没有一个人发出抱怨的声音。

不过很快，这平静便被一阵气门闩拨动的声响打乱了，厚实的车厢缓缓打开，炽烈的日光夹杂着漫天尘土涌进车厢，一个身型壮硕的青年紧随其后，一言不发地进入车厢，待到视野渐渐清晰，他才开口说道："谁是领头的？"

车厢的角落里站起来了一个身材矮小皮肤黝黑的中年汉子，他张嘴一笑，露出一嘴焦黄的牙齿，说道："见过大人，小人章随，您有什么吩咐，尽管和我说就是。"

年轻人点了点头，从身后掏出来一沓颜色深黑的布条，说道：“章随是吧？不必叫我大人，你比我年长，称我一声邹老弟就是，我也不多说废话了，荒原上挖矿，我相信大家都是行家里手，有些规矩还是要遵守的。”

章随瞟了一眼年轻人手中的布条，自然懂了对方的意思，当下上前，毕恭毕敬地从对方手中接过布条，挥了两下，朗声说道：“还愣着干吗？都来领布，把招子蒙了！”

四下的矿工动作麻利，行动有序，显然不是第一次做这种事儿了。只见他们取过布条，两两为组，先是相互绑住双手，再蒙住眼睛，前后不过几分钟时间，一车人，除却站出来的这个章随，都把自己蒙了个严严实实，整个过程中居然一点儿别的声音都没发出来，

“邹老板。”章随哪里真敢叫人家“老弟”，他一边笑着，一边拿着手中仅存的两条黑布，向着年轻人示意，“眼睛我就自己蒙了，就是这手，还得劳烦您帮着捆一下。”

年轻人点了点头，走上前来，取过黑布，待得章随蒙住了自己的双眼后，学着方才那些矿工的动作，将他的双手捆上。不过也不知道是他心生怜悯，还是出于别的什么目的，手下的动作轻了少许，布条并没有紧紧将章随的手臂锁死。

“辛苦诸位了。”待得章随摸索着坐回自己原本的座位，年轻人才又朗声说道，“此去大约还有十个小时的时间，请大家多多忍耐。”

车厢内并无他人回应，只有那刚刚坐下的章随说了一句：“得了，邹老板，咱就是做这个营生的，这次能有车坐已经不错了，算不得什么辛苦，您忙您的，不用管我们了。”

邹斯威“嗯”了一声作为回应，转身去了。随着气门闩的声音再次响动，车厢门缓缓关闭，厢内又回到了一片黑暗之中，片刻之后，

众人脚下传来轻微的震动，车子再次开动了起来。

黑暗之中，只剩下几声压低嗓门的干咳。

“人都绑完了？”前方的驾驶舱内，阿瞳百无聊赖地抱着自己的双臂，看着邹斯威顶着满头大汗，小心翼翼地驾驶着刚刚切换到手动模式的全地形车，打了个哈欠说道，“我说你完全是自己给自己找罪受，反正最后这个卡卡还不是要让那个啥子卫君禾知道。”

“做戏也要做全套。”邹斯威笑了笑，说道，“钓大鱼就得学会放线溜鱼，要是我们一上来就把矿藏地点暴露给他，你猜他还会不会继续陪我们玩儿下去？”

阿瞳翻了个白眼，嘟了嘟嘴巴，把一双长腿跷到了控制台上——或许是离开了地下，这两天受到了阳光的照射，少女的皮肤再也不是初见时候的那种病态的苍白，而是逐渐变成了健康的小麦色——邹斯威百忙之中抽空瞄了几眼，竟然觉得有些养眼。不过一想到另一个阿瞳那低沉而又磁性的男嗓，他便彻底没了继续看下去的兴趣，将自己心底里刚刚泛出的一点点邪念亲手掐死在了摇篮里面。

“话说，那天你和秦立，你们两个人一起到卫家去，到底发生了啥子？”阿瞳丝毫没有注意到邹斯威的目光，有驾驶室内的冷气庇佑，她此刻看上去已经快要再次睡过去了。

邹斯威苦笑了一下，仔细组织了一下语言后说道：“没什么……如果非要说的话，那就是秦立被卫君禾羞辱了。”

“啥子哎？”刚刚还有些迷迷瞪瞪的阿瞳听到这里，顿时收回了双腿，直起身体，一脸严肃地看着邹斯威，说道，“怪不得我说那个小子回来之后一句话都不说，桃桃也不去找了，一个人把自己关起来在那哈儿（那里）……那个卫君禾是咋个羞辱他的哦，难不成……想不到哦，那个卫君禾一把年纪了，居然有这种癖好？但是他羞辱秦立做啥子？讲道理，他不是应该羞辱你吗？”阿瞳像是突然想通了什么，一拍扶手，整个人差点儿没从座位上跳起来。

邹斯威实在有些猜不到这位少女的脑回路，只能老老实实地说道：“我也不知道他是怎么想的，明明是我在和他进行交涉，为啥突然就把矛头对准了秦立，说什么男人之间的友谊……”

“还矛头！还男人之间的友谊！你看起浓眉大眼，还会说些形容词哎。”阿瞳拍了一把秦立的脑袋，转而喃喃地说道，“不对劲儿啊，咋个看还是你的形象更符合些……”

听到此处，邹斯威明白这位少女是彻底理解错了自己的意思，当下扶了扶额头，带着一丝无奈说道：“你想到哪里去了？我说的不是你想的那个意思……当天，卫君禾不知道从哪里抓了个老头出来，让秦立当着他的面儿，把那老头的脖子给抹了。”

“这算啥子羞辱？”阿瞳一脸疑惑地看着邹斯威的侧脸，说道，“秦立当初坑死整个探矿队伍的时候可是眼睛都没眨一下的吧？这种事儿，也能算得上羞辱？”

邹斯威摇了摇头，叹了口气说道：“我怎么知道卫君禾是咋想的？秦立是咋想的？这事儿得亏是找了秦立，要是换了我，我可是下不去手。”

“没劲。”阿瞳啐了一口唾沫，伸了个懒腰，不再言语，而是将一双长腿架到了操作台上，不一会儿，便睡了过去。

驾驶室内一下陷入了沉寂之中，邹斯威却没有觉得有任何的不适，他一边集中注意力，驾驶着全地形车避开那些荒原上随处可见的尖锐岩石，一边回想那天的场景。

他知道，刚刚有句话他对阿瞳说谎了。

他并不是完全不知道秦立的想法是什么。

他的脑袋里回想起秦立那天苍白的脸庞，以及那位老人临死前的微笑来，那微笑里固然带着一丝受尽折磨后的解脱，更多的却是饱含着希望，甚至鼓励，再加上卫君禾亲口所说，他是一位“老对头”的余孽……

只是……这一切只是巧合？还是卫君禾在秦立一言不发，甚至改名换姓的情况下，认出了他的真实身份呢？

太阳落山之前，邹斯威总算是开着全地形车来到了那处熟悉的三面被矮丘环绕着的谷地中。

说是熟悉，其实已经有些陌生了，那夜里热闹的篝火和四散的残肢此刻早已不见了踪影，取而代之的，是一座刚刚搭建起来的，颇具波顿风格的采矿基地。

最引人注目的，便是便于拆卸的漆黑金属外壳。外壳上方那直径二十米左右的“微型”滤伞保证了此处的基本温度，确保即便是正午时分，在采矿基地内劳作的工人也完全能够全力投入。在基地后端，是两条今天下午才刚刚竣工的传送带，一条简陋而原始的，是负责输送矿工下到位于谷地后方一公里左右的矿井里，另外一条看上去就要坚固、安全许多的，则负责运输渣土以及矿石。

“辛苦你们了，后续的使用过程中如果出现什么问题，我会及时联系诸位的。”邹斯威接过基地施工方呈递上来的完工报告，大致扫了一眼，便签署了下去。有卫君禾这块虎皮，他自然不怕这些人搞什么幺蛾子，等到施工方的工头接过完工报告的副本，他又将那些刚刚蒙在矿工眼睛上的黑色布条拿了出来，说道：“麻烦各位了，规矩你们应该比我懂。”

工头没有多话，十分顺从地接过了布条，带着自己手下的工人鱼贯地上了全地形车的车厢，老老实实地相互捆了手，蒙了眼睛。

邹斯威站在车厢外，看着他们完成了这些举动，才关上了厢门，扭头冲旁边的阿瞳说道："回去这一路，就麻烦你了，过了那座山，就能开自动驾驶了……"

阿瞳潇洒地挥了挥手，示意邹斯威不必多言，然后说道："莫要操那些心，你好生看到底下那些人挖矿就行了。明天中午，我会准时带好补给以及第二批矿工过来，中间你莫给老子整幺蛾子，不然到时候可没得哪个能赶回来救你的命。"

邹斯威点了点头表示明白，阿瞳也不再多话，转身上了全地形车，发动车子，几个呼吸间，便消失在了谷地外的矮坡上。

目送着阿瞳离开后，邹斯威才转过身来。在他身后，那些来自波顿城的矿工此刻正在章随的带领下整备，邹斯威借着基地的照明灯打量着这些矿工整齐而又利落的动作，心中对远在波顿城的卫君禾又多了一丝戒备——这帮矿工名义上的归属人虽然是他和秦立，却都是由卫君禾召集过来的，手下的矿工都能有这样的素质，卫君禾的能力可见一斑。

不多时，矿工们便整备停当。章随伴随着腰间工具晃动敲击的声响，屁颠儿屁颠儿地跑到了邹斯威面前，哈着腰说道："邹老板，兄弟们都准备好了，就等您一声令下，便可以下矿了。"

邹斯威清了清嗓子，饶是他经历特殊，身边最多也就使唤过两三个麻子脸、独眼儿那样的小弟，对着百十号人发号施令，这也是他生平第一次，想了半天，也没想出个屁来，最后只能朗声说了一句："下矿！"

章随心中觉得有些奇怪，这个年轻的老板开矿为啥这么随便？香也不点是鸡也没杀，自己方才不过是个谦辞，他居然真的就号一嗓子让大家开工了，不过他也不敢多问，此刻箭在弦上，他只能点头领命，转身跑到矿工队伍的前面，学着邹斯威的腔调，吼了一句："下矿！"然后便领着这队沉默的矿工，向着传送带开始进发。

邹斯威微微喘了口气，快步走向采矿基地的指挥塔，接受过简单的生物识别后，便进入空无一人的塔内——按照之前和施工队伍了解的情况，这座探矿基地已经高度智能化，开启停止传送带、控制矿井内的照明设备、基地能源调度、自动厨房等指令都已经集成到了塔台内的控制面板上，操作语言也经过了大量精简，即使没有经验，也能在辅助程序的帮助下快速上手。

不过等到邹斯威实际操作的时候，依然还是有些手忙脚乱。等他摸清楚整个系统，控制着传送带，以安全速度将矿工队送到了目前还只具备一个雏形的矿井里时，塔楼外已经是明月高悬，进入了深夜。

"邹老板，首次作业预估时长在八个小时左右。"监视屏幕上，章随正在进行最后的汇报，"您如果嫌麻烦，可以在确保井内通风系统运作正常后，将物料传送带的传输权限开放给作业端，就能定个闹钟去好好睡一觉，到时候了，再接兄弟们上来。"

邹斯威恨不得把这位直接从矿井底下叫上来，把这座指挥塔全权交给他来操作。不过好在他脑袋里理智尚存，于是只能干咳了一声，然后说道："收到，辛苦兄弟们了。"

章随点了点头转身投入到了热火朝天的工作中去，他那边儿通信一关，监视屏幕上便没了声音，只剩下一群矿工们在橙黄色的矿灯照耀下，兢兢业业的劳作画面。

邹斯威看了一阵便没了兴趣，按照章随的说法，检视了一遍通风系统，又开放了物料传送带的操作权限，便真准备去指挥塔内置的休息室睡上一觉。但当他刚刚起身，准备离开的时候，却鬼使神差般地，再次坐到了控制面板之前。

这块控制面板和这整一座指挥塔一样，都不知道是几手的设备了，上面布满了斑驳的划痕。可这些并不影响邹斯威接下来的操作，他摸索着打开了“地形勘探模块”，快速扫描了一遍矿井周边的地形。很快，屏幕上便出现了这处小小的谷地以及包围着它的三面矮丘，接着，便是邹斯威前几天才刚刚摔进去过的沟壑。

密密麻麻的沟壑，充斥着矮丘身后的荒原，如同平静水面上被突然激起的波纹。邹斯威丝毫不关心这种地貌的成因，他真正关心的东西还在后面。

他点开“地形勘探模块”里自带的子项目菜单，在上百个几乎完全陌生的选项里，找到了自己真正想要的那个东西——“动物信号探测”，然后毅然决然地点了下去。

控制面板上，刚刚形成的地形图上，随着邹斯威的动作荡漾开了一圈又一圈的浅绿色光波。这些光波扫描过的地形内，端坐在指挥塔内的邹斯威、矿井下方正在辛勤劳作的矿工、荒原上觅食的毒蛇、正在被毒蛇寻觅的沙鼠、同时寻觅着毒蛇和沙鼠的夜枭，所有的动物，顿时显露无遗。

但……唯独没有扫描到任何大型动物。

就是大到，如同那夜里，能够一口吞下盗匪头目的怪兽那般的大型动物。

邹斯威眉头紧皱，为了确定心中的猜疑，他又点了几次探测按钮，得到的结果依然不变。于是他只能放弃了这样的无用功，缓缓地站起身来，望向指挥塔外渐深的夜色，发出一声沉重的叹息来。

第九章　塌陷

莹白色的灯光从有些泛黄的墙面上反射过来，虽然不至于刺眼，但时间长了，也能形成一种独特的视觉折磨。

被牢牢铐在审讯椅上的少年却对这种“酷刑”完全免疫，从他有些诡异的坐姿就不难看出，他已经是这里的“常客”了——只要他保持这样的姿势坐下去，对他无效的就不仅仅是灯光，反剪着他双手的手铐也难以起到作用。

在他的对面，站着一个身材不高的女警，从她肩膀上的警徽，以及保养有度的脸庞看来，职级应该是不低。

不知道出于什么原因，从进入这间审讯室里开始，她便没有说话，一直用一种复杂的眼神看着面前的少年。

那少年兴许是太久没有被人注视过了，扛得住审讯室的折磨，却最终没有扛住女警的目光，带着一丝不耐烦的语气，开口说道：“得了，别再盯着我看了，你要真心疼我，就给我松松铐子，你们这么铐着我是不是有些太不地道了？”

“我不心疼你，我只是觉得太失望了，斯威。”女警缓缓开口，言语间充满了落寞的情绪，“你的父母是那么优秀的人，你怎么……落到了如今这步田地？”

少年人冷哼一声，放弃了自己防御性的坐姿，伸直腰背，抬起头来看向女警。灯光照亮他清秀的脸庞，赫然正是少年时期的邹斯威。

他皱了皱眉头，适应了一下手腕上由于坐姿改变传来的剧痛，然后说道：“所以呢？我的父母那么优秀，他们又落到了哪步田地？苟且活着的人就不要在这里和我大言不惭了。”

女警的目光凝固了一秒，接着那双褐色眼睛中的柔情也好、悲悯也罢，全部退却，只剩下了冷漠和坚定。

她沉默着将手中的卷宗稳稳放在审讯桌的桌面上，然后缓缓坐下，接着说道：“说说看吧，你是怎么从那个‘死亡游戏’里面活着回来的？”

邹斯威咧嘴笑了一下，再次将自己的坐姿调整到之前那个诡异的形态，然后清了清嗓子，回答道：“无可奉告。”

铃声刺耳，将邹斯威从浑噩的梦境中唤醒。

昨夜他最终还是没有选择去休息室内睡觉，而是选择睡在了控制台前的椅子上。此刻突然醒来，腰背处的酸麻立刻袭来，但他却优先选择拍了拍自己昏沉的脑袋，强忍不适，将闹钟按停，把目光聚焦到监视屏幕上。

由于长时间无人操作，监视屏幕已经不再实时显示矿井内的作业情况，而是变成了浅灰色的待机状态。整个屏幕上只剩下了两行暗红色的数字，第一行写着：七小时五十五分，代表着本次作业的时间，第二行则是一个简单的百分比：99.75%，代表着此次作业和理论工程数据的比例——这样的设计透露出来的含义十分清晰，对于矿主来说，矿工们如何劳作，甚至是生是死都不重要，重要的，只是他们的工作效率。

邹斯威倒没太多的时间关注这些，他只是再次拍了拍脑袋，企图把那间审讯室的影子彻底从脑袋中赶出去，但却发现效果甚微。于是他只能唤醒了监控屏幕，链接上了通信频道，清了清嗓子，冲着话筒喊道："章随。"

"在呢，邹老板。"一个黝黑的身影从矿工队伍中"弹射"而出，来到了监视画面的正中，咧着一嘴黄牙，笑着说道，"您睡好了？"

邹斯威瞄了一眼屏幕左下角，说话间，那条百分比数据已然变成了100%，他挥了挥手，说道："叫兄弟们停工吧，先上来休息。"

"得嘞！"章随领命去了，走之前再次关闭作业端的通信，于是画面再次进入无声状态。一片死寂之中劳作一夜的矿工们丝毫不显疲惫，秩序井然地停下手头的工作，收拢好最后一批碎石杂物，在章随的带领下，鱼贯地站在了传送带上。

邹斯威开动传送带，通过控制面板把监视系统切换到了塔楼内部的食堂，并同时打开了自动厨房模块——虽然伙食配给早已完成了预设，但头一回做这种事儿，邹斯威总觉得要亲眼看着厨房完成配餐，心里才能踏实。

还没等邹斯威将屏幕上的参数研究明白，通信频道里再次响起了蜂鸣声。他抬手接通了通信，入耳却是阿瞳标志性的古语："邹老板，情况咋样？我还有大概两个小时到你那哈儿。"

邹斯威正准备回答，心中却是一愣，自己这边儿不是才开工八个小时吗？阿瞳怎么……

"你没绕路？"

“绕了，你当老子是哈板儿（傻瓜）吗？”阿瞳不屑的声音从扬声器里传来，监视屏幕此刻正好接收到了全地形车上的通信画面，将阿瞳的一个白眼完完整整地送到了邹斯威眼前，“老子又不是你那种菜鸟，开个车慢得和乌龟爬一样。”

邹斯威拍了拍自己的额头，一脸无奈地说道：“我的姑奶奶哎，你忘了你车厢后面还载着矿工了？那可都是人！你在荒原上把车开那么快……”邹斯威没有再说下去了，因为即便是隔着屏幕，他也能感受到阿瞳眼睛里的杀气，他只能闭上嘴巴，心中暗暗为阿瞳车厢里的那批矿工祈祷，希望他们别吐得太厉害。到了地儿能不能干活都是次要的，关键是合同里没要求他们负责清洁随行车辆，这要真吐得没办法坐人，阿瞳肯定是不会上手清理的，这种脏活累活，只能轮到他的头上。

阿瞳可不管邹斯威心中这些小九九，骂了两句之后便挂断了通信。邹斯威望着再次变得无声的监视屏幕，犹豫了一会儿，摇了摇头，决定先把食堂的事儿放在一边，转而主动请求链接了另外一个预设在通信频道里的联系人。

短暂的忙音后，通信链接成功，秦立冷淡的声音从扬声器里传了出来：“可以说话。”

这句话仿佛什么开关，邹斯威方才还面无表情的脸上瞬间堆满了笑容，他语速极快地说道：“秦大哥，这边儿一切顺利，首次作业已结束，工程进度完全符合预期，阿瞳正带着第二批矿工赶来，预计三个小时后便能开展第二次作业。你那边儿……怎么样？”

监视屏幕闪烁了一下，接着一个陌生的房间出现在屏幕正中，秦立端坐在房间正中的一张矮床上，面无表情地看着手中的通信器。

“正常……也不正常。”秦立踌躇了一下，最后说道。

“怎么？卫君禾已经有动作了？”

“没有。”秦立摇了摇头，压着声音，语速飞快地说道，“至少在我能观测到的范围内没有。我这两天都待在卫家，据我观测宅院里风平浪静，没有任何大面积的人员调度。”

“所以，你觉得不正常在哪里？”

“就是因为没有动静才不正常，卫君禾……”秦立突然停止了说话，他轻咳了一声，把视线从通信器上挪开了。片刻之后，通信断开，邹斯威的监视屏幕只剩下一片黑暗。

虽然明知对方看不到，邹斯威依然冲着监视器点了点头，表示自己已经明白了秦立的意思——他与卫君禾只短暂地接触过一次，但架不住这位“第一财阀”把自己的脾气完全摆在了脸上，想不了解都难。简而言之，卫君禾做事绝对不会拖泥带水，从签订合作协议的第一天起，他便已经准备好要把两位“小友”踢出这场游戏了。

至于以一条人命为代价建立的“友谊”，那顶多不过是酒后茶余增添的一点儿谈资罢了。

想到此节，邹斯威也没了去关心饭菜的心思，他从坐了一夜的椅子上站了起来，用力舒展了一下自己的腰背，看向塔楼之外。

此时已近正午，有滤伞的保护，荒原上炽烈的阳光褪去了部分炎热，但依旧刺眼，逼得刚从矿井下面上到地面的矿工们自觉地戴上了护目镜，也逼得邹斯威不得不眯起了眼睛。

章随走在人群的最后，老远便咧着嘴冲着指挥台挥手。也不知道他是看到了邹斯威，还是时刻保持着这股子谄媚的精神，总之看见他的笑脸，邹斯威就本能地觉得亲切，毕竟茫茫人海中，遇到一个能和自己相似的同类，也确实不太容易。

正当邹斯威准备抬手回礼的时候，矿工队伍身后，两条传送带的正下方，刚刚完成首次作业的矿井处，传来了一声振聋发聩的响动。

“轰！”

伴随着这声剧烈的响动，矿井正上方的矮丘肉眼可见地抖动了起来。紧接着，从矮丘与地面结合着的根部，陡然出现了大片漆黑的裂缝。还未等邹斯威从前一秒的巨响中回过神来，这些裂缝便快速连成了一片，下一瞬，整个谷地开始无规则地颤抖起来，大片烟尘滚滚而起，那座刚刚抖完的矮丘开始飞速向下塌陷。

邹斯威的大脑一片空白，那间还未被完全驱赶出脑海的审讯室似乎又开始死灰复燃。他的双目无神地接收着眼前的惨状，视野被烟尘侵吞的最后一秒，他眼睁睁地看着章随——这个他刚刚产生了一些认同感的矿工头子——消失在了一条刚刚出现的裂缝里，再不见了踪影。

“此次事故的主要成因暂时推断如下：由于矿队监工缺乏经验，没有及时判断出此处矿藏的施工风险，无视矿藏外部的地质结构，直接下达开矿命令，导致……”

“行了，桃桃，别念了。”如此枯燥无味的语句，即便是由桃桃那千娇百媚的嗓音诵读出来，也足够让人头疼，林夫人揉了揉自己的太阳穴，一脸不耐地说道，“这些官面儿上的语句毫无意义，这矿塌了，谁还猜不到是谁动的手脚？”

桃桃一脸恬静地将手中的阅读器关闭，放在一旁，转而摆弄起面前的茶盏来。不知出于什么目的，她今天穿了一身漆黑的猎装，玲珑的身材被略带弹性的布料包裹得严严实实，此刻虽然是坐姿，但也透出些英气来。

反观她身侧躺卧着的林夫人，完全没了往日里的精神，眉眼间满是困顿，即便是面前刚刚沏好的茶汤也没办法缓解她身上的疲惫。

桃桃沏完茶，小心翼翼地伸出一双素手，帮着林夫人继续揉按太阳穴。一边儿按，她一边儿说道：“那座矮丘塌了，原本需要十日的劳作才能接触到的矿藏，此时便只用三日，不过花了几条矿工的性命，就能达到如此效果，卫家的手段……”

林夫人半眯着眼睛发出了一声冷笑：“莽夫罢了，他越是这样心急，便越容易中你那位秦立的圈套。桃桃呀桃桃，我派你去掌管温玉阁这么些年头，你怎么就没点儿长进呢？”

夫人话虽有些重，但并没有什么责备的语气，反而透着些宠溺。桃桃脸上泛起些许红晕，眼珠一转，娇笑道：“我要那么多长进干吗？桃桃只愿永远当个长不大的小姑娘，能侍候在妈妈身边就好了。”

林夫人睁开凤目，没好气地白了桃桃一眼，说道：“还永远侍候在我身边！那秦立回来前，你何时像现在这样日日来见我，三言两语离不开你那小相好和他的计划……”说到这里林夫人叹了口气，言语间竟然多了些苍凉，她喃喃说道，“我与老爷膝下无子，这么些年来，一直把你当作亲女儿养在身旁……你……当真喜欢那秦立吗？”

“妈妈，您在说什么呢。”桃桃此刻整张脸都红透了，她抱住林夫人的手臂，摇晃着说道，“小栗……秦立与我不过是儿时玩伴，顶多算得上是个旧友，我也是念着往日的交情才想着帮他，哪里谈得上什么喜欢？”

林夫人摇了摇头，桃桃这般小女儿做派，论谁都能猜出她心中的真实想法，只是这秦立……

“罢了。”林夫人似乎是下定了什么决心，突然正色道，“桃桃你可知为何我之前说卫君禾越是心急，便越容易中秦立的圈套？”

桃桃也正起了颜色，认真皱着眉头仔细思索了半晌，最终试探性地说道：“难道，问题出在矿藏的估值上？”

夫人欣慰地点了点头，说道："以极低价格吸引卫家入股，只是秦立整个计划的第一步。事实上那夜他从我这里要去的那张保单上，标定的预计价值，只有他发现的那座矿藏的三分之一不到，如果在矿藏开采过程中出现岔子，那么这矿便需要重新估值……"

桃桃眼睛一亮，接着林夫人的话继续讲了下去："等到三倍于原始估值的矿藏再次呈现在卫家面前，以他们的胃口，一定会加码投资。那时候，秦立他们作为矿藏的大股东，自然也同样拥有再次议价的权利……只是……"

"只是卫君禾不是什么正人君子。"林夫人坐起身来，看向窗外，眼神里多出了一丝玩味来，"秦立等人在他眼里只不过是随时都能踩死的蚂蚁，想要和他卫君禾谈价格，这几位小朋友得先有手段保住自己的性命……"

"妈妈，这不是还有我们吗？要论保人性命，这波顿城内外还有哪家能比得过我们专业。"听到林夫人言语间有关秦立生死，桃桃立马急道。

林夫人听到她这句话，脸上露出一丝苦笑来。她伸手捋了捋桃桃那头乌黑的秀发，说道："你小看他了，你的那位小相好此刻可不仅仅只是在等着卫君禾加码……他还在等我，他想看看面对击溃卫家，稳坐波顿城头把交椅的诱惑，我能不能完全不为所动，继续选择明哲保身，不掺和到这股浑水中去。"

纵使心中有万般言语，桃桃此刻也选择闭上了嘴巴，她虽然不太明白夫人这句话的含义，但她清楚自己的本分：任何事关林家未来的决定，都只有夫人一人有决断的权力。

半晌，夫人轻轻叹了口气，将自己的身躯放回到柔软的靠垫上，疲惫和困顿再次回到了她的眉间，桃桃识趣地伸出手去，乖巧地继续揉按夫人的太阳穴。

“桃桃……”夫人彻底闭上了眼睛，用仿佛梦呓似的声音说道。

“桃桃在。”

“下次如果我再像昨晚一样，要和人打一通宵的麻将，你可千万记得要拦住我。”林夫人有气无力地说道，“还有，你还没真正回答我呢，你……当真喜欢那秦立吗？”

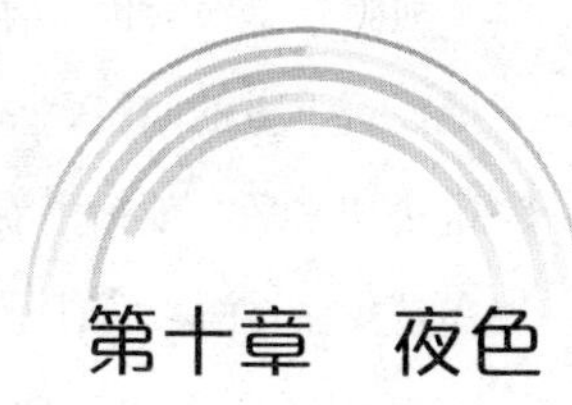

第十章　夜色

“你觉得卫君禾是个怎么样的人？”

问话的人是阿瞳，低沉且充满磁性的男嗓在密闭的驾驶室内回荡。邹斯威轻咳了一声，接着转过脸去，带着一丝试探地说道：“阿瞳……兄弟？”

“是我。”阿瞳的脸上平静而淡然，“好好开车。”

邹斯威心下暗暗松了口气，把自己的注意力重新放到面前的道路上。半晌后，他沉吟着说道：“卫君禾……聪明，残暴，没什么耐心，同时又很低级。”

阿瞳点了点头，叹了口气：“和我的判断差不太多，这么一来，现下便是我们最难的一道关卡了。”

“你这话什么意思？我们不过是返回波顿城罢了，大家都知道矿井的事故是谁做的手脚，他再心急，总不可能在我们回去的路上就动手吧……”邹斯威话说到一半，心中却有了一种非常不好的预感，踩着油门的那只脚突然开始发力，全地形车随着他的动作，发出一声低沉的嘶吼，开始在荒原上疾驰起来。

阿瞳丝毫没有因为他的突然加速发出什么怨言，反而沉默地打开了操控台下方的暗格，从里面取出了两柄修长、漆黑的热能枪来。做完这一切之后，他抬手看了看手臂上的银色腕表，说道：“非常不巧，现在是我在外面，而且距离她出来，最少还有十个小时。”

“有什么好的办法吗？”邹斯威手忙脚乱地将车子设置为没有目的地的半自动驾驶状态，同时将车辆自带的探测雷达开启到最大范围——遗憾的是，这毕竟只是一台全地形车，探测范围终究有限，此刻就算功率全开，也一无所获。

“我觉得，要不换我来开车？”阿瞳瞥了一眼邹斯威的操作，放下了手中的热能枪说道，“车辆目前还有 80% 的续航，以你现在的驾驶、探测模式，再算上这辆车本身的电池损耗，我们在距离波顿城一百公里的地方，它就会完全失去能源供应，到时候不用卫君禾派人来做掉我们，荒原上的太阳就能直接收了我们两……三个。”

“那我呢？”

“我的射击技术和你开车的技术差不太多，所以这两柄枪还是给你吧。”阿瞳一脸真诚地说道，“卫士九型突击热能枪，完全充能的情况下能够连续击发二百次，有效杀伤距离在八百米左右，穿甲能力弱，如果敌人和我们一样，开着车，那就节约些弹药。”

邹斯威一边把驾驶位让给阿瞳，一边颤颤巍巍地接过了热能枪，听到阿瞳最后一句话，他赶忙问道：“那如果他们开着车，我们应该怎么办？”

“看到驾驶室后面的那道铁门了吗？打开它，爬上去，在车厢顶部有一个机枪塔，以及一台堡垒一型动能重机枪，那才是用来对付车辆的武器。”阿瞳头也不回，语速飞快地说道。与此同时，邹斯威能够明显感到全地形车变慢了下来，他正欲发问，阿瞳却再次说道，“我已经看过行车日志了，很不幸，那里面只配备了四百发动能弹，而且自这辆车出厂至今，都没有进行过枪械保养，戎卫前庭应该教过你基础的枪械知识，你看情况使用吧……你怎么还在车厢里？”

“我这不是……”

“我减速是给你时间爬过去的，难不成你想爬到一半被甩到车子下面去吗？”

“动能枪械才是枪手真正的浪漫，只有通过无微不至的保养和呵护，才能换回枪火击发时的炽烈激情。”

这是邹斯威在“上边儿”第一次参加枪械训练时，听到的第一句话。

当时他就想问一个问题，如果不保养和呵护，还能浪漫吗？而现在，问题的答案摆在了他的眼前：全地形车的顶部，布满灰尘和垃圾的机枪塔内，矗立着一坨硕大的……废铁。

邹斯威不甘心地伸手摸了一把机枪，却只碰到了一堆疙疙瘩瘩的铁锈。他有些绝望地冲通信器汇报：“我已经检查过了，这挺机枪也就瞄具能用……我们从矿井出来多久了？”

“我知道了。”面对邹斯威这没头没脑的提问，阿瞳简短地回答。紧接着，邹斯威觉得眼前一黑，脚下传来剧烈的震动，他连忙转过身去看，却发现阿瞳关了车灯，同时将全地形车推到了一个极高的速度。

他挑了挑眉毛，对阿瞳如此了解他的心意有些警惕，冲着通信器说道：“你怎么知道我会让你全自动驾驶？”

“我从未忘记你的真实身份，以及你来这里的目的，也没有忘记我们之间的交易。现在这个情况，矿井位置暴露与否根本不重要，保住你的性命才更重要，是吧？”

“阿瞳兄弟，你这个话说的，哪有这么严重，我们不是都已经出来快三个小时了吗？怎么就会暴露矿井位置了？再说了，这大晚上的，明知道可能有追兵，还开着灯在荒原上跑，和送死有啥区别？”

“放心，我没有任何指责你的意思，在你和秦立之间，我们最终的选择只会是你，秦立身上有太多不可控的因素，而你，至少还有戎卫前庭给你做背书。”

“上边儿”这张虎皮还真是好用，邹斯威微笑着搓了搓手，转过脸去继续眺望一片漆黑的荒原，然后脸上刚刚泛起的笑容就彻底消失了。

因为身后的荒原里，数团苍白的耀光正拖拽着长长的光弧，撕破漆黑的夜幕。虽然距离他们这台全地形车尚有一段距离，但那些耀光刚一升空，便极为快速地飞动起来，交织的光芒几乎点亮半个夜空，形成一张硕大的光网，在整片荒原上四处游弋。

“阿瞳兄弟，你看到了吗？”

“看到了。告诉你一个不好的消息，我这边刚刚检测到一股强烈的束状探测信号，而我们这台车，并没有任何反探测的手段，也就是说，我们可能暴露了。”

阿瞳话音刚落，天空上那硕大的光网便突兀地结束了自己无序的动作，开始向着邹斯威的头顶飞奔而来，没多时，便明晃晃地悬挂在了少年的头顶，将他整个人照得一片惨白。

“看来我也不能偷懒了，你准备迎敌吧，我会把车开好的。”

“阿瞳兄弟，你怎的就这么相信我？你不刚刚还说你记得我们之间的约定吗？你得保住我性命啊……”

“我开车，你开枪，这是目前的最优解。至于说我为什么这么相信你，戎卫前庭01序列观察员综合成绩第一，311号‘凯利’穹顶最著名的死亡游戏里的生还者，当这些头衔集中在一人身上，我为什么不能相信你。”

“你怎么会知道……”

“先确保咱们能活命，活下来，我自然会告诉你答案。”通信器里传来一阵忙音，阿瞳关闭了通信频道，只留下邹斯威一脸茫然地看着面前的荒原，目睹着一片黑魆魆的影子出现在光网的另一端，奔涌着向着全地形车包抄而来，像是一头野兽，缓缓张开了满是獠牙的巨口。

或许是阿瞳的话语影响了太多的心神，面对铺天盖地的盗匪，邹斯威居然丝毫不觉得恐惧。他长舒了一口气，伸手从裤子内的暗格里将那块紫色的剑型金属拿了出来，用力捏了一下，刺痛的触觉透过手指来到他的大脑，帮助他将脑海中翻腾的念头悉数压下，只剩下一个信念——活下去。

邹斯威将那块金属放回怀里，动作飞快地将自己的下肢固定在了机枪塔的减震座椅上，接着举起热能枪，将枪口探了出去，一双眼睛冷漠地透过枪械的自带瞄具向外扫视。

瞄具中的视界里，那些奔袭而来的黑影陡然变得清晰。与屠戮探矿队的那夜如出一辙，今夜的追兵依旧是荒原上的盗匪，不过装备却要精良许多，奔行间他们头顶飞扬的旗帜也各有颜色，想来并不都是一家。

此刻整个盗匪队伍全速包抄过来，那些相对笨拙，搭载着装甲的车辆便迅速落在了队伍后面。奔袭在整个队伍最前端的，全部都是些骑着陆行鸵的轻骑，粗看之下，至少有两三百头。

邹斯威捏了捏热能枪的枪把，微微皱眉，紧接着，他便迅速将热能枪的瞄具调整为日光模式，调转枪口，瞄向头顶的耀光。

“砰！”

荒原上响起第一声枪响，一道绚烂的红色热能光束自全地形车顶亮起。下一秒，天空中传出一声炸响，只见一架圆盘应声自光网中跌落，向着地面狠狠砸去，正落到奔袭着的轻骑中间。还没等他们做出反应，便发生了剧烈的二次爆炸，直把盗匪的先头部队炸了个人仰马翻。

邹斯威根本不看自己的战果，手中热能枪接连击发，顷刻间便将一柄枪的能量倾泻出大半。如此高速射击下，他却几乎弹无虚发，那庞大的光网居然被他以一己之力生生撕碎，一时间地面上爆燃起片片烟花，绚烂的火光中，盗匪们的惨叫此起彼伏。

头顶的耀光被邹斯威这般手段吓破了胆子，残存不多的圆盘没命地向上攀升，恨不得把自己的身影藏到漆黑的云层中去。而那些奔行而出的轻骑此刻也开始四下分散，不敢再次向前，转而向着身后的车队集结。

那些满载着斑驳装甲的车辆齐齐打开了车灯，炫目的灯光再次将漆黑的荒原点亮，邹斯威神色微凛，知道真正的考验这才到来。虽然盗匪的车辆看上去要笨重很多，但他们毕竟不用考虑续航问题，完全能够不计后果地全速前进，而且车载的武器，显然要比他手中这“瘦弱”的热能枪，来得迅猛得多。

似乎为了证明邹斯威的想法，一道粗壮的烈焰自车队中亮起，险之又险地从全地形车的侧面擦过，坠落到前方的荒原中，炸出一束充满死亡意味的强光。与之相比刚刚燃放在轻骑间的那些“烟花”简直就是儿戏。邹斯威却完全不为所动，因为刚刚身下传来的剧烈倾斜感告诉他，方才全地形车能够躲过这一击，可不是什么巧合。

于是他从容而迅捷地端稳手中的热能枪，开始瞄准身后的车队，然后轻描淡写地开出一枪。羸弱的热能光束像是一只发育不良的小虫，歪歪斜斜地飞掠过空无一物的荒原，然后狠狠地，与一道再次亮起的粗壮烈焰撞了个满怀！

强光再次亮起，此次却是在整个盗匪车队的近前。爆炸形成的强力冲击如同飓风过境，几辆打头装甲车恍如玩具般被完全掀翻，与后方的车辆连环相撞，一时间整个车队乱作一团，被迫停下了追击的步伐。

邹斯威并未放松警惕，只是面无表情地检查了一下手中的热能枪，在确定了一下剩余的击发数量之后，他沉默地再次将枪口伸出机枪塔，通过瞄具观测荒原上的盗匪。

不出所料，爆炸只是阻隔了那些大型车辆前进的脚步，数辆重型摩托车从车队的缝隙间呼啸而出，飞驰的车轮在荒原上扬起漫天烟尘，贼心不死的陆行鸵部队借着烟尘的掩护再次出发。

面对如林强敌，邹斯威调整呼吸，连开数枪，赤红的热能光线如同长了眼睛，轻易就将一辆摩托车上的骑士撕了个粉碎。却不料那呼啸的摩托车根本没有因此停止前进，血雨飞洒间，速度不减反增，发疯似的向着全地形车冲来，完全没有给邹斯威任何反应时间。两道闪着寒光的钩爪便自摩托车的车头激射而出，却是再次擦着全地形车的车皮划过，插进了荒原松软的沙地中。紧接着，那台疯牛似的摩托车陡然静止，钩爪猛然向后收缩，掀起一片沙土。

邹斯威瞳孔猛缩，几乎是一瞬间，他便猜到了这些重型摩托车的目的，对方竟然想将他座下这台全地形车直接拉停！心思电闪间，他迅速调转枪口，瞄准了下一辆冲出烟尘的摩托车，再次扣动扳机，热能光束闪烁如蛇，准确命中了摩托车厚重的前胎。随着一声炸响，那辆车顿时倾斜着摔了出去，车背上两个骑手被甩出老远，消失在了无边的夜色中。

邹斯威如法炮制，再次击倒几辆摩托车。饶是他此刻枪法如神，却也架不住对方数量众多，还是有摩托车越过了热能光束的封锁，将钩爪抛射向全地形车的车厢。虽然都被阿瞳驾车闪过，但如此干扰之下，全速奔逃的车辆难免速度下降，那些尾随在摩托车车队后的陆行鸵骑士已然赶了上来。这些盗匪似乎是积怨已久，抬手便是一顿毫不讲道理的齐射，热能光束夹杂着动能子弹如急雨似的向着邹斯威头顶笼罩而来，压得他不得不埋头躲进了机枪塔内。

“温馨提示，在你左手边似乎还有个弹仓，里面应该是些老式的高爆手雷，数量不多，且用且珍惜。”危难时刻，通信器内陡然响起了阿瞳的声音，敌人已经咬上了屁股，他的声音依旧镇定自若，直听得邹斯威一阵火大。

“你怎么不早点儿说？”邹斯威一边咬牙骂道，一边在一片乒乓脆响中摸到了阿瞳提到的弹仓，用力掀开了有些锈死的仓门，伸手进去，从里面拉出一口长方形的木箱来。掀开箱盖，借着头顶的火光，只见箱内果然整整齐齐地躺着一对对甜美可人的圆形手雷。

“你摸这辆车的时间不比我长多了，我还以为你早就知道。”阿瞳理所当然地说道。不等邹斯威回应，通信器内便再次陷入了一阵忙音。邹斯威气得啐了口唾沫，满腔怒火只能倾泻在车后的盗匪身上，他毫不客气地拿起数颗手雷，依次拔开拉环，奋力向着车后扔了出去。不等手雷炸响，他便端着热能枪再次起身，将枪口对准了敌人。

这些荒原中的盗匪多年刀口舔血，如何不清楚从全地形车上丢下来的这些个铁家伙是干吗的？一时间竟然齐齐止住了射击，轰然四散，邹斯威逮住机会，疯狂将手中这柄热能枪最后的火力倾泻而出，割草一般击倒了奔行在队伍最前端的十数个敌人。待到枪中能量耗尽枪机彻底卡死，无法击发，邹斯威这才回过神来——方才扔出去的那几颗手雷竟然还没有爆炸！

反应过来的显然不止他，那些盗匪们此刻也察觉到了不对，口中狂声呼喝着再次集结，看着就要再给邹斯威来顿狠的。就在此时，几团绚烂的火光自他们中间亮起，紧接着振聋发聩的爆响在荒原上激荡而出，陆行鸵骑士团登时人仰“鸵”翻，两台紧随其后的重型摩托车更是倒了血霉，直接撞进了火光之中，被爆裂的火光彻底引燃，当场炸裂。

追击的盗匪团队似乎是被这几颗堪称诡异的手雷吓破了胆子，一时间不论是陆行鸵骑士，还是重型摩托车，全都不再追击，愣在了原地。再看始作俑者邹斯威，显然并没有就此罢手的意思，他快速换上另外一把满能量的热能枪，本着趁他病要他命的原则，向着敌群疯狂地倾泻火力。全地形车全速前进下，八百米的有效杀伤距离不过眨眼工夫，刁钻而精准的热能光束在停滞不前的盗匪队伍中又新添了十来具尸体，这成了压死骆驼的最后一根稻草。

“跑啊！”荒原上响起了一声凄厉的号哭，茹毛吮血的盗匪们顿时作鸟兽散。邹斯威望着退去的敌人，岿然不动，一人一枪，恍如杀神。

“你看，这不是挺容易的吗？邹斯威……兄弟。”通信器内，阿瞳的声音再次响起。邹斯威的脸上却并无笑容，此刻的他似乎完全放弃了平日里戴在脸上的面具，冰冷地说道：“回答我的问题，你是怎么知道的？”

“那些关于你的过去？”阿瞳似乎在通信器内轻笑了一声，恍惚间，邹斯威竟然没有办法分辨这笑声究竟是男是女，“下次记住，别在第二代沉浸式体验仪上乱睡了。”

邹斯威如遭雷击，脑海里倒带式地涌现出云崖集内的那张看似舒适的“大床”。那天站在他的床头将他从浑噩的梦境中唤醒的，正是此刻的这位“阿瞳”，彼时他的手臂似乎正放在“床头”上……怪不得，自己会回忆起那条迷雾笼罩着的街道，原来……一切都是他做的，邹斯威苦笑了一下，正欲关闭通信器，却不料，阿瞳的声音再次响起：“我实在想不通，你明明有如此身手，为何当初还会被秦立所制，还那么老实地将穹顶钥匙那么关键的东西交给了他。”

“你这不是废话？那天我手里有枪吗？”邹斯威不耐烦地回答道，却不想通信器内再次传来了一声丝毫不带信任的轻笑，他只能挥了挥手，叹了口气，仿佛斗败公鸡似的说道，“好吧，好吧，我对你也没什么可隐瞒的了，告诉你也无妨，穹顶钥匙能够完整记录观察员的整个观察过程，我……不是很愿意被他们这样监视。”

通信器内，阿瞳沉默了许久。如果不是忙音没有响起，邹斯威甚至都以为对方再次单方面关闭了通信，就当他要失去耐心的时候，阿瞳充满磁性的男声带着一丝沉重，终于响起：“戏演得不错。”

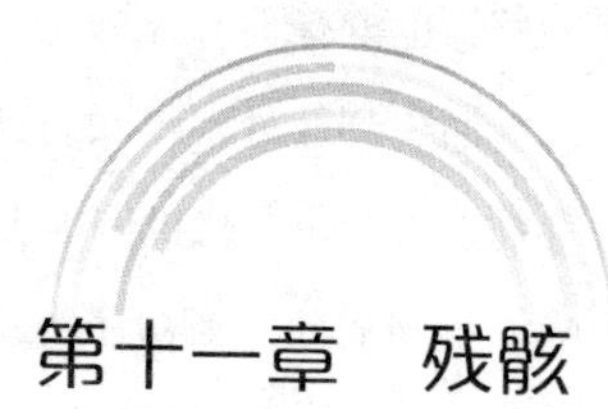

第十一章　残骸

旭日初升的早晨，全地形车带着满身恐怖的弹痕，在储备能量耗尽前，总算是回到了波顿城的怀抱。

邹斯威心中却对这趟凶险的旅途丝毫无感。他打量了一眼驾驶舱另一侧似乎已经睡熟的阿瞳，心中升起一股强烈的悔恨来，觉得自己真的是在“上边儿”待久了，自恃身份之后，曾经的警觉与机敏完全不再。

阿瞳倒也不算吝啬，将如何得知他记忆的过程大大方方地全部告知了邹斯威。问题确实全部出在第二代沉浸式体验仪上，历史上正是从这一代的体验仪开始，搭载了上载记忆至体验仪，自主制作“沉浸式体验”的功能。只是由于二代机是没有面世的实验机型，上载功能完全不由体验者控制，而是由体验仪外的“实验人员”控制，按照阿瞳的说法，从邹斯威躺上去开始，那台二代机便开始自动读取他的记忆，最后他只是“好心”将读取出来的记忆取走了，不然邹斯威的秘密此刻早已应该被林家掌握得一清二楚。不过最后，他也给邹斯威打了包票，目前这些秘密他并没有与任何人共享，甚至就连身体里的“她”，也没有。

回想到此处，再联想到云崖集用于招待贵客的属性，以及林家现存的上百台由二代机倒推出的所谓“一代机”，邹斯威不由得打了个寒噤：早知如此，当初还费劲搞这些计谋干吗？直接找林家出情报不好吗？也不知道那桃桃会不会把这些秘密说与秦立听，不然找个机会让秦立试试……

“你在那个卡卡头阴笑个锤子（你在那里阴笑什么）？”就当邹斯威开始转移注意力，在心底设计一些阴暗的小计划时，熟悉的声音在他耳畔响起。邹斯威转过脸去，正看见一个瞪圆了眼睛看着他的阿瞳，明知她此刻正在生气，邹斯威却依然觉得这张充满了少女气息的脸庞是如此的亲切。

“你……再这么看着老娘，信不信我把你娃儿苦胆打出来？”少女怒喝一声，挥了挥自己纤细的小拳头。邹斯威赶紧在脸上堆满了招牌式的笑容，谄媚地说道：“我这不是刚刚死里逃生吗？难免对您有些思念。”

阿瞳略一沉吟，却不知道是从“那位”那里得到了什么样的信息，脸上的怒容暂缓，说道：“别给老娘说这些听起就恶心的话，不论如何，我们都算是保住了你这条小命，希望你不要忘了答应我们的事情。”

“是是是，阿瞳大人的大恩大德，小的没齿难忘。”邹斯威笑着连连点头，心中却是暗道，得，看来这仗是我打的，功劳却全部算在了“他”的头上。

“还愣起做啥？赶到下车。”阿瞳挥了挥手，转身便推开了车门，临走之前还不忘骂骂咧咧地留下一句，“老娘看到你就烦，还是秦立那张脸看起顺眼些。”

邹斯威耸了耸肩，也跟着推开了车门，清晨的阳光随着这动作照射到他那张有些秀气的脸上，引得他一阵恍惚。直到此刻，他才有空看了一眼自己的手掌，却见满是厚茧的掌间，不知何时多出了一道焦黑的印记，想来应该是昨夜里被滚烫的热能枪管烫伤的，只是不知为何，直到此刻，他连一丝痛楚都没有察觉到。

弃车步行，穿过繁忙的主干道，邹斯威与阿瞳在波顿城的小街小巷间来回穿梭，按照秦立所留的汇合地点，来到一条陌生的街道上。

刚站到这街道上，邹斯威就觉出了些不对来，这条大街东至白虎大街，西达卫家所在的金狮大道，从地理位置来说应是处于波顿城名副其实的核心位置，但不知为何，在这整座城市开始逐渐繁忙起来的清晨时分，街道上却连一个人影都看不到。不仅如此，街道四周的建筑也都透着一股子的诡异，装潢中明明透着些豪华精致，偏生外墙都被不知哪里出现的藤蔓植物给爬满了，就像是一位位盛装出场的美人，衣服上却挂满了丛生的蛛网，徒生出一股极为违和的荒凉感来。

没走出几步，一部分答案便显现在了眼前，只见街心的位置，矗立着一幢高耸的钢铁大门，数道焦黑的，仿佛烈焰烧灼的痕迹将这大门吞噬了大半，但并不阻碍邹斯威认出那个斑驳到近乎破碎的汉字：秦。

在这残破的大门之后，便是一片触目惊心的废墟，曾经的雕梁画栋此刻已经完全化为了焦土之上的残骸瓦砾，无数不知名的荒草在这尸骨上肆意生长，张牙舞爪地对外宣示着主权。一袭黑衣的青年完全无视了它们的叫嚣，兀自站在废墟之上，高瘦的背影看着分外孤独。

“你们回来了？”秦立回过头来，向着阿瞳与邹斯威招呼道，或许是在这废墟中寻得了一些旧日的痕迹，他的脸色此刻看上去出人意料地温柔。

阿瞳还未来得及回话，被走在后面的邹斯威抢先一步，只见他满脸堆笑着说道：“回来了，秦大哥。我与阿瞳先生此行真谓是九死一生，您是没有看见昨夜那荒原上的盗匪，啧啧啧，密密麻麻的，我点数都没点过来……”

“回来就好。”秦立脸上的温柔随着邹斯威的絮叨正在肉眼可见地退却，他言简意赅地打断了邹斯威的继续发挥，冲着阿瞳微微点头示意。

阿瞳却并没有好脸相迎，她皱着一双眉头，朱唇轻启，连珠炮似的说道：“邹斯威的意思你听懂了吗？我们两个冒着被人打成筛子的风险赶了回来，你却把会面的地点选在了这里，明知道卫君禾手下走狗众多，你就不怕把自己的身份暴露了？谈好的计划怎么办？你现在该不会又想直接打上门去了吧？”

邹斯威听着阿瞳这罕见的站在自己这边儿的发言，心中一阵暗爽。却不料被数落的秦立脸色丝毫未变，待到阿瞳总算停下换气，他才又开口说道：“还请阿瞳先生放心，只要你们方才按照我的指示弃车步行，那就算卫君禾手眼通天，也绝对无法监视此处，对于我们而言，这里是波顿城内最为安全的地方。”

“怎么说？”

“先生请看。”秦立伸手一挥，只见一圈细微的涟漪随着他的动作，自他身后的废墟开始向外荡漾开来，经过了邹斯威与阿瞳的身前，最后消失在了这条街道的远端。

“这是……穹顶？”阿瞳一脸错愕地惊呼出声。

秦立点了点头，接着说道：“算是吧。不过和我们头顶的，能够彻底隔绝外界的‘波顿穹顶’比起来，这里就要简陋得多了。据我父亲所说，此处本来是作为‘波顿穹顶’失效后的紧急避难所存在的，开启之后如果没有相应的准入或观测许可，外界无法进入，也观测不到。当年我们一家被驱逐出城，为了保护那些秦家曾经的下属，父亲便启用了这里……”

这就解释得通了，为什么在这清晨时分，这条街道上却空无一人。邹斯威暗自点头，却听见阿瞳冷哼了一声，带着一丝鄙夷地说道：“这种用于城内平民紧急避险的公器居然如此私用，你们秦家……真是好胆。”

秦立脸色微沉，旋即毫不在意地说道：“那些秦家旧日的下属本就也是平民，如此说来此处倒也是尽到了它的职责，不完全算是公器私用。”

阿瞳嫌恶地摆了摆手，示意自己不想再在这个问题上与秦立过多计较。那边儿的邹斯威赶忙站出来，将话题引向别处：“秦大哥，你刚才所言，此处当年庇护了秦家的下属，只是我与阿瞳先生从外进来，却一个人影都没看到，敢问，那些旧人如今都去何处了？”

秦立神色微微一黯，叹了口气说道：“这里面只是做紧急避难之用，补给本就有限，秦家又已名存实亡，再者此处是限制进入，并不限制外出，所以自然是走的走，散的散了。”

“那天我们在卫家看到的……”

秦立摇了摇头，叹了口气说道：“他们自然是曾经为秦家做过事的，只是没想到卫君禾手段如此狠辣，这么多年过去，还是不放过他们。”

得，绕了大半天，您还是个光杆司令，我还寻思能有个老臣护少主的戏码，来三五个久经沙场的老兵，帮着我缓解下压力。邹斯威腹诽道，表面上却是带着一丝狠辣地附和道：“卫君禾那条老狗，当真应该千刀万剐，万箭穿心……”

“行了行了，你闭嘴吧。”邹斯威还待继续发挥，身后阿瞳早已看不下去他这副谄媚的样子，一脚踹在了他的屁股上，直把他踹了个踉跄，“赶紧说正事儿，现在矿井塌了，我们下一步怎么办？”

“我想先去林家。”秦立轻咳了一声，无视邹斯威的狼狈模样说道，“其一，卫君禾如此短的时间内，针对我们做了两次大的动作，已经算是认识到了我们的实力，短时间内他不会再次动手。其二，我们的矿藏在开采过程中出了问题，按照规矩，是要再次估值的，所以我们现在需要找到林家，更换一张标注矿藏真实价值的保单，才能与卫君禾再次议价。其三……在我们展示过一轮肌肉之后，我想看看林家的态度。”

好家伙，邹斯威心中暗叹，这秦立不愧是大户人家出来的孩子，之前一同制订复仇计划的时候，还完全被他和阿瞳牵着鼻子走，这才多久，就已经开始产生如此逻辑缜密的自主想法了，学得够快啊。

“秦大哥，恕我多问几句，卫家这几日股价如何？”脑袋里这么想着，邹斯威嘴巴上却是十分“委婉”地发表了不同的意见。

“股价？你指交易所里，卫家矿业的股价吗？”秦立愣了愣，随后对答如流道，“前些日子传出与我们合作的消息后倒是连吃了几个涨停，矿井坍塌后，便开始一路下滑，不过倒也还未到达低位，还比上涨之前的峰值高出一些。”

邹斯威点了点头，说道：“打铁要趁热，此刻卫君禾的桌面上绝对已经放上了两份报告，一份，是我们矿藏的真实储量，甚至是矿藏的位置信息；另一份，便是昨夜里，他的部下在荒原上的战损，这一份糖果，一份枪火，都是我们此刻能够坐上谈判桌的筹码。”

秦立沉吟一番，略略点头，眼睛却是再次看向了站在一旁的阿瞳。后者此刻却完全不在线上，看到秦立眼神望了过来，居然直接点了点头说道：“我同意邹斯威的观点，我们这就出发？”

“阿瞳先生，你还是别跟着一起。”虽然心中对阿瞳今天如此给自己面子的行为有些诧异，但邹斯威的头脑还是清醒的，“与上次一样，我与秦立一同前去，你在暗中保护，你可别忘了，你目前是我们最大的王牌，轻易显露出来就不好了……只是……”

“只是啥子？说话莫要吞吞吐吐的。”

“你要确保啊，今天你都在岗哈，这会儿可不是在荒原上了，要是换了那个阿瞳先生出来，咱仨的小命都可能保不住了。”

“滚滚滚，乌鸦嘴，不会说话就把嘴巴给老子闭到！”

“滚！都给老子滚！”

伴随着玻璃器皿碎裂的声响，卫君禾愤怒的咆哮声响彻整个卫家宅邸。仆人们蜷缩在角落中瑟瑟发抖，此刻就连那位他最亲信的老管家，也噤若寒蝉，佝偻着身体，不敢去看书房内大发雷霆的主人。

真正正面承受这位“波顿狮王”的怒火的，是三个跪在他面前的男人。说来也是奇怪，这三位明明身着华服，浑身上下打理得一丝不苟，但任谁看上他们一眼，也能觉出他们身上那股洗都洗不掉的血腥气息——那是专属于荒原盗匪的血腥气息。

卫君禾吼过一轮，似乎还是气不过，自面前的书桌上拿起一沓明显是刚刚呈递上来的文件，狠狠地砸到了三人脸上，恨恨地说道：“乔老二！你自己看看这都是些什么？就叫你杀两个人，两个人！一晚上给老子损了四辆装甲车，大半个摩托车车队，一整个无人机群，还有近百条人命，你们是什么样的废物！”

“主……主上，我们根本没有想到会是这样一个情况……要是……要是早知道对方是八百米开外能用热能枪拦截飞弹的主，我们压根儿不会这么大张旗鼓地上……”正中一个留着锃亮光头的男人畏畏缩缩地说道。

“热能枪挡飞弹！”卫君禾从椅子上跳了起来，举起手便向着对方那颗闪亮的光头扇了过去，“我叫你热能枪挡飞弹！你编谎话能不能过点儿脑子？老子给你一百杆热能枪，你给老子挡个飞弹！”

“主上！主上！”旁边两个人似乎是看不过去了，几乎是带着哭腔地拦下了卫君禾，然后齐声说道，“还请主上息怒，老大他……真没说谎……”

“好啊，你们三个这是想反了？”卫君禾嘴上并未松气，身体却极为奇怪地随着部下的动作停止了施暴，缓缓地坐回了椅子上，“还没说谎？你们手下不是那么多人吗？我随你们挑，能给老子找出一个用热能枪拦飞弹的出来，老子把家产都输给你！”

“可是主上……”队伍最末尾的一个小个子还待发言，那刚刚劈头盖脸挨了两下的大光头却突然转身，用一双肥硕的手掌捂住了他的嘴巴，一双绿豆似的小眼微微一转，接着便堆笑着说道：“主上息怒，主上息怒，确实是小的们说了谎，确实是小的们说了谎，其实是我们负责探路的部队失利了，没有及时发现对方是个装备极其精良的车队，不只配备了重型火力，还有远超我们技术的作战素养，想来整个波顿城内也只有林家那些最为精锐的保镖才有这个实力，兄弟们侦察失误，这才……”

“负责侦察的人呢？”

“禀主上，都死了……”

“就没有留下什么视频录像？”

“禀主上，我们也只是听到了些口头汇报，视频……”

“一群废物！领头的是废物！带出来的兵也是废物！都给老子滚！”

那领头的大光头听见卫君禾说滚，直接双膝发力，人往后倒，当真从书房内滚了出去。另外两个自然是有学有样，一起跟在后面也都化作了滚地葫芦。

“老谭！”卫君禾闭上眼睛，不再去看眼前的这幕闹剧。门外的老管家听见呼喊，迈步越过地上的几个“肉球”，面不改色地走进了书房，恭敬地向着卫君禾行礼，口中说道：“大人，我在。”

“封锁消息，一切就按照刚刚乔老四说的办。”卫君禾依旧闭着眼睛，带着一丝疲惫地说道，“那几个小崽子怎么样了？有消息了吗？”

“今晨那辆全地形车返回了城内，有线报说看到一男一女从车上下来，女的是个生面孔，男的是那夜里姓邹的青年。二人将车停在朱雀大街，下车不久后便失了踪迹。”老管家在此处顿了顿，发现卫君禾并未对此发表意见，才又说道，“刚刚前边儿又有了新消息，那夜里的两位在白虎大街现了身，正往我们这边儿过来。”

“白虎大街？”听到此处，卫君禾的眼睛终于是眯了起来，眸子里闪过一丝精光，“这小崽子，莫不是以为捧住了那个老女人的臭脚，就能蹬鼻子上脸吗？”

第十二章 阴霾

对于葛记饭店的葛叔来说，上午可谓是一天中最为重要的时间，他需要在这短短的几个小时内，完成采买、打扫、洗切、烹饪等一应事务，才能赶在中午饭点儿到来的时候准时开档，将新鲜出炉的饭菜卖出个好价钱。

但今天想要准时完成任务显然不太可能了，因为就在他刚刚撑开门帘，准备清扫的时候，一群浑身刺青，吊儿郎当的小混混便从白虎大街的主街上闹哄哄地行了过来。

这帮小混混不过十五六岁，嘴巴上毛都还没长齐，做事儿却是异常的嚣张跋扈，上来一把拉过了店门口的一张椅子，大马金刀地往厅正中一坐，冲着地板上啐了口唾沫，接着咧嘴笑道："葛老哥，早上好呀！这个月的月钱呢？"

葛叔一眼便看到了混混群中，一个长得和自己颇为相像，连脸颊的痦子都如出一辙的小子，忍住心中怒火，放下手中的笤帚簸箕，强笑着说道："小林哥，月钱前些日子不是才刚刚收过？我们这种小本生意……”

“收过了？”这位“小林哥”掏了掏自己的耳朵，歪头向着身后那位长相与葛叔有七分相似的小弟看去，口中问道，“我收过了？”

那位小弟瞥了葛叔一眼，脸上露出一丝愧疚的神色来，不过半晌之后，他还是唯唯诺诺地摇了摇头，说道：“没……没有……”

“小林哥”也不等他把话说话，一脚直接踹到了对方瘦弱的小腿上，险些没把这位直接踹得当场跪下。他再次向着旁边啐了口唾沫，骂骂咧咧地说道：“你哪儿学的规矩，和老大说话是这么说的吗？”骂完了小弟，“小林哥”回过脸来，再次咧嘴笑着对葛叔说道：“你看，葛老哥，你可别说我找人扯谎哈，你自己亲儿子都说月钱没收呢，你还等着干吗呢？”

葛叔脸色阴沉了几分，额头上青筋暴起，嘴巴上还是强笑着说道：“小林哥，您说什么笑呢？我葛强啥时候有过儿子，这月钱我确实是已经交过了，您贵人多忘事，这才刚过几天……”

“啧啧啧。”“小林哥”摇了摇头，一只手自腰间掏出一柄黝黑的老式都能手枪来，另一只手将那位还在揉搓着小腿的小弟拉到跟前，不由分说地便把手枪架在了他的头顶上，“你没儿子？那敢情好，我借老哥您这一亩三分地教训教训下属，您没意见吧？也正好给您预习预习，看看儿子究竟应该怎么教。”

那小弟显然还是个正经的青瓜蛋子，啥时候被人用枪顶过脑袋，当下大喊起来：“爸，救救我！救救我！饭馆营收不够，你前日里不是还买卖过卫家矿业的股票吗？”

饶是葛叔心中有千般不愿，万般无奈，此刻孩子的呼救声在耳边响起，也是乱了阵脚，抬手便想从腰间的荷包里掏钱，完全没有注意到那个被人用枪顶着脑袋的小子眼里闪过的狡黠。

就在此刻，饭店门外响起了一个戏谑的声音：“这波顿城的混混还真是气派，收份子钱都收到这种小饭店身上来了，可当真是一群血性青年，英雄好汉。”

“小林哥”原本看见葛叔开始掏钱，脸上已经挂了些微笑，此刻陡然听到这么一句阴阳怪气的话，顿时勃然大怒，举着枪直接站了起来，大声吼道：“哪来的疯狗在这儿乱吠？也不看看……这里是谁的地盘儿……”

这位“小林哥”也算得上是一号人物，狠话说到一半，看到门外发话的人，居然还能软下去。也不怪他如此表现，只因门外那位青年长相虽然清秀，但壮硕的身材着实有些唬人，再加上他身边那位一身黑衣的高瘦青年，一看就知道不是什么好惹的。

这二人自然是正准备赶往卫家的邹斯威与秦立。说来也巧，原本二人是准备从秦家那个小型“穹顶”取道去金狮大道的，还是阿瞳多了个心眼儿，叫他们从白虎大街出发，避免引起卫君禾对秦立身份的猜想，没承想两人刚刚从微型“穹顶”内钻出来，就遇到了眼前这一幕。

喊话的自然是邹斯威，此刻面对“小林哥”手中黑洞洞的枪口，他丝毫不怯，不屑地笑道：“怎么，这儿是谁的地盘？我倒要看看是哪个老大这么厉害的手笔，能调教出你这种找小饭馆收份子钱的废物点心。”

“小林哥”嘴唇瑟缩了一下，四下看了一眼自己手底这帮“小弟”们茫然的眼神，心中突然翻起一股子狠劲儿来，二话不说，居然直接对准眼前的邹斯威，扣动了扳机！

出人意料的是，他扳机是扣下去了，却并没有枪响。“小林哥”一张还透着稚嫩的脸登时涨得通红，他不信邪地再次扣动扳机……枪还是没响。

邹斯威毫不客气，直接讥笑出声，然后说道："教你个乖，我的好大儿，动能枪械才是枪手真正的浪漫，只有通过无微不至的保养和呵护，才能换回枪火击发时的炽烈激情，你手里这把老古董都快锈成废铁了，你看不出来吗？"

那"小林哥"脸上再也挂不住，口中怪叫一声，举着手枪便向着邹斯威冲来，却不料斜下里伸出一条细瘦的长腿来，不偏不倚，正踹在他的小腿之上。只这一脚，便将这位色厉内荏的"小林哥"踢了个狗吃屎，惨叫着滚出老远，却也不知这人的身体是个什么构造，刚一落地，便泥鳅似的从地上弹了起来，头也不回地跑了。

那些小弟见自己的老大出了如此洋相，居然连帮着打击报复一下的意思都没有，直接作鸟兽散。倒是那个刚刚还被"小林哥"拿枪顶着脑袋的小弟被葛叔一把拽住了胳膊，拉倒在了饭店的地板上，两巴掌扇在脸上，彻底打老实了。等到葛叔处理好这事儿，再抬起头来，却见刚刚那两个青年头也不回，早已走远。

葛叔张了张嘴，最后还是没有将挽留的话语喊出声来。他转脸眯着眼睛看了看头顶的天色，心中的第一个想法居然是：还好，还能赶得上今天中午的饭点儿。

"怎么想起多管这么一档子闲事儿？"二人沉默地走了一路，已然进得卫家那扇奢华的，浮雕着金色狮头的大门，在熟悉的会客厅内坐下，秦立才终于开口问道。

邹斯威耸了耸肩，并未直接回答秦立的问题，他环视了整个会客厅一圈，确定了今日是不会有仆从上来看茶之后，才反问秦立道："你说，那帮毛都没有长齐的混混，会是谁的手下？"

此话一出，二人之间再次陷入了长久的沉默。也不知道秦立是在认真思考邹斯威的问题，还是对邹斯威话语中突然膨胀起来的自信有些不适应，半晌之后，他才抬首，看向地面上新添的那片暗红色的污渍说道：“虽然是在白虎大街上，但林家从来没有这般营生，那少年光天化日之下敢如此嚣张跋扈，想来也就只能是仰仗着卫家的鼻息了。”

邹斯威点了点头，眼神中难得地闪现出一丝狠辣来。他轻叹了一口气，用细微到几乎难以耳闻的声音说道：“十五六岁，他们便是这波顿城的未来，我此生真正怨恨的东西只此一件，这卫君禾偏偏还撞到了我的枪口上，还真是……有些死有余辜呢。”

他说完这句话，不等秦立做出回应，脸上却又再次堆满了那招牌式的谄媚笑容，站起身来。还没等他的膝盖绷直，会客厅那扇木门便被重重地推开了，卫君禾脸色铁青地领着老管家走了进来。今次他倒是没有再像上次一样衣不蔽体，穿了一身中规中矩的皮衣，只是那皮衣上处处斑驳的暗红色污渍将他整个人的气质衬得有些阴郁。

邹斯威却似乎对这一切完全视而不见，赶在卫君禾开口前，便大笑了三声，然后满是欣喜地说道：“恭喜大人！贺喜大人！”

不管卫君禾是装的还是真的有一肚子火，此刻也不好伸手去打眼前的笑脸人，他吹了吹自己浓密如同狮鬃的胡须，淡淡道：“邹小友，矿井上发生的事儿，我可都是听说了，你监工不力，导致矿井塌陷，损失无算，敢问何喜之有？”

邹斯威笑着摇头，冲着卫君禾一揖到底，算是行礼，然后才又说道：“大人此言差矣，矿井坍塌不假，但那不过小事一桩，小的已派人重新勘探过了，原本我们需要十个日夜的不停作业才能接近的矿藏主体，此刻只需再花个三日便能窥得一二，如何算是损失？再者，小的在回来波顿城之前，已经按照行规，重新探测了矿藏储量，这一探之下，却是发现，这矿藏比我们原本预计的要大出了三倍。大人作为这矿藏的合作股东，一荣俱荣，您说，这不是大喜一件吗？”

“一荣俱荣？”卫君禾看似丝毫不吃邹斯威这套花言巧语，“后面怕是还有一句一损俱损吧？当初你在我这里可是说得好好的，一应开采风险都由你们承担，这番出了事情，倒是和我说起共同进退来了，你可知我卫家矿业这几日的股价已经快要赔个底儿掉了？你可还记得你当日在我这里信誓旦旦说了些什么？邹小友，做生意可不能像你这般言而无信！”

面对卫君禾的指责，邹斯威脸上依旧挂着微笑，他不疾不徐地说道：“大人，股市这种东西怎能只看一时输赢？我方才不是说过了吗？我们已经重新探测了矿藏的储量，新的数据表明，矿藏多出了三倍不止，这消息要是在城内吹出了风去，您卫家矿业的股价，那还不得再创新高？”

“可那矿藏的开采主导，还是你们！”卫君禾似乎是气急了，满脸的须发全都膨胀了起来，“有这么大个事故在前面顶着，谁人还敢说我卫家这笔生意做得稳赚不赔？”

来了！邹斯威心中暗笑，看来这卫君禾还真是个莽夫，昨夜荒原里那一战根本没有起到什么实质性的作用，这“波顿狮王”依旧没把他们这两位“小小”的探矿人视作同一水平的敌手，将他们踢下牌桌的欲望还是这么强烈。

心里想着这些，邹斯威脸上神色微微一变，他有些为难地说道：“小的当初将这开采的活计揽到自己身上，确实是想着为大人分忧，只是此刻大人如此信不过小的……那也好办，小的可以退出，将剩下百分之六十的股份，全部转让给大人，只是这价格……”

“有话直说！别扭扭捏捏的。”

“大人，”邹斯威咧嘴笑道，两行白净的牙齿显露无遗，“我们这矿藏的储量翻了三倍不止，咱们是老朋友了，这剩下矿股，我以当初的价格，只翻三倍，卖您一亿三千五百万波顿币，咱们直接现钱交易，您看如何？”邹斯威成竹在胸，大胆抛钩，果不其然，他此言一出，对面卫君禾的眼神直接就亮了起来。

也怪不得这位“波顿雄师”心动，要知道这矿藏如今即便只是按照翻三倍进行估值，也有个三亿。如果按照传统的探矿模式，卫家要全额买下这矿藏的所有权，得支付一亿八千万波顿币，此时按照邹斯威这等卖法，新添一亿三千五百万，再加上之前支出的三千万，前后不过花销一亿六千五百万，虽然全都要以现钱支付，但只要这开矿途中不再出现什么幺蛾子，他卫君禾啥也不用做，便能净赚整整一千五百万。

只是卫君禾心中依然存疑，就算是他，如此天上掉馅饼的好事儿也不敢轻信。卫君禾轻咳了两声，脸上居然泛起一丝笑容，开口说道：“邹小友，莫急莫急，我们既然已是合作伙伴，这些细节那就都好商量，刚才话赶着话，让我忘了个事儿，你方才说矿藏储值翻了三倍这事儿，可与林家那边知会过了？”

“大人您关心的是保单的事儿吧？”邹斯威刚刚用想象中的巨额利润砸晕了卫君禾的脑袋，此刻说话也有了些底气，直言道，“还请大人放心，来之前我们便去过一趟林家，那边儿这会儿正在起草新的保单，这两天便能给你呈上来。”

“小友做事果然靠谱！”卫君禾放声大笑，与方才进门之前完全判若两人，“来人，取酒来，我今天定要与两位小友一醉方休！”

待得邹秦二人从卫家大门走出来，天上的日头已经有些倾斜了，波顿城内的喧闹已然开始逐渐退却。

邹斯威满脸通红，脚步微乱，一脸憨笑着谢绝了卫君禾派人相送的“好意”，领着面色丝毫未变的秦立自金狮大道走出了老远，才稳住了身型，晃了晃脑袋，一双刚刚还透着迷蒙醉意的眼睛彻底亮了起来。

“你倒是好酒量。”秦立此行滴酒未沾，全程目睹了邹斯威如何将卫君禾喝得两眼发直，连连告饶。此刻看见邹斯威这如同变戏法一般的变脸，不由得啧啧称奇。

“麦酒而已，最多尿涨，还真能把人喝晕过去不成？”邹斯威摆了摆手，笑道，“你别看卫君禾做出来的那个样子，哼哼，那老小子此刻也还清醒着呢。”

邹斯威说完这话，似乎为了证明自己所言非虚，当即便在这长街之上寻了一处偏僻所在，也不顾秦立就在一旁站着，脱下裤子就开始大肆方便。也不知道是这黄昏时的冷风袭人，还是邹斯威确实憋了泡大的，他一边方便，居然还一边哆嗦了几下。

秦立极有耐心地旁观了邹斯威的这场荒诞表演，等到他提上了裤子，才再次开口说道：“你之前所言，你生平只痛恨一件事儿，指的是什么，那些误入歧途的少年吗？”

邹斯威扭过头来，亮闪闪的双眸直视秦立的眼睛，只是片刻，他的脸上便堆砌起了那招牌式的假笑，说道：“我说秦大哥，我是个什么人你还不清楚吗？一个贪生怕死的自私鬼罢了，能活着便是大幸，还能有什么事儿能够恨得起来？你怕是听错了。”

“可是晨间，你分明……”

“管了一档子闲事儿？”邹斯威说话间，头也不回地向前走去，“你没听到那求救的少年嘴里在喊什么吗？他老爹买卖了卫家的股票，这些个小散户都有自己的圈子，我不过闲来一子，想要给接下来的计划预留个消息通道罢了……秦大哥？”

邹斯威走出老远，却发现秦立没有跟上，于是回身去看，却发现那瘦高的青年压根儿没有挪动脚步，就站在原地，以一种极为陌生的眼神看着自己。夕阳最后的一丝余晖照射在他的身上，拉出狭长的倒影，显得他格外孤独。

比晨间在一片废墟之上见到他时，还要孤独。

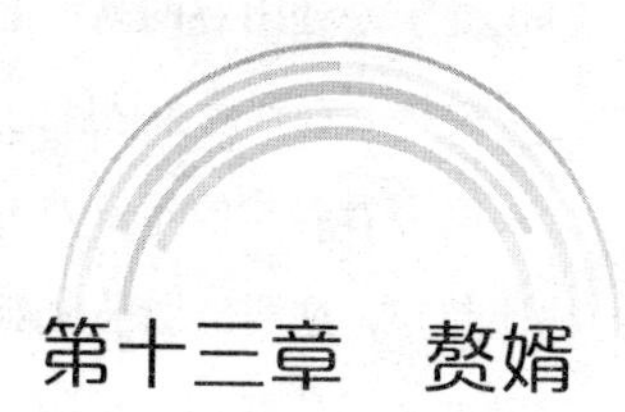

第十三章　赘婿

已是深夜，万物静谧，唯有轻柔的夜风吹拂树梢，发出一些细微的沙沙声。

浑身近乎赤裸的少年躲在干燥的苔藓堆里，把身体紧紧地蜷缩起来，整个人看似已经熟睡，双手却始终紧握着怀中的热能枪，一只耳朵也一直死死地贴在地面——这些都是他这两个月来养成的好习惯。在这片逐渐开始熟悉起来的大山里，他已经历过了太多生死，如今一切已经步入尾声，轮谁都不想在这关键的时刻功亏一篑，丢掉自己的小命。

恍惚间，坚实的地面传来两个凌乱的脚步声。少年陡然睁开了自己的眸子，在确认了一遍这脚步声正在接近自己后，他无声无息地伸展开了自己的身体，端起了怀中的热能枪，确定了一下枪械内剩余的击发数，眯起一只眼睛来，透过枪身上的瞄具，向脚步声传来的方向看了出去。

山林间的夜色在并未搭载夜视功能的视界里，显得格外厚重，但是这并不影响少年在极短的时间内准确地寻到那脚步的来源——他此时正处于一处山谷的高坡上，坡下是一条已经干涸的小河，从他身前这片树林一直到遍布枯叶的河床上，仅有一些低矮的灌木。

两个看着与他年岁差不多的少年正快速穿过这片灌木，但真正和他比起来，这两位似乎是刚刚被投放到这片山林之中，脚步慌乱不说，越过如此一片开阔地带的时候，居然完全挺胸抬头。也就是这里已经完全被少年肃清过，再没有别的“玩家”，不然以这两个冒失鬼的行为，刚一冒头，便应该直接丧命了。

少年皱了皱眉头，开始思考究竟应该怎么处置面前这两人，是直接开枪，还是放他们通过，帮着自己到前面去“蹚雷”。正当他想着的时候，天边一朵云彩被夜风吹离了位置，已经西垂的月亮吝啬地向着这谷地投射下来一股月光，将那谷地里的二人照了个清清楚楚。好死不死的，为首的那个正抬起头来，看向少年这边，露出了一双有些熟悉的，闪着寒光的眼睛。

少年脑海里一阵恍惚，早已被他封存在脑海深处的记忆碎片潮水般地涌现上来，但顷刻间就被他此刻冷血的战斗本能压制了下去——突如其来的月光不只照在了那两个冒失鬼身上，也笼罩在了他的头顶。虽然这只是月光，虽然对方看着没有任何作战经验，但没有任何反光处理的瞄具依然有可能暴露他的位置，于是少年再不犹豫，毅然决然地扣动了扳机。

枪声炸响，赤红的热能光线正中那双眼似狼的少年，将他的整张脸直接轰去一半。他身后的另一位少年，愣了一愣，撕心裂肺地喊了一声：“独眼儿！”

这声呼喊换来的，是另一道热能光线，与前一发一样冷酷而精准，正中他那张长着无数细小雀斑的麻子脸。

片刻之后，两具尸体才无力地向后栽倒，几个滚翻，掉进了干枯的河床里。

邹斯威睁开了眼睛，不留痕迹地将眼角些许的湿润拭去，抬起头来。

潮湿黑暗的山林瞬间退却，取而代之的，是被温暖灯火充斥着的房间。两个惨死在他枪下的旧友不见了踪迹，站在他面前的，是明显有些被惊吓到了的少女。

“你诈尸啊？咋个突然就醒了。”阿瞳拍了拍胸口，一脸的惊魂未定，“还有，你哪个睡在地板上，那边儿不是有床吗？”

邹斯威自然不会告诉阿瞳，不睡床都是被她身体内的那个“他”吓的。他搓了搓整晚上一直贴在地板上的耳朵，将习惯性的笑容堆在了脸上，岔开话题道：“怎么，要出发了吗？”

阿瞳白了他一眼，接着似乎闻到了什么不好的味道，说道：“秦立刚刚才和我说的，叫我们准备一哈（下），直接去温玉阁。你还是洗个澡嘛，浑身的酒气，闻到我就想吐。”

“我倒是想洗，这里面有水吗？”邹斯威手脚麻利地从地面上爬了起来，满满地撑了个懒腰，然后说道，“走走味道就散了，你刚刚说啥？去温玉阁？我还以为是去林家呢。”

“你问我，我去问哪个？”阿瞳摇了摇头，转身向着门外走去，“你自己搞快点儿，老娘先走了。”

“喂，我说，阿瞳，姑奶奶，你等等我啊，卫君禾很有可能还在惦记我的小命呢。”邹斯威一边惊叫，一边快速穿上了鞋袜，三两步便从屋内跑了出来。

阿瞳却也是嘴上说说，并未真的走远，只是一脸嫌恶地站在空无一人的街道上。见此一幕，邹斯威嘿笑两声，想要快步赶上，少女却举起一只手来，示意他不要靠得太近。

“你不是才刚刚给卫君禾送了一大笔钱？他咋个还要弄死你哦？”阿瞳转过脸去，开始向着白虎大街的方向进发。邹斯威在她身后缓步走着，一边走一边整理身上那套有些紧绷的猎装，听到她发问，笑了笑回答道：“我不过送了他一千五百万的波顿币，他要真找人把我和秦立给弄死了，那岂不是能直接侵吞三个亿的矿藏？”

阿瞳摇了摇脑袋，叹了口气说道：“这个‘波顿’穹顶是啷个（怎么）回事，这些人做事都没得王法管的吗？按照之前的‘穹顶建设法则’，城市或者穹顶核心不仅有承担印发货币，监管市场的能力，还应该具备一定的执法功能，我们都进来啷个（这么）多天了，硬是一个执法专用的机器人都没出现。”

“要这‘穹顶’的功能真能像建造之初一样保持得那么完全，‘上边儿’也不至于派我下来，观察评估这个‘穹顶’适不适合开放。”走在后面的邹斯威眼睛一亮，意识到这是个从阿瞳口中套取更多信息的好机会，于是紧跟几步，恭声说道，“说起来，我还是第一次听说‘穹顶’应该具备这么多功能的，之前我只是在‘上边儿’听过，‘穹顶’是为了在当年疫病全面爆发的情况下，保存人类族群火种所建造的。”

阿瞳叹了口气，眼睛里闪过一丝恍惚，最后却只是自嘲地摇了摇头说道：“我说的这些，其实我自己也不敢保证都对，毕竟我从醒过来开始，就一直觉得脑壳木起在……哎呀你爬远点儿，莫挨老子那么近，庞臭（非常臭）。”

邹斯威尴尬地笑了笑，点了点头，却并没有真的离开阿瞳多远。他细想了一下，决定赌上一把，于是大胆地说道：“那……‘缪斯’呢？那是什么？你……你们，之前好像提过，想要找到‘缪斯’？”

阿瞳原地站定了一下，眼睛里的恍惚变成了茫然。就当邹斯威准备趁热打铁，问些更多的问题时，一道熟悉的恐怖白色闪电突然亮起，少女白皙的手指不知为何突然就抓住了邹斯威的耳朵，用力拧了下去，后者一声惨叫，连连求饶。

阿瞳拧了半天，才恨恨地松开了手指，没好气地说道："你是真的烦，一天到晚话那么多，把老娘头都给问痛了。我再说一遍，把嘴巴给老娘闭好，赶到走路（赶紧走路）！"

邹斯威唯唯诺诺地点了点头，一边揉着耳朵，一边老老实实地跟在了阿瞳身后，心中的疑惑却是越来越重，直变成了一团挥之不去的阴云：眼前的这个阿瞳脾气不好是真，但也已经很久没有这么对待过他了，这"缪斯"究竟是什么？为什么一问到，她会有这么大反应？

一路无话。到了温玉阁后，那位面熟的护院直接将二人领着进了云崖集，却是只见到了早等在此处的桃桃，姑娘今天穿的是一袭白裙，格外清新可人，这换身衣服就能直接换个气质的能力，看得邹斯威心中是一阵称奇，嘴上却是格外小心，连句夸赞的话也不敢多说。

"桃桃姑娘好呀，几天不见，看上去又漂亮了不少。"阿瞳说话倒是没有邹斯威这么多顾虑，大大咧咧地说道，"秦立人呢？他叫我们过来，自已人却没到，这是个什么理？"

"阿瞳姑娘好，邹先生好。"桃桃落落大方地行了一礼，然后才说道，"小栗子方才去拜见夫人了，已经去了好一会儿了，应该是快过来了。"

"夫人也在吗？"邹斯威心里觉出一丝不对，脸上却依旧堆笑着问道。

桃桃点了点头，然后说道："夫人今日难得兴致，与几个相熟的牌友在了温玉阁内约了牌局。”

邹斯威听到桃桃这么说，心下有些诧异，在他看来，此次秦立与夫人要谈的事，应该是有八九成把握的，但夫人偏生把谈判的地方选在了温玉阁，还用的是今日与人在此约了牌局的借口……难道秦立还能无功而返不成?

正想着，秦立便在那护院的带领下，自门外走了进来。仿佛为了印证邹斯威的想法，他一张苍白的脸上满是阴郁，见到桃桃也在此处，才勉强挤出了一个笑容，唤了一声：“桃桃，辛苦你接待我两个朋友了。”

桃桃看他脸色不好，一双黛眉早已揪起，其中的担忧就是邹斯威这个外人看着，也有些柔肠寸断的感觉。她摇了摇头，说道：“小栗子，你与我客气这些做什么?你的朋友自然便是我的朋友，这些都是应该的。”

秦立点了点头，犹豫了一下，嘴唇微张，却是半天没有说出话来。桃桃何许人也，一眼就看出了秦立的想法，当即扫开眉宇间的担忧，微微一笑道：“你看我，都忘了叫你们坐下了，这边请吧，我去叫下人备些清茶来。”

桃桃引着三人在云崖集最大的一间客室内坐下，转身离开，领走前还不忘转头看了秦立一眼，眼中满是浓浓的思慕。

“我说，秦大哥，你这又是什么情况?”邹斯威进门就看见了客室深处摆放着的一台沉浸式体验仪，所以此时选择坐在了距离那仪器最远的地方，他冲着秦立挤了挤眼睛说道，“就算和夫人谈崩了，也不至于给桃桃做这些脸色看吧。”

秦立长舒了一口气，嘴角浮现出了一些苦笑，说道：“我此刻实在有些不知道怎么面对她，还请邹兄弟别再说了。”

邹斯威注意到了秦立对自己的称呼，挑了挑眉毛，笑着说道："那就说说看和夫人谈得怎么样了？她是没答应保护我们的性命吗？"

"哎？怎么是和林家谈这个？"秦立还未回话，一旁的阿瞳却有些意外地说道，"我们不是有那微型穹顶吗？大不了躲进去做缩头乌龟不行？怎么还需要林家出手来保护？"

邹斯威摸了摸脑袋，腹诽道：虽然那位"他"是腹黑了一些，但真要谈这些事情，眼前的这个阿瞳还真是差了点儿意思。心中虽然这么想着，邹斯威嘴上却还是耐心地解释："那里毕竟是我们最后的底牌。况且按照我们之前的计划，想要彻底击垮卫家，还有很多事情需要我们抛头露面去做，若到时候卫君禾察觉到了不对，真要向我们下手，没有林家的庇护，就凭我们三个，可能真的会焦头烂额。"

阿瞳似懂非懂地点了点头，然后果断放弃了想明白个中道理，转脸看向了秦立："说呗，谈得怎么样？"

"她答应了。"阿瞳这一问，秦立的脸色不知为何陡然有些泛红，语句间也变得有些吞吞吐吐起来，"只是，开出了别的条件……"

"还要别的条件？"邹斯威的一张脸上都被疑惑堆满了，"这林夫人的胃口未免太大了一些吧？一亿六千五百万的现钱，还附赠了一套用这些现钱，彻底做空钢铁市场，等到矿藏真实价格爆雷之后，彻底击垮卫家的完美计划，她居然还要提别的条件？"

秦立点了点头，脸上的红晕不知为何，变得更甚："确切来说，她提出的条件并不附加在你说的这些条件之上，她只给我提了一个条件，现钱、甚至彻底击垮卫家的计划她都不需要，她只需要我……"

"需要你做啥子……"旁边的阿瞳看见秦立脸上不正常的脸色，一双眼睛内顿时燃烧起了熊熊的八卦火焰，直接操着古语问道，等看到秦立一脸茫然之后，才慌忙换了世界语再次发问，"需要你做什么？你小子啥时候也学会说话吞吞吐吐这套了？赶紧说话！”

“她……”秦立迟疑了一下，最终似乎是下了什么狠心，说道，“她要我与桃桃成亲，但并不是要桃桃嫁给我，而是叫我以赘婿的身份，加入林家。”

秦立此言一出，邹斯威和阿瞳两人如遭雷击，齐齐愣在了原地。半晌之后，还是邹斯威缓过了神儿来，他清了清嗓子，试探性地问道：“你……答应了？”

秦立脸上的红晕此刻尽数退却，那股子阴郁再次回到了他的眉宇之间，他缓缓地点了点头，说道：“是，我答应了。”

邹斯威这下算是明白了秦立为什么脸色这么难看了，但他此时也不知道应该说些什么，无论是恭喜还是安慰，似乎都有些不合时宜。巧舌如簧似他都开不了口，阿瞳自然也只能选择沉默。

就在此时，窗外响起了一阵清脆的瓷器碎裂的声音，将客室内这令人难堪的沉默彻底打破。这声脆响仿佛是什么号令，邹斯威只觉得眼前刮起了一阵旋风——坐在最里面的秦立第一个冲出门外查看，但他跑到了门口，却愣在了原地，半晌都没发出任何声音。

“我说，我咋觉得我们两个这时候这么多余呢？”邹斯威总算是憋不住了，压低了声音，冲着阿瞳说道，一边说还不忘冲着那蒙着窗纸，古意凛然的窗户上努了努嘴——此刻天光正好，一道玲珑的倩影被暖融融的阳光一照，正倒映在窗纸之上。

阿瞳却根本没有回答邹斯威的意思，邹斯威于是大着胆子看了一眼少女的脸色，只见她此刻正痴痴地看着窗外，脸上满是温柔而欣慰的笑容。

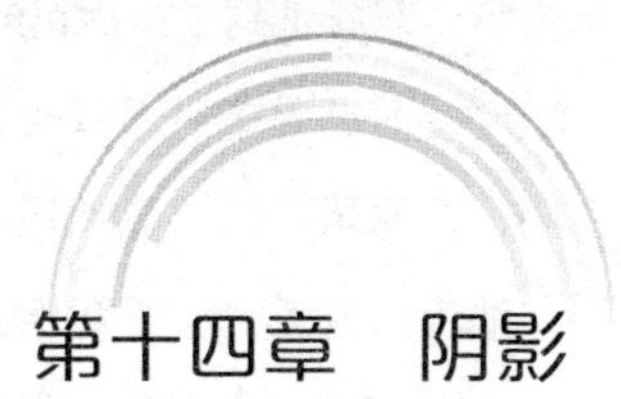

第十四章　阴影

“阿叔，走啊，说好今天要带我去见识见识的。”邹斯威放下面前的汤碗，狠狠地打了个饱嗝，冲着还在忙着收拾碗筷的葛叔说道。

葛叔将一把油腻腻的筷子丢进面前的脏水桶里，往围裙上擦了擦手，笑骂道：“我说章小哥，你想去自己去不就行了，非得叫我这把老骨头陪着你走一趟，没看到我手里还这么多活计吗？”

邹斯威眯了眯眼睛，瞪了一眼躲在柜台后面的葛强，他的眼神本不算犀利，但这小子也不知道在怕些什么，根本不敢与邹斯威对视，被瞪了一眼，就灰溜溜跑后厨去了。邹斯威撇嘴一笑，扭头过来说道：“这不是还有小强在吗？咱爷俩只管出去潇洒，回来要是这小子没把店里的活儿忙完，我替你收拾他。”

葛叔自是看到了方才那一幕，也不知是因为葛强表现得过于窝囊，还是什么旁的原因，他长叹了一口气，摇了摇头方才说道：“行吧，那你等我和他交代两句。”

葛叔一边说着话，一边不着痕迹地收走了邹斯威面前的碗筷，拎着脏水桶晃晃悠悠地去了后厨。邹斯威也不再多话，而是收了脸上的笑容，起身走到了小饭馆的外面。

此时已是午后，日头开始西斜，白虎大街旁的这条小巷完全背了阴，穿堂风一吹，竟然还有些凉意。邹斯威吸了吸鼻子，盯着眼前有些油污的地面，脑子里开始活泛起来。

此时距秦立答应入赘林家那日已经过了快有一周，从那天开始，邹斯威便没怎么再见过秦立。

除此之外，也不知道是林家的保镖真的起了作用，还是卫君禾不想另生事端，总之矿藏交割的事情进行得非常顺利。在递交过最新的保书之后，卫君禾十分大方地将一亿六千五百万的波顿币全额支付给了邹斯威。与此同时，邹斯威也留了个心眼，借助那位"阿瞳"的帮助，在之前已经架设好的采矿基地主控台上留好了后门，能够随时远程监控卫家的采矿进度。只是出乎意料的是，这一周以来，矿井那边迟迟没有开工。虽然心中有些疑惑，但邹斯威并没有跟着推迟自己的计划——根据秦立的消息，今日卫家矿业的股票市值已经在又一轮的疯长之后进入了短暂的平台期，此时正是自己动手实施下一步计划的好时机，于是他化名章随，接近了之前帮助过的葛叔……

正想到此处，葛叔的声音从身后传了过来："章小哥，我这边都交代好了，咱们这就过去吧。"

邹斯威满脸微笑着点了点头，说道："还辛苦葛叔带路。"

葛叔摆了摆手说道："你这小子，说话总是这么客气，这哪有什么辛苦的？不过说来也是奇了，你来往波顿城这么多年，居然一次都没去过市政中心。"

葛叔嘴上说着，手上的动作却没停，只见他动作极为麻利地打开了店铺侧面的一个小门，从里面推出来一台加装了货斗的老式摩托车，接着上下打量了一下邹斯威的身材，笑着说道：“你这块头太大，坐在后座里太委屈，如果不嫌弃，直接上货斗里坐着吧。”

邹斯威点了点头，翻身进了货斗，选了个位置舒舒服服坐下，等到葛叔发动摩托车之后，才说道：“像我这种在荒原上找食儿吃的探矿人，就算是进城，又哪里有闲逛的机会？哪次进城不是来去匆匆的？啧啧啧，听我们头儿说，这城里有个叫温玉阁的妙处，等我哪天有钱了，定要去爽上一把……”

“温玉阁？不过是花钱去做大梦的地方罢了。”“温玉阁”三字一出，葛叔的注意力被成功带偏，只见他猛地摇了摇头说道，“那种东西，我们这些泥腿子享受不来的，你要是真想在这城内寻些耍子，还不如到朱雀大街后面儿那些个挂着红灯的小店子里去……”

说到此处，葛叔似乎是意识到自己有些多言，干咳了两声便住了口。他不再说，邹斯威自然不会再问，而是转了转眼珠，问道：“阿叔，说起来我有一事一直想不明白，问过我们头儿，却是被他打了一顿，你久居城内，见多识广，想来也能帮我解答一下？”

不等葛叔搭话，邹斯威便自顾自地说了下去：“打我记事开始，便是在荒原上寻矿，或者下矿挖矿，埋头干了这么多年，我也想不明白，这波顿城到底是为了什么，这么缺乏钢铁的？”

葛叔听到邹斯威此问，声音陡然变得沉重起来，他沉默了半晌后才说道：“你年纪小，不知道也是应该的，毕竟距离上一次兽潮已经过去了有二十多年了。”

“兽潮？”

“是啊，兽潮。那是人力完全无法抵御的大灾难，你在荒原上谋生想来也见识过一些类似鲨蜥一样的怪兽吧？”

邹斯威脑海里闪过那从地下袭出，一口便能将人整个吞下的怪兽，打了寒噤后说道："见识过，难道这兽潮……"

"这兽潮，便是荒原上的怪兽数量爆发之后，无处觅食，最后集结围攻波顿城的灾难。寻常的武器军士根本无法阻止荒原怪兽的袭击，到那时候，唯一能够保护我们的，便是我们脚下的这座城。"即便只是如此讲述，葛叔的声音里都透出了一丝恐惧来，"你大娘……便是在上次兽潮爆发的时候……"

说到此处，葛叔摇了摇头，接着带着一丝恨意道："此事都怪那上任城主秦岳。多亏了卫老爷主持正义，将他调度城内物资不当，导致波顿城无法在兽潮袭来时及时变化为防御姿态的罪行公布天下……"

葛叔还在前方继续用言语发泄着自己心中的怨恨，他身后的邹斯威脸色却是几经变化，最后暗沉了下去。他仰起头来，看向四周耸立着的，反射着金属光泽的建筑，细细分析着葛叔话语中的信息，心中没来由想起那个高瘦的青年来：自己一直忽略了一个问题，秦立如此忍辱负重，如今甚至答应入赘林家，如果只是要对卫君禾复仇，是不是……牺牲太大了些？

不多时，葛叔的小车便随着波顿城拥挤的车流来到了此行的目的地。

隔着老远，邹斯威便看到了那片人头攒动的广场，以及伫立在广场前端的硕大银色雕塑：那是一个身型有些臃肿的机甲战士，浑身覆盖着片状的钢铁护甲，在肩部、头部，以及履带状的腿部上方，都遍布着森然恐怖的重型枪械，那被厚重头甲包裹着的头部微微扬起，似乎正在眺望远方。

"那便是波顿城的防御姿态了。"葛叔刚将摩托车停在广场外划好的车位里，扭头看见邹斯威正看得入迷，于是出言解释道，"后面那个建筑，便是市政中心了。”

邹斯威顺着葛叔的手指向着雕塑身后看去，只见一座五六层高的，完全由漆黑金属建造而成的方形建筑。说它是建筑，其实有些偏颇，因为它那冰冷坚硬的外墙上根本没有任何门窗，只在正面向广场入口的“楼面”上，雕刻着一幅硕大的图案，虽然经过岁月的洗礼，图案的颜色已经完全黯淡，但还是不难看出那是四个重叠交织在一起的椭圆。

果然……与戎卫前庭一脉相传……邹斯威看着这个熟悉的图案，心中默默道。那厢葛叔却是步履不停，带着邹斯威向着市政中心走去，一边说道：“说是叫市政中心，前任城主秦岳被驱逐之后，这里便已经没有了政务的功能，彻底变为了波顿城的贸易核心，像你熟悉的矿石、钢铁这些只能与市政中心做交易的货物，一般都是直接放进那边的机器里，城市核心会自动计算货物价值，将波顿币直接打入私人账户里。当然，购买也是在那边操作。”葛叔的手指指向市政中心入口处的几个方块盒子一般，外壳为耀眼红色的机器。除却这几个机器，整个广场上，还放置着另外蓝、绿、白三个颜色的机器。说来也是奇怪，此时整个广场上人山人海，其余颜色的机器前已被挤得水泄不通，偏生这红色机器面前空无一人。不过细想之下，邹斯威也就释然了：钢铁矿石这类东西，此刻估计已经完全被类似卫家这样的财阀垄断了，他们如果想要交易，自然不会选在这种人声鼎沸的时候过来。

正想着，葛叔推了推邹斯威的手臂，带着一丝歉意冲他笑了笑说道：“那啥，章小哥，你自己先看着闲逛一下吧，我得去看看我的股票，一会儿咱车那边儿见。”

邹斯威点了点头，想了想，趁着葛叔还没走，突然开口问道：“葛叔，还请留步，我问最后一个问题，就是这个股票，是个啥？赚钱吗？我听您提好多次了。”

葛叔挠了挠一头花白的头发，张了张嘴巴，良久才说道：“你要说具体是个啥，咱这种泥腿子也不太清楚，我就知道咱波顿城只有两只股票。但是你要说这个赚钱不赚钱，可是真的赚钱，特别是最近的卫氏矿业，我的天，涨得快疯了，这才几天，我放里面的钱都翻番了，不说了，我这会儿就去了啊。”

说罢葛叔便一溜烟地去了，一边走，一边嘴里还碎碎地说着什么，依稀能听到“抵押”“加仓”这些字眼。

邹斯威轻叹一口气，并未出言阻拦，而是顺着葛叔那花白的头发向前看去，只见那些形形色色的机器中间，还立着些滚动着数字的玻璃屏幕，广场上大半的人都堆积在那屏幕之前。就这一晃眼的工夫，葛叔小小的身躯便彻底消失在了人海里。

邹斯威想到接下来的计划，再看向这广场上攒动的人群，不由得打了个寒噤。但此时箭已经搭在了弦上，不得不发，他只能收敛心情，向着那赤红色的机器缓步走了过去。

比起那功能复杂的矿场控制塔，这种面向普通市民开放的贸易机器操作起来要简单了许多，激活操作页面之后，能够在此交易的货物便被整整齐齐地罗列在了显示屏上。

邹斯威扫了几眼，略过了“武器”“护甲”“载具”这些大类，直接点开了“金属”类的菜单。出乎他意料的是，在菜单内并没有出现繁杂的金属种类，整个页面上只有两个选项：“原生矿石”“成型金属”。

邹斯威踌躇了一下，还是先选择了“原生矿石”的子菜单看了一眼，却没想到直接进入了出售菜单，旁边代表购买选项的按钮直接变成了灰色——这代表着不论什么种类的矿石，城市核心直接是均价购入，并且没有任何出售的渠道。

邹斯威摇了摇头，感慨了一下这种简单粗暴的交易方式，接着便查看了一下这几日矿石的价格走向，发现虽然价格不低，但这一周之内却是在持续走低。

“怪不得卫君禾那老鬼迟迟不出手开采。”邹斯威嘴上嘀咕着，退出了当前界面，又进入了“成型金属”的菜单下面看了看，再次出乎他意料的是，这一次的菜单里虽然多出了一些选项，但几乎所有的子选项后面，都只有购买选项，没有了出售选项。

唯一的例外，在整个菜单的最后，那是简单的两个字“废料”。在这个子选项的末尾，代表着购买的按钮是灰色的，出售的按钮却是亮着。邹斯威点进去一看，顿时理解了当初为什么林夫人会这么嫌弃秦立提供的矿藏，这“废料”的回收价格之低，连“原生矿石”收购价格的十分之一都不到，也就是说，卫君禾以一个多亿的价格从自己手上买去的，所谓价值三个亿的矿藏，实际的价值，很有可能……只有三千万波顿币。

邹斯威想象了一下卫君禾得知这个消息之后的样子，不由得打了个寒噤，可他手上的动作并没有因此停止，他还得看看能不能给即将导致卫家覆灭的这场“大火”，添点儿猛料。

不过片刻之后他便轻叹了一声，放弃了操作。

越过重重的人海，邹斯威看向那座银色的雕塑，心中升起一丝恐惧来：怪不得当初他叫秦立带着一个多亿的现钱，以及一套完整的做空波顿城钢铁市场的手段，找到林夫人的时候，会被她直接拒绝……

因为他那一个多亿的现钱，对于这波顿城的钢铁市场来说，没有丝毫意义！整个波顿城可供购买的“成型钢铁”拢共不过十万之数！

这波顿城的钢铁究竟稀缺到了何等地步？邹斯威看着购买界面上显示出来的，少到几乎可以忽略不计的可交易份额，摸了一把脑门上的冷汗，葛叔不是说，上一次兽潮入侵已经是二十多年前的事情了吗？

待得邹斯威自市政中心回来，同葛叔分了手，回到“微型穹顶”内的据点的时候，天色已然是一片漆黑了。

小楼内点着明亮而温暖的黄色灯火，邹斯威却一点儿暖意也感觉不到，一方面是因为他心中那挥之不去的不祥预感；另一方面，是因为负手站在小楼门口，等待他归来的“阿瞳”。

只是看着“阿瞳”的身型，邹斯威便知道此刻自己面对的是哪一位了，他搓了搓自己的脸皮，将熟悉的笑容堆在脸上，走上近前，说道：“阿瞳兄弟，这波顿城入了夜，还是有些寒冷，怎的不去屋内？秦立呢？”

“秦立去了林家，此时还没回来，想来今夜也不会回来了。”果不其然，回答他的，是那充满磁性的男声，“你那边怎么样？”

邹斯威老老实实地摇了摇头说道：“算得上是不尽人意吧，波顿城的钢铁市场不具备任何做空的条件。”

阿瞳挑了挑眉毛说道：“怎么？卫家难道还有那么大能量？能够将这波顿城的钢铁全部垄断在手里？”

“那倒不是……钢铁这些物资的交易资格都在波顿城的城市核心里。”邹斯威一边说着一边不管不顾地走进了小楼内，站在了明亮的灯光里，“可供交易的份额太少，没有任何的操作空间，所以我采用了备用计划，大额买进了卫家的股票，等到合适的时候，一股脑抛了，一样能捅卫君禾心脏一刀。”

阿瞳却是丝毫没有与邹斯威计较，他依旧站在门口，听到邹斯威的话，一双好看的眉头彻底皱了起来：“怎么会这样？波顿城的钢铁资源怎么会稀缺成这个样子？”

邹斯威并未直接回答他的问题，而是转而问道：“矿井那边怎么样了？”

“矿场主控台那边儿反馈的消息表明，卫家的采矿队于今夜开始了作业，按照目前的工程进度，三日之内便能接触到矿藏主体，这消息我之前也已知会过秦立，他此去林家，便是确定婚期的。”阿瞳缓缓说道，“钢铁市场这个情况也不是什么坏事，我们没办法操作，卫家便更没有操作空间，届时矿藏的事情彻底暴露，他们便只有死路一条，只是苦了这些天买入卫家矿业股票的市民了。”

阿瞳最后这句话直戳邹斯威内心，将他心头那挥之不去的沉重阴影再次扩大，终于彻底击溃了他心中对“他”的戒备。邹斯威长叹了一口气，说道：“阿瞳兄弟，你察觉到什么不对了吗？”

这句话问出，却仿佛石沉大海，半天不见回应。邹斯威回过头来，看向阿瞳，却见后者的嘴角带着一丝充满讥讽意味的笑意。

就在邹斯威准备再次发问的时候，阿瞳开口了：“早在你提出这个计划的时候，我……我们就已经反对过了。怎么，你现在开始后悔了？”

邹斯威摇了摇头，带着一丝颤抖地说道：“没有那么简单，阿瞳兄弟，我那计划再毒，无非是让这些平民损失些钱财，但，我今天发现事情远远没有我们想象的那么简单！你方才不是问我，波顿城内的钢铁资源怎么会稀缺成如今这样吗？”

邹斯威语速飞快地将自己今天的所见所闻复述了一遍，接着他又说道：“你还记得我们第一次相见的时候吗？”

阿瞳一边接收邹斯威所说的繁杂信息，一边点了点头。

“那天，我与秦立在见到你之前，被荒原里的一种怪兽，‘鲨蜥’

袭击过。可是后来，等我再次返回那个谷地，用矿场主控台的地形勘探模块检测周边生物信息的时候，却根本没有发现任何大型生物的痕迹。你有没有想过……有没有想过……”邹斯威越说，声音越小，似乎被什么看不见的东西扼住了咽喉。

“那些‘鲨蜥’很有可能是受秦立控制的，而秦立的这个手艺，很有可能传承自他父亲秦岳，当年卫君禾将秦家驱逐出波顿城，其实是在保护这个城市，所以秦家一离开波顿城，这座城就再也没有经历过兽潮。”阿瞳一语道破了邹斯威的猜想，“可波顿城二十多年都未遭受过‘兽潮’袭击，城市核心却依旧把钢铁列为紧缺资源，这表明在城市核心的感知下，‘兽潮’依旧随时可能来袭，这个潜在的诱因，自然是还未身亡的秦立，你……担心秦立真正想要报复的，不是卫家，而是……这整座城市吗？”

第十五章　风满楼

暴雨倾盆，斯莱普尼斯八足奔腾的蹄声充斥着苍穹，似乎要将这片脆弱的天空彻底撕碎。

少年沉默地站在屋檐下，看向天地间密集如瀑布般的雨幕，空洞的瞳孔里已经没有任何温度，凛冽的寒风侵蚀着他瘦弱的身躯，令他瑟瑟发抖，但不知为何，他没有丝毫退缩的意思。

终于，一道晦暗的黄色灯光划破了雨幕，自长街的尽头开始渐渐向少年所处的这个小院缓缓靠近。少年的眼底终于泛起了一丝温度，但很快，这温度便被一道刺目的闪电彻底击溃。

闪电划破了夜色，也彻底照亮了那灯光的来源——那确实是一辆警车。但匆匆一眼，少年便已确定，这不是他熟悉的那辆，属于父母的那辆。

光亮稍纵即逝，振聋发聩的雷声轻易便刺痛了少年的耳膜。他却并没有因此伸手捂住耳朵，而是环起双臂，死死地抱住了自己羸弱的双肩，似乎随着那小小的警车逐渐靠近，有什么他最恐惧害怕的东西正在向他袭来。

警车最终停在了小院的围栏前面。车门打开，一个陌生的身影从车内走下，冒着漫天大雨，越过围栏，来到门厅前。他并未立即做出自我介绍，而是在少年的目光下缓缓地脱去了自己的雨帽，抖了抖身上沉重的雨水，深吸了好几口气，才真正转过脸来，看向一直沉默不语的少年。

也许是为了让接下来说出口的话更加容易被接受，他用力地在自己那张满是胡须的大脸上，堆叠出了一个极为勉强的笑容。

那是邹斯威此生见过的，最为难看的笑容。

在那陌生的警察开口说话之前，邹斯威艰难地睁开了自己的眼睛。

映入眼帘的，是已经开始逐渐熟悉起来的屋顶，他却并没有因此获得任何安全感。于是他伸出手来，在裤裆内的暗袋里摸到了那个小小的剑型金属，用力捏了下去，坚硬的金属立即刺痛他的皮肤与肌肉。邹斯威这才长舒了一口气，缓缓地坐起身来。

脑袋还是有些昏昏沉沉的，这让他有些恼火，自从他在那台害人不浅的“第二代沉浸式体验仪”上躺了一会，这些往日里最为痛苦的回忆便开始不断在他深夜入梦时来找他的麻烦。恍惚间，葛叔的话语突然在他的耳边响起：“那种东西，我们这些泥腿子是享受不来的。”

邹斯威自嘲地笑了笑，站起身来，穿好鞋袜，推开房门，向着小楼外走去。

屋外的天空还是沉沉的黑色，但已经没有了那压抑的乌云和瀑布般的大雨，万里无云的夜空间，闪烁的启明星看着分外可爱。

“醒了？”阿瞳的声音从身后传来，还是那磁性的男声，不过声音里已经透着一丝疲惫了。

邹斯威并未转过脸去看他，依旧站在原地，保持着眺望远方的姿态，没来由地说道："有时候我还挺感谢当初设计这'穹顶'的人的。"

"怎么突然说起了这个？"

"因为他们保持了'穹顶'与外界的部分互通，所以即便是活在这穹顶之下，我们依旧可以看见头顶的日月星辰，还能见识暴雨雷电，还能……对这天地，保持着作为人类，最为本能的敬畏。"邹斯威喃喃地说道。紧接着，他用力甩了甩脑袋，将这些感慨和还在脑海里盘旋的难看笑脸悉数甩出脑袋，转头看向了阿瞳，脸上再次堆砌起了招牌式的笑容，"阿瞳兄弟，这一夜，辛苦你了，有什么进展吗？"

阿瞳脸色严肃地摇了摇头，他抬起手中的平板电脑——这是两天前，邹斯威用波顿币从市政中心兑换回来的，里面存储的内容，是波顿城自建立至今的城市日志——语气沉重地说道："我已经彻底研究过了这里面记载的内容，如果这些内容完全没有被人篡改过，那便只能说明，'兽潮'这一灾难，完全不可能是由人力导致的。"

"如果没有被人篡改？"邹斯威敏锐地抓住了阿瞳话语中的关键信息。

"是的，如果。"阿瞳举起了手中的电脑，手指灵活地在页面上操作了两下，一段段繁杂的记录被快速肢解，最终形成了十数个文字片段。邹斯威凑过脑袋，匆匆扫过几行，顿时觉得一个头两个大，赶忙摆了摆手说道："你直接说结论得了，这些东西我是真看不来。"

阿瞳也不计较，手指再次在屏幕上飞快地点击，那些文字片段于是再次被肢解，这一次倒是一目了然起来：

"波顿历 11 年，晨 8 点 45 分，第四次'兽潮'来袭；晨 8 点 55 分，城市切换为防御姿态；午 11 点 24 分，'兽潮'被击退，城内钢铁储备损耗 71.6431%，共计 34 名市民……

“波顿历14年，晚6点52分，第五次‘兽潮’来袭；晚7点12分，城市切换为防御姿态；晨8点03分，‘兽潮’被击退，城内钢铁储备损耗84.7531%，共计185名市民……

“波顿历28年，午11点44分，第八次‘兽潮’来袭；午12点01分，城市切换为防御姿态；晚11点18分，‘兽潮’被击退，城内钢铁储备损耗78.0631%，共计95名市民……”

…………

“看出来了吗？”阿瞳紧锁眉头，语气沉重地问道。

邹斯威抓了抓脑袋，想了半晌，最后试探性地说道：“是这钢铁储备损耗数值有问题吗？你这里记载了不下十次‘兽潮’来袭的数据，这十次的数值里，小数点的后四个数字的最后两位，好像都是31。”

阿瞳长叹了一口气，然后说道：“确实如此，不仅是这十起，在另外的十几次袭击的记录数据中，也出现过重复的数字，只是相对来说，出现的频率并没有这么高。”

“这……能说明什么？”

“如果这些数据都是由城市核心生成并真实记录的话，那么钢铁储备损耗的数值，应该是一串随机的六位数，所有数字出现的机会都是均等的。自然情况下，在有记录的九十二次袭击内，最末两位出现31两个数字十次的概率大约会是几十亿分之一，几乎小到可以忽略不计……”阿瞳噼里啪啦说了一通，转脸发现邹斯威却是一脸茫然，于是他放弃了解释其中原理，直接说出了自己的结论，“从科学的角度上讲，只有当这些数据都是人为编造的时，才会出现这种数值高度重复的情况。”

“那也就是说，有人在城市日志的数据统计里做了手脚？”最后这句话，邹斯威显然听懂了，他拍了拍手，脸上露出恍然大悟的表情说道。

阿瞳缓缓点了点头，接着说道：“据我所知，能够在这种数据上做手脚的人，必然需要掌握城市核心的密钥，而能够掌握这种密钥的人，便只有……”

“波顿城历代的城主。”邹斯威虽然早有预料，但是当真正将这个答案从自己口中说出来的时候，心头难免还是有些沉重。他看了看街道对面那扇伫立在废墟之前的高大门楣，此时明明天光未亮，整条街道上唯一的光亮，便是这小楼里的亮光，但邹斯威依旧觉得，那个已经残破到快要认不出来的“秦”字，格外地刺眼。

“不过，事情还没有到最糟的地步。”阿瞳从邹斯威的脸色上读出了他此刻的心情，想了想还是出言宽慰道，“之前你从外打听的消息说，秦家当年被驱逐出城，是因为秦岳在面对‘兽潮’时，调度城内物资不当。目前能够从城市日志内找出的证据，也在佐证这一点，并没有任何证据表明，‘兽潮’真的是由秦家控制的……”

“还要什么证据？我们脚下的这条街，不就是最好的证据吗？”邹斯威苦笑了一下，说道，“‘穹顶’内的‘穹顶’，城市的最后一道防线，秦家为什么要把自家的府邸修建在这么一个地方？为什么又在当初被举家驱逐的时候，不选择龟缩在此，另想办法东山再起，反而要去往那注定九死一生的荒原？”

邹斯威再次扫视了一下这条狭长的，黑暗而荒凉的街道，说道：“那不是正因为，秦家真正防备的敌人不在城内，秦家东山再起的希望，同样也不在城内吗？！”

阿瞳久久没有做出回应。邹斯威转过脸去看向他，发现他的脸上再次挂上了有些讥讽的笑容，不同的是，那笑容里似乎多出了些宽慰：“事情已经到了这一步，你的穹顶钥匙还在秦立身上，而他此刻身在护卫森严的林家，这时候想要从他身上把钥匙拿回来，就算是你，也有些异想天开。至于矿井那边，估计再挖个两天左右，就会爆雷，你猜猜看就算你现在把那一个多亿还给卫君禾，他会不会饶你性命？而被你扰乱了复仇计划的秦立和林家，还会不会出面来保你？”

听到阿瞳这番话，邹斯威不由得打了个寒噤。他正欲开口，阿瞳却摆了摆手，说道：“我乏了，出来这么多天，她早已经有很多怨言了，接下来的几天，我应该都要休息了，事儿是你做出来的，后果自然要你自己承担。退一万步讲，你身后不是还有戎卫前庭吗？到时候如果真的满城鲜血，就凭你这张嘴，想要保命想来也不算太难。只是，我还得提醒你一句，邹斯威，咱们之间，可还有另一笔交易，别忘了你当初答应过我们什么，到时候如果完成不了，我可清楚地记得，你当初用来交易的筹码，可是你自己的性命。”

阿瞳轻笑了一下，眼中的光芒陡然黯淡了下去。正在此时，一股子穿堂凉风吹进了小楼，席卷到邹斯威的身体上，也不知是那风中的寒意着实刺骨，还是些别的什么原因，他那健硕的身体，居然止不住地颤抖起来。

片刻后，一个熟悉的女声在他的耳边响起：“抖个锤子（什么）抖，你在筛糠啊？”

秦立揉了揉自己这两天一直发烫的耳根，打量了一下眼前这座看上去与云崖集有些相似的小院，深吸了一口气，敲了敲木质的门框，迈开步子，从大开的院门间走了进去。

温柔的朝阳照射在翠绿的青竹上，将婆娑树影投映在层层石板铺就的小道上。小道的尽头，是一间被桃红色轻纱点缀着的小楼，不知为何，娇媚温润的佳人静坐在楼门前的石阶上，丝毫不惮身上大红色的喜服已经垂到了石阶前的尘土里，只是拿着一双素手托着香腮，闭目假寐，也不知是遇到了什么揪心的事情，她一双黛眉轻轻皱起，透出一股子化不开的哀怨来。

秦立驻足，漆黑的眸子里有些恍惚，花了好久的力气，才将遥远记忆里，那个有些骄蛮的小姐姐，与眼前这令人心疼的柔媚女子，重叠到了一起。他深吸了一口气，缓缓吐尽，接着说道："桃桃，怎的坐在这里，不怕着凉吗？"

听到他的呼唤，桃桃缓缓地睁开了眼睛，见来人是他，眼神里露出一丝羞涩，但片刻后，那羞意便尽数退却，被再次涌上眉间的愁意给占据了。她并未起身，而是轻轻将双手放下，抱住了自己的膝盖，然后有些突兀地说道："小栗子，你瞧我好看吗？"

"好看。"秦立依旧站在原地，说出口的话语简短却充满了不置可否的肯定。

桃桃的神色并未因为他的这句夸赞而变化，她将眼神从秦立那张肤色苍白的脸上挪开，从青绿色的屋檐上看了出去，而后喃喃地说道："九岁那年，我贪玩，从家里溜了出去，在一条从未见过的街道里迷了路，误入了一处陷坑。那坑里好黑，好暗，坑底躺着一只长着犄角的怪牛，它被我惊醒，便要吃了我，你却不知从何处跑了出来，明明是个比我还要矮个一头的小鬼头，却挡在我身前，将我救了下来……这些，你都还记得吗？"

"我记得。"桃桃的讲述再简单不过，秦立的眼神却不知为何，随着她的讲述变得有些迷离，但很快，便又变得古井无波，最后，他点了点头，依旧简短地回应道。

"那次之后，妈妈对我的禁足便越发严格了，整个城内，只有你还能破例，常常来这院子里找我玩耍。"桃桃的目光随着秦立的回答也变得有些温暖起来，她继续说道，“可惜，没过得两年，你们家里，便……便出了那档子事儿，妈妈告诉我的时候，我还以为你死了，躲在屋子里偷偷哭了好久……后来，我便渐渐长大，十六岁那年，妈妈终于不再禁我的足，而是派我到温玉阁做事……小栗子，你可知道这些年来，周遭的人都是怎么看我的吗？”

秦立张了张嘴，最后并未作出回答，而是摇了摇头。

桃桃凄冷地笑了笑，说道：“也罢，比起你这些年在外遭的罪，我这点儿苦难，也算是无足挂齿了……”说到这里她顿了一顿，片刻后，她脸上的神情再次温暖起来，才又开口问道，“小栗子，你可知道，那天你回来了，我再次看到你，还听到你那位好朋友给我说的那些话儿，又听到你自己亲口承认，心里有多开心吗？”

秦立还是没有回答，他依旧站在原地，仿佛一块被雕刻出人形的石头。

桃桃的眼神终于再次回到了秦立的身上，眼里的温暖随着他的沉默，已经残存无几，那令人心碎的愁怨仿佛一道剪不开的绫纱，紧紧地缠绕到了秦立的高瘦的身躯上。她缓慢，而低沉地说道：“如果这一切都是真的，那该多好，如果，你没有答应妈妈，那该多好……”

“这当然都是真的。”秦立终于开口了，语气中略带着一丝错愕，“桃桃，这一切当然全都是真的，我已经不是当年那个秦府的少爷了，我……我是个野火，一个从疫病的魔爪下死里逃生的野火，如果我不答应夫人，我怎能……”

桃桃站了起来，大红的喜服随着她的动作化作一道艳丽的红霞，霞光照耀下，少女脸上的愁怨一扫而空，取而代之的，是款款深情。她快步走上近前，举起一根青葱玉指，紧紧地贴在了秦立干涸的唇边，而后温情脉脉地说道：“我信你，小栗子。只是希望，你也能像我信你这般，相信你自己。”

一股不知起自何处的寒冷晨风吹来，浮动起少女鬓间柔顺的长发，或是被这寒风惊扰，秦立的眼睛在少女温柔的注视中，微微闪躲了一下。

于是柔情退散，化为比寒风还要冰冷的悲恸，桃桃转过颤抖的身躯，留下一个婀娜的背影，以及一句毫无感情的话语：“你，去试试吉服吧，别误了后天的大日子。”

秦立呆站在原地，木讷地看着少女逐渐远去，喉头颤抖，最终却一句挽留的话语也没有说出口。等他终于回过神来，眼前只剩下了空荡荡的小楼，以及吹得满楼桃红色轻纱乱舞的，阵阵寒风。

第十六章　大喜

朝阳一如既往地将自己温柔的光芒投射到波顿城的大街小巷。

但今日的波顿城却并未像往日里一般直接苏醒过来，原本早就应当变得熙熙攘攘的街道迟迟没有喧闹起来，本应奔波生计的人们纷纷停下了自己的脚步，齐齐将自己的目光投向那一夜之间便伫立在城中各个显眼位置的巨型屏幕上。

“今天是什么大日子？林家居然这么大的手笔？过年也不过如此了吧……”刚刚从市政中心采买完今日食材的葛叔一脸错愕地端坐在自己的小车上，大张着嘴巴，看着市政中心正上方那块刚刚升到最高处的屏幕，喃喃地说道。

“我说，老哥你是在哪条街道做的营生，这么大的事儿，你居然都不知道？”他身侧停着的另一辆小车上，坐着一个身材精瘦的汉子，听见他自言自语，极为热心肠地说道，“那位鼎鼎有名温玉阁的桃桃阁主今日要大婚，听说还不是出嫁哦。”

“不是出嫁？那能是什么？”葛叔摸了摸自己所剩无多的头发，带着一丝困惑地说道，“温玉阁那种地方出身的女人，还能有人愿意倒插门不成？上赶着把自己脑袋伸过去当绿头王八吗？”

“你还真说对咯，还真就是有人入赘。”精瘦汉子脸上露出一丝猥琐的笑容来，“你九成九是没见过那桃桃阁主长什么样子。说起来我前些年帮着温玉阁采买物件，有幸见过一眼，那狐媚子，啧啧啧，胸脯子比我脑袋都大，腰杆子比我手膀子都细……”

听对方话语间说得越来越不堪，葛叔皱了皱眉头，扭过了头去，打燃小车准备启程回店。正当他将小车车头缓缓调转的时候，头顶上闪过一道耀眼的金红色光亮，葛叔眯了眯眼睛，回头望去，却见市政中心正上方那块硕大的屏幕上，飞过一只金红色的绚丽凤凰，以及一头威武勇猛的金色神龙，在它们身后，片片金光红霞交错出两个浓墨重彩的名字，一个是早已在波顿城内艳名远扬的林桃桃；另一个名字，看着有些陌生，却有着一个对于波顿城人民来说，意义极为特殊的姓氏：秦立。

葛叔心里打了个突突，没来由生出一丝莫名其妙的恨意来，旋即他笑了笑，拍了拍自己的老脸，心道：自家的媳妇是死在了那次兽潮里不假，那次兽潮抵挡不力，确实也是前任城主秦岳的失误，但自己这莫名其妙便对一个姓秦的陌生人起了恨意，属实有些不太应当。

正当他自嘲的时候，那两个浓墨重彩的名字缓缓淡去，取而代之的，是两个极为逼真的人形投影，左侧那位亭亭玉立，大家闺秀模样的，自然便是林桃桃，身型确实玲珑有致，但完全不似方才那位精壮汉子说的那般夸张。而右侧那位身型高瘦，皮肤苍白的男人，葛叔却是一眼便认了出来。

“这……不是那日和章小哥一起的小哥吗？”葛叔心里又打了个突突，看着那张有些熟悉的脸，不知为何，心中那莫名其妙的恨意，居然再次肆意升腾了起来。

“林家好歹也是这波顿城娱乐界的头把交椅，搞点儿东西看着也忒没档次了。”邹斯威一边啃了一口手中所剩不多的苹果，一边毫不留情地评论道。

“你还真就准备躲在这里当乌龟了？”身边的阿瞳手里也捏着一个苹果，但不知为何，却有些嫌恶的样子，迟迟没有吃上一口。

邹斯威脸上罕见地没有堆积招牌式的笑容，他囫囵咽下口中的苹果，扭过头来看向阿瞳，带着一丝破罐子破摔的语气说道：“那我有什么办法？秦立那小崽子这会儿估计在想着屠城，我还能冲出去送死不成？那苹果你吃不吃？不吃就还给我呗，五百波顿币一个，怪贵的。”

阿瞳冲他翻了个白眼，手腕微微发力，那苹果便直接飞速旋转着撞到了邹斯威的心口上，打得邹斯威是痛叫连连，再看那苹果，却依旧完好无损，依旧鲜亮可人。

邹斯威揉着自己的胸口，手上却是丝毫不客气地将那苹果拿了起来，狠狠地咬了一口后，接着说道：“我的祖宗，您可真饶了我吧，那城市核心的密钥在秦立的脑袋里，我要有能耐把他脑子撬开，我还在这儿等着干吗……”

说话间，不远处白虎大街的那块屏幕上，一对璧人的身影渐渐淡去，变作了一行时间：四小时五十九分五十九秒。紧接着，那行时间开始一秒一秒地倒数起来，想来，那时间归零之时，便是婚礼真正开始的时候了。

阿瞳的一双秀眉紧紧地皱了起来，接着，她缓缓叹了口气说道：“你是真没有办法吗？”

邹斯威挑了挑眉毛，注意到阿瞳说这句话的时候，用的是世界语。

他转过头来，看向眼前的少女，从她眼底眉角的神色，邹斯威几乎能够确定，这个阿瞳，还是“她”，却偏又有那么一丝的不同，那感觉，就像是阿瞳的脸上无端笼罩了一层面纱。

“你……究竟是……”邹斯威喃喃问了半句，接着便把剩下的疑问完全咽进了肚子里。不知为何，阿瞳明明没有对他这没来由的发问做出任何反应，他后背的汗毛却突然炸了起来，他赶忙咽了一口唾沫，然后强装着满不在乎地说道，“我明白你意思，无非就是想叫我用云崖集里那台沉浸式体验仪呗……”

说到这里，邹斯威再次顿了顿，他可是清楚地记得，另一位阿瞳曾经答应过自己，不将读取过自己记忆的事情共享给这位阿瞳的，那么……她是如何知道云崖集里那台仪器是目前这繁杂乱局的可能解决方案的？

邹斯威干咳了一声，将心头的一切困惑全部都归结于阿瞳“古代人”的身份，然后摇了摇头说道：“秦立现在身处林家，我哪儿来的本事让他躺到体验仪上去？别提林家的护卫了，你真以为他秦家过去家大业大，现在真的一个人都没给秦立留下？你要记得，没有我俩的时候，他一样也策划着复仇呢。”说到此处，邹斯威顿了顿，观望了一下阿瞳的脸色，发现丝毫未变，才又说道，“退一万步讲，我就是真有本事把秦立按上去，你想过没？如果城市核心的密钥真就是一串数字，或者一个口令那么简单的话，那卫君禾这些人把秦家从波顿城里赶走那么多年了，为啥到现在都还没破解？”

不等阿瞳答话，邹斯威便继续自顾自地说了下去：“穹顶‘波顿’，编号为309，为‘三千世界’计划启动之后，建造的第三代穹顶，也是为了在‘洛基’病毒的侵害下，保护人类文明火种的最后一代穹顶。按照‘上边儿’留给我的信息，这一代穹顶的核心密钥普遍需要声纹解锁，或者生物识别解锁，所以即便我们读取了秦立的记忆，估计也不会有任何作用。再说了，我们现在的这些结论不都是猜想吗？万一秦立压根儿没想着屠城呢……”

“万一，估计，普遍。”阿瞳重复了一遍邹斯威语句中的词语，然后用一个邹斯威从未听过的语气，平缓而冷漠地说道，“听听你说的这些词儿，你不过是在说服你自己罢了。邹斯威，我最后再问你一句，这一城的人如果真的因为你的决定死绝了，你能承担接下来的后果吗？”

邹斯威转了转眼珠，不动声色地咬了口苹果，心思开始活泛起来：这位阿瞳可不愧是精神分裂，前两天还是“他”的时候，口口声声拿性命威胁老子，到了今天，又开始拿着一城人命来拷问老子的良心了？这么回想起来，那几天“他”不遗余力地帮着从城市日志里寻找蛛丝马迹，今天又提出了用沉浸式体验仪偷窥秦立的记忆的办法，难不成，这位虽然人格有些分裂，但骨子里还是个心系天下苍生的大善人？

心里头念头越多，邹斯威脸上那招牌式的笑容堆积得也就越快，他咽下口中的苹果，说道：“这怎么说着说着还急眼了呢？我之前都是和您逗闷子呢。放心吧，我这儿有的是办法解决问题，这不秦立的婚都还没结吗？不着急，真要到了那个时候，咱保证，兵来将挡水来土掩！”

“你话说得倒是轻巧。”听到邹斯威的这番话，阿瞳眼底里那股子诡异的陌生感陡然退却，那个操着一口古方言的少女再次出现，“要是真有办法，你还缩在这个卡卡头（不起眼的位置）干啥子？”

“我的祖宗哎！”邹斯威放下苹果，从怀中掏出来一块平板电脑，激活电脑漆黑的屏幕，将那电脑凑到阿瞳面前，说道，“您可看看这个吧，这是矿井那边儿的工程进度，您仔细看看这个读数，不出今天中午，卫君禾的采矿队就能挖到您的老巢了，马上就要爆雷了！我真要在这个时候在外面露了头……”

“一会儿又是秦立要屠城了，一会儿又是卫君禾要你的小命了，反正话都是你在说。”阿瞳撇了撇嘴巴打断了邹斯威的长篇大论，扭过脸去，看了一眼已经被他咬去大半的苹果，突然再次说道，“还有苹果没得？老娘肚子好饿！”

波顿城全城人民的翘首期盼下，大屏幕上，那行倒数着的时间，已经快要接近尾声了。

此时整个波顿城内，如果说有谁的注意力完全不在那流光溢彩的大屏幕上，那只能是卫君禾了。这位往日里常常一觉睡到中午的“狮王”，今天难得地起了个大早，却也没有离开卧房，只是披着睡衣，半躺在柔软的大床上。在他的面前，有一块硕大的智能屏幕，此刻那屏幕上显示的，赫然正是采矿基地控制台传回的监控画面。画面是无声的，矿井里的照明条件也十分有限，几乎接近昏暗的屏幕上，依稀能够看见，一群浑身已被汗湿的矿工，正在奋力地挥舞着手中的矿锄，不断从面前的岩壁上削落下一块块碎石，放置进身后的料桶内。就是这样简单重复，甚至有些无趣的画面，卫君禾却看得津津有味，连老管家送至床头的热牛乳和香气四溢的面包，都没工夫搭理。

老管家却似乎已经对自己主子的这般姿态见怪不怪了，他此时安静地站在卧房的窗边，透着一丝缝隙，从卫家偌大的院落里眺望出去，看向金狮大道正中心的那块屏幕。

对于林家的这场婚事，他原本也是毫不关注的，此刻，老管家思虑的事情，是要不要将之前多次随着邹斯威来访的那个石多余，真名其实叫作秦立这个事儿告诉主人。别人或许不清楚，但经历过，甚至亲自策划过当年那场剧变的他，自然是明白秦立这个名字背后的含义，也清楚，如果自己在这个节骨眼儿上，告诉主人这件事，会有多败坏他的性子。

也罢，老管家捋了捋自己的胡须，最终还是做出了决定：还是等到矿开出来了，自己再做汇报吧，只是……为何秦立这小崽子的婚礼，偏偏就选到了今天？

正当老管家心思恍惚间，窗外那大屏幕上的倒计时已经来到了最后几秒。他扭过头来，将目光投射到卫君禾面前的那块屏幕上，粗略一看之下，瞳孔却是剧烈收缩起来。

矿工劳作的画面正上方，是一个狭长的，颜色鲜红的进度条，随着矿锄的不停挥舞，那进度条已经来到了最末端，上方的进度已经无限接近于百分之百。

这……只是巧合……老管家还在心里劝慰着自己，却看见画面上，一个矿工的矿锄狠狠砸下，然后，直接陷进了面前的岩壁里。

他身边的工友并未因此停住自己手上的动作，而是继续执行着机械的挖掘动作，于是更多把矿锄镶嵌进了岩壁之中。那块不知为何，变得如同豆腐一般柔软的岩壁哪里经得住这样的敲打，直接整块崩碎开来，一个漆黑的岩洞便这样出现在了手足无措的矿工面前。

在老管家以及卫君禾错愕的目光里，监视屏幕中那些伴随着矿井作业不断推进的冷光管束不要钱一般地闪耀起来，将原本昏暗的画面照耀得如同白昼，紧接着，监视画面突然自己移动起来，像是被什么人推动着，缓缓地来到了那漆黑的岩洞之前。

冷光管束随着监视屏幕的挪动快速延伸，不多时，便将那岩洞之后的世界彻底照亮。正上方，漆黑坚硬的岩石无声地宣示着，这里依旧是地底，然而就在这犬牙交错的岩石之间，一个被砂土掩盖了大半的，与周边完全格格不入的“尖角”出现在了画面的正中。

那尖角之上，覆盖着厚重的钢铁皮壳，钢铁之间的缝隙，用所有波顿城人都熟悉不过的焊接方式连接在一起，严丝合缝，巧夺天空——这是一个房顶，一个在波顿城内再寻常不过的房顶。

如今，它却出现在了被勘探、确定过无数次的，被林家亲自出面作保过的，原本应该蕴藏着丰富矿石的矿床的位置上。

“大……大人……”老管家看着依旧保持着躺卧姿势的卫君禾，察觉到他的脸色肉眼可见地阴沉了下去，哆哆嗦嗦地出声。

“立即通知乔老二，带一队人过去，将那些矿工都给老子活埋了，不要给老子走漏半点儿风声。”卫君禾扭过脸来，强压着胸膛里已经快要喷涌而出的怒火，动用残存无几的理智，语速飞快地发布命令，“马上给老子备车，老子要亲口问问林家那个臭婆娘！老子要问问她，她是怎么把保单出给那两个毛头小子的？老子非得把那臭婆娘的脸抽烂，敢在老子头上动土……”

“大人！”老管家极为罕见地没有立即执行卫君禾的命令，反而是膝盖一软，直接跪倒在了窗台面前，他颤抖着，抬起一只手来，指向窗外，“您，先来看看吧……”

卫君禾眉头皱起，已经烧灼到喉咙里的愤怒火焰随着他看清老管家那毫无血色的脸庞褪去了大半，身体里那些刚刚被烈焰灼烧过的地方，立刻开始向着他的躯干传输着恍如刀割般的剧痛。“狮王”缓缓从自己的卧榻上站起身来，走向那扇他不知道向外眺望过多少次的窗户。

这是整个金狮大道的最高点，也称得上是整个波顿城的最高点，从这里向外看去，大半波顿城都能一览无余，所以金狮大道正中，以及远方的朱雀大道、市政中心、玄龟大道上那一面面巨型屏幕，此时都能尽收眼底。

所以，卫君禾能够清楚地看见，那些屏幕上此时播放的内容，与他卧房里的那块监视屏幕上的，一模一样。

他能看见，想必此时整个波顿城的人也都能看见了……正在此时，那些屏幕上终于闪烁出有些不同的内容，那是一段长长的文字，乍看上去，似乎应该是某个合同上的格式条款：

林氏保险对甲方所持有之矿藏信息作出以下保障：保障该处矿藏预估价值（叁亿波顿币整）五十年内，不因盗匪侵袭、自然灾害、矿石市场价值急剧变化、矿藏所含之金属出现可能的替代品、矿藏持有人发生变动等五项事项发生超出预估价值10%的贬值。如若保障期内，矿藏预估价值因除上述条款发生超出预估价值10%的贬值，该保障合同无效。

卫君禾默默看着这行文字渐渐从屏幕上消退，颓然地向后坐倒了下去。刚刚强行压抑下去的那阵绞痛再次侵袭而来，迅猛而凶狠地直击他的心脏，于是“狮王”唇角浓密的须发间，缓缓淌出一丝血迹来，再看卫君禾，此刻已是彻底昏死了过去。

第十七章 旧臣

不论今日的婚礼还继续不继续，不论卫家新买的矿藏到底发生了什么，不论波顿城内此刻是个什么模样，太阳照常是要落下的。

葛叔默默地看着西斜的日头把赤红色的余晖挂在天空上，心里觉得这红色真是好看，但是具体好看在哪里，却也说不出个所以然来，或许是和前些天卫氏矿业的股票走线的颜色比较相近吧？

想到这里，葛叔的心脏突然抽痛了一下，他把视线从远方的天际挪了回来，看向自己手中的欠条。就在三天之前，他抵押了自己的小店，从熟悉的钱庄里换了现钱，全额用来购入了卫氏矿业的股票，今天早晨的时候，他都还在幻想自己成为百万富翁，买个大宅子，给儿子娶个漂亮媳妇，谁能想象得到不过几个小时的时间……卫氏矿业的股票跌到了历史未见的冰点，一辈子的积蓄就这样在一瞬之间灰飞烟灭。

葛叔叹了口气，轻轻把欠条在手中揉成了一个团，埋头看了一眼脚下的这片城市——他选的这幢楼算是市政中心附近最高的几幢楼之一，此时这么看下去，啥都看不清楚，只觉得一阵头晕。

于是葛叔闭上了眼睛，没来由又想起了儿子葛强，自己骂了那个小兔崽子一辈子的败家子，却没想到到头来真正把这个家败没了的是自己这个没用的老子……罢了，他也老大不小了，有手有脚的，还饿不死，只希望自己这一去，那讨债的钱庄不会过于为难他吧。

想完儿子，葛叔又想了想已经去世很久的妻子，想了半天，却发现自己好像已经记不清楚她的样子了……

“那就去下面看看你吧……”葛叔双手合十，嘴里默念了一句，接着，毅然决然地向前迈出一步。

漫天的晚霞中，头发花白的葛叔化作一条绝望的鱼，急速坠落向这座城市深不见底的黑暗之中。半晌，溅起一道赤色的水花。

邹斯威沉默地看着远处地砖上那颗有些熟悉，但又完全变形的花白脑袋，用力地紧了紧自己脑袋上的兜帽，将头脸深深地埋下去，快速将自己的身影隐藏到周围惊慌失措的人群中去。

波顿城此刻完全乱套了，就如刚刚这般的惨状正在城市的各个角落里不断上演，救护车、警车的鸣笛声此起彼伏，仿佛在这绚丽的夕阳中，末日将至。

“警察医护这些人里都有可能有眼线，虽然你露面的次数不多，但是看到还是要想办法绕开。”邹斯威一边快速远离市政中心，一边通过藏在耳朵里的通信器说道，“我这边儿已经把股票全部抛完了，你那边怎么样？那个微型‘穹顶’收缩了吗？”

“何止是收缩，直接就是没了，我们现在去哪点儿汇合？”阿瞳的声音从通信器内传来。邹斯威听到她的话语后撇了撇嘴，心道还好自己猜到秦立心狠，为了防止他们有可能躲在据点里不出来办事，会直接关闭那处微型穹顶，所以提前跑出来把手中的卫氏矿业的股票全抛了，接着立即开始撤退，不然这个时候估计早被卫家的人在市政中心堵了个严实了。

“去温玉阁，先找到桃桃再做商议，她现在最有可能知道秦立的下落。记得走最短的路线，卫家现在在想办法全城戒严。”邹斯威脚步不停，语速飞快。说完这句话，他便将注意力全部转移到了面前的街道上，周遭人群突然拥挤了许多，只见前方百十米处，市政中心通往白虎大街的交接处，突然多出来了百十来个长相彪悍，一脸“盗匪”模样的人堵住了路口，极为蛮横地拦住了过往的人群、车辆，不断盘查。而真正让邹斯威提高警惕的，是这帮盗匪中站在最为显眼位置的两个熟面孔，一个是那天被他踹了一脚的“小林哥”，另一个赫然正是这几天被他打压得服服帖帖的葛强。

邹斯威吞了口唾沫，摸了摸自己藏在防沙服下面的热能枪，没来由地叹了口气——自己还是低估了卫家的能量。之前有钱买苹果，都没想着给自己添几件家伙事儿，防沙服下面这把还是他从全地形车上带下来的卫士九型，那天打完之后便一直没找到机会充能，这会儿也就还剩个五十来发的击发量。再加上热能枪这种一开枪就会把自己变成人群中的火炬的属性，想要靠着这种家伙逃离目前的险境，显然有些不太现实。

于是邹斯威咬了咬牙，探手摸到了腰带上悬挂着的那些沉甸甸的家伙，环视了一圈面前纷乱的人流，迅速锁定了位于盘查点较远处，街角里的一个不起眼的硕大金属垃圾桶。

心里默默替这满街平民祈祷了一下这玩意儿的质量，邹斯威快步走上前去，隐蔽地从腰带上扯下一枚手雷，拔开拉环，扔进了垃圾桶臃肿的肚子内，然后迅速埋低身体，在确保自己不会引人注意的情况下，头也不回地向着盘查点冲了过去。

或许是因为情况有变，邹斯威总感觉今次的爆炸要比那天在荒原里来得迅猛得多，他甚至都觉得自己没来得及跑出五十米，身后便传来一声轰然巨响。伴随着这声巨响，酸腐恶臭的垃圾顿时冲天而起，化作一片恐怖的暴雨——或许是邹斯威之前的祈祷起了作用，那金属质地的垃圾桶在这剧烈的爆炸中居然只是腾空而起，除了身型胀大了接近一倍之外，竟然毫无破损。

喧闹的人群陡然一下陷入了诡异的平静，始作俑者邹斯威抓住这难得的机会，用力清了清嗓子，放声大喊道："跑啊！"

这声喊叫就像是投入平静湖面的一颗巨石，平静的人群顿时掀起巨浪，哪里还顾得上前方堵路的"盗匪"手中还握着热能枪，一股脑地开始向着路口奔涌。那些拦路的"盗匪"本就还处于爆炸带来的震惊之中，此时人潮涌动，临时设置的路障顿时被冲散，邹斯威滑如泥鳅，一股脑扎进人潮中去，眼看就要蒙混过关。

"他在那儿！"

一片嘈杂之中，突然响起来一个突兀的喊叫声。邹斯威暗叫一声不好，下意识中，手臂微抖，热能枪从腋下伸出，冲着喊叫来源的地方，便开了一枪。

枪声响起，炽烈的热能光束划开人群飞射而出，精准地找到了自己的目标，同时也把邹斯威的位置暴露了个彻底。他一边在心中暗骂自己手欠，一边头也不回地向前飞奔，待得进入白虎大街的范围，才得空扭头往回看了一眼。

却见身后混乱的人群中，枪声大作，那些"盗匪"一边向着他身后追击，一边不断向着天空鸣枪，热能光束烟花似的升腾在空中，几乎瞬间，方才还奔涌如潮的人群便被彻底压制了下来。得益于此，邹斯威也瞥见了那个被他击杀的倒霉蛋，但一片混乱之中，只能勉强瞧见他脸颊有个明显的痦子——和方才地砖上面，那颗几乎变形的花白脑袋，如出一辙。

这厢邹斯威正在白虎大街上疯狂奔逃时，那厢刚刚踏上白虎大街街面的阿瞳，皱起一双好看的眉头，停下了前进的脚步。

因为一群身着黑色劲装的人堵在了街口。

黑衣人的首领是一个看上去已经快入古稀之年的老人，此刻见阿瞳一言不发，直接举起了秀气的拳头，眼看便要动手，赶忙向前，直接行礼道："老朽秦书舟，还请阿瞳先生听老朽一言。"

阿瞳挑了挑眉头，将拳头放在身侧，却并未松开，开口便问道："你晓得我是哪个？"一句话问出，发现秦书舟一脸茫然，于是不得不改用世界语再问了一遍。

"少主人给老朽看过先生画像，老朽于是认得。"秦书舟似乎是知道此刻情势紧急，不等阿瞳再次发问，从怀里掏出一个手指长短，两头细长，中间微微隆起的小巧金属物件来，然后才接着说道，"少主人叫老朽将此物给先生过目，先生自然能信得过老朽身份。"

阿瞳自然一眼便认出了老人手中的东西是邹斯威的穹顶钥匙，眼中一亮。只是还不等她细看，秦书舟又将穹顶钥匙揣进了自己怀中，阿瞳于是松了拳头，轻咳一声，继续用世界语说道："你们是秦立的人？"

老人郑重地点了点头。阿瞳见他应承，咧了咧嘴巴，用古方言嘀咕了一句："秦立果然阴到坏，还骗老娘说这些人走嘞走，散嘞散。"

见得秦书舟脸上再次闪过一丝茫然，阿瞳挥了挥手，重又用世界语说道："说吧，秦立那边什么安排？"

“还有另外一位邹先生呢？”秦书舟并未直接回答，而是看了一眼阿瞳身后，问道。

阿瞳不动声色撩了撩自己的耳发，暗地里却是将耳朵里的通信器切换到了自由发言模式，然后才说道：“自然是做事去了，不然卫家的股价如何崩得如此之快？我与他约在了温玉阁见，想来他此时正赶过去。”

“既然如此，那便前往温玉阁，与邹先生会面，散！”秦书舟丝毫未察阿瞳的小动作，只是头也不回地下令道。随着一声令下，他身后那些黑衣人迅速散开，几个呼吸间，居然就这么在阿瞳的眼皮子底下，消失在了人群逐渐稀疏的白虎大街。“阿瞳先生，请。”

秦书舟身形一让，阿瞳这才看到老人身后居然还停着两头陆行鸵，其中一头看着极为眼熟，正是她第一次进入波顿城时骑的那头，于是也不客气，当即翻身上鸵，跟在秦书舟身后，向着温玉阁奔去。

此时日头已经完全沉了下去，再加上今日城内的种种异常，白虎大街上的人群早已稀疏，没了阻碍的陆行鸵全速奔跑，三两下便将那条沉默的街道抛在了身后。可等着二人上了白虎大道正街，还未跑出多远，便听到了远处的黑夜里，响起了一阵刺耳混乱的枪声。

还未等阿瞳抬眼查看，身前的秦书舟似乎是得了什么消息，他突然将陆行鸵停住，一脸严肃地转过头来，冲着阿瞳说道：“还请先生先行一步，我这边接到消息，邹先生那边有些不妙，需要接应。”

“邹斯威，你居然把人往老娘脸上引，皮子痒了哈。”阿瞳仗着秦书舟听不懂，大着胆子用古方言嘀咕道。

“我的祖宗，你可是答应过我要保我性命的，可不能在这个时候不认账了。”邹斯威的声音很快从通信器内传了出来，同时传过来的，还有更加刺耳的枪声。

阿瞳暗骂一声，稍一权衡，知道此时确实不应将邹斯威就此抛下，于是换了世界语，扭脸冲秦书舟说道："在哪儿碰面不是碰？我们同去吧。"

秦书舟张了张嘴，想要阻止，却又想起临行之前，少主人对眼前这位看上去有些消瘦的少女的介绍，也就没有将到了嘴边的话说出口来，转而点了点头，算是答应了阿瞳。

二人于是不再多话，调转鸵头，向着枪声密集的方向奔行而去。

越是接近枪声，街道上便越是空旷。等来到白虎大街正街中段，一处白日里应是集市的地方，四下已是彻底无人，阿瞳稍一寻找便看见了猫着腰躲在一辆货车身后的邹斯威。

倒也不是阿瞳眼尖，只是邹斯威此刻确实是场中焦点，只见他端着热能枪，不时举枪向着车后射击，打出的热能光线却是完全没有准头，只在街道之上摇曳乱飞。但也不知道是不是巧合，正好挡住了他身后追兵的脚步，将数十个"盗匪"堵在了集市另外一头的小巷当中，不时露出枪管来，和邹斯威对射。

阿瞳如何看不出邹斯威这几枪是在做戏？可约定在前，也不得不陪着他把戏演下去，只见她轻拍陆行鸵背，娇小玲珑的身体骤然化作一道白色闪电，掠过无人长街与飞溅的热能弹雨，眨眼之间，便到了邹斯威身前，接着纤细手臂轻轻舒展，竟然将高大健壮的邹斯威整个儿提了起来。少女手腕轻抖，邹斯威直接化作一只大鸟，向后飞出，天旋地转之下，稳稳落在了跟进而上的陆行鸵背上。此时再看少女，却已然又回到了鞍座上，稳稳坐在了邹斯威身前。

整个过程可谓电光石火，直把一旁的秦书舟看得傻了眼，一直等到阿瞳扭过鸵头，又向着温玉阁的方向奔行，才反应过来，大喝了一声："掩护！"

集市那头的“盗匪”可没看见动若惊鸿的阿瞳，此时只觉得一直压制着他们的枪声停了，立即齐头从小巷内涌了出来，向着邹斯威方才藏身的位置掩杀过来。却不料秦书舟这一声断喝之下，无数枪声自街道阴暗处响起，未见热能光束，却是惨叫连连，“盗匪”割麦子似的倒下大半。

“是动能枪械！快找掩护！”“盗匪”群中不乏识货的角色，见得同伴倒下，立即大声呼喝。于是刚刚冒头的“盗匪”小队立刻像是无头苍蝇一般，又缩回了小巷里。等到他们惊魂已定，再把脑袋从小巷内探出来，面前便只剩了一条空荡荡的长街，哪里还看得到敌人的影子？

第十八章　怪兽

或许是受到了城内乱象的影响，温玉阁今日极为罕见地没有营业。

就如初见的那个清晨一样，整个楼内冷冷清清的。邹斯威极为敏锐地注意到，那位相熟的护院在接待他们入阁之后，居然直接离开了楼内，将大门从外干脆直接锁死了。

此刻他与阿瞳走在整个队伍的正中，他们的身前身后，都站着训练有素的黑衣士兵。方才街道接战的时候，邹斯威没工夫细看，这个时候略一点数，却是发现这黑衣人不过一二十的数量，想到方才他们以一轮齐射之威便压制住了数倍于自己的“盗匪”，不由得暗自咂了咂舌。

“这些都是秦立手下的人？”邹斯威压低声音，向身旁的阿瞳问道。

“是啊，你是哪个看出来的？顺便给你说一声，你穹顶钥匙在前面那个老头身上，他刚刚拿出来给我看过。”阿瞳却是没有邹斯威这般忌惮，直接用古方言回话道。

“从林家的布置看出来的，这温玉阁没营业也就算了，楼内的护院小厮艺女却是影子都见不到，想来应该是全部遣散了，林家这是准备全力应对卫家反噬的架势，哪里还有余力派人来接应我们。”邹斯威倒也没卖关子，老老实实地向阿瞳解释道。只是不知为何，他听到自己的穹顶钥匙在秦书舟身上这个消息之后，一点儿反应都没有。似是看出了阿瞳眼中的疑惑，他又说道：“那基本可以肯定不是真的，反正那玩意儿的形状也没啥特别的，随便都能仿制出来，和秦立接触这么久了，你还看不出来他的性格？这种时候，我的钥匙只可能在他自己身上。”

阿瞳眼中的疑惑并未因为邹斯威的解释而减轻，反而变得更重起来：“这又是为啥子？我们都已经帮他……”

“帮他怎么了？击垮卫家？那不过是复仇计划中的一环而已，卫君禾还没死呢。”

二人正说着的时候，前进的队伍突然停了下来，接着只听得走在最前端的秦书舟朗声说道：“老朽秦书舟，见过少夫人。”

邹斯威循声看去，只见一袭红衣的桃桃现身于漫漫轻纱之中。几日不见，她看上去憔悴了不少，明明穿着一身喜服，眉宇间却丝毫没有喜气，反而多出了一股令邹斯威觉得极为陌生的……漠然。这股子漠然也使得邹斯威罕见地没有沉迷于欣赏桃桃的美貌，反倒是察觉到一丝不对劲儿来：来温玉阁汇合找桃桃，询问秦立下落，明明是他与阿瞳临时决定的，就连秦书舟似乎也是刚刚才知道他们这个决定，更何况中间还经历了被人追杀这种变数，怎的桃桃却像是早就知道了他们会回来，专程在这里等着似的？

这厢邹斯威脑袋里还在绕弯弯，那厢桃桃已对着秦书舟微微一福后，看向了他和阿瞳，少女那恍若冰面一般的眼睛里，似乎有一丝波澜惊起，但很快又消失不见。她向着邹斯威和阿瞳行礼道："二位先生，此处虽是林家产业，但毕竟只是一娱乐场所，今夜情势紧迫，留在此地，桃桃恐难护卫二位安全。我家相公已经提前知会过我，在与二位汇合后，直接前往林宅。"

这言下之意，让她等在这里的也是秦立？这小子果然有些本事，和我玩儿起料事如神，神鬼莫测这套来了。邹斯威一边腹诽，一边堆起招牌笑容说道："桃桃姑娘……不对，此刻应该叫您嫂子，我先恭喜您和秦大哥喜结连理，祝你们百年好合，早生贵子。我们二人此刻何去何从全听秦大哥安排，只是有一事要告知嫂子知道，小弟我办事莽撞，方才从外面回来的时候带了些尾巴，此刻如果我们返回白虎大街，前往林宅，只怕会撞到敌人的枪口上……"

"无妨，随我来便是。"桃桃摇了摇头，直接打断了邹斯威，接着转身引路，却是带着队伍向着温玉阁内部走去。

"你傻眼了吧，这都想不到？人家林家家大业大，修个暗道好正常的事情。"看到邹斯威吃瘪，阿瞳立马喜笑颜开说道。

邹斯威不动声色地摇了摇头，面对自己人，他脸上罕见地严肃了起来，压低声音说道："此去林家，甚至和这帮子秦家的旧臣待在一起，并不是什么好事儿。同生共死这么多次，我相信秦立不会害我们的性命，但别忘了我们之前的预测，到时候如果事情真走到了最后一步，眼前这些队友为了限制我们阻止秦立，会直接变成我俩的敌人也说不定。"

阿瞳眼神一滞，接着脸颊上亮出两朵羞愤的红晕来，她伸手在邹斯威肩膀上锤了一拳，然后说道："你以为老娘瓜的啊，这都看不出来？老娘看到你吃瘪就高兴不行啊。"

邹斯威苦笑着揉了揉酸痛的肩膀，也是不敢抱怨，抬眼看到队伍此刻已经走出了轻纱笼罩的回廊，赶忙冲着阿瞳使了个眼色，接着快步穿过人群，来到了队伍最前端，站到了秦书舟身边，望着桃桃的背影说道："嫂子，向您打听一个事儿，您可知我秦大哥现在何处啊？"

桃桃此时正站在一面屏风之前，抬着纤纤玉指，在屏风之上点按。听到邹斯威发问，微微转过脸来，也不与他对视，说道："相公午间与我吩咐在此处等待二位先生，带你们前往林家，之后他便离开了，我此时也不知道他的去处。"

"那……秦老哥，您呢？"邹斯威若有所思似的点了点头，转脸看向秦书舟问道。

老人也是摇了摇头说道："我也是午间时分接到的少主人的吩咐，通知我们于傍晚时分前去接应二位先生，然后便并未再接到少主人的指示了，邹先生是有什么事要找少主人吗？"

邹斯威爽朗笑道："事情倒是没有，只是今日我秦大哥大婚，想着怎么都应该当面向他道一声喜罢了。"

邹斯威说完这句，眼看着桃桃面前的屏风缓缓打开，露出一个黑魆魆的洞口，当即不再在队伍前端逗留，一溜烟又回到了阿瞳身边，倒是也没怎么说话，只是不动声色地点了点脑袋。

阿瞳立刻明白了邹斯威的意思，一张娇俏的小脸登时变得严肃起来，乌溜溜的眼睛开始四下打望，竟是直接开始规划起逃离此处的路线来。

邹斯威见状，赶忙又摇了摇头，接着不动声色地指了指此刻正站在那洞口引路的桃桃，示意阿瞳少安毋躁——不知为何，自今天刚见到桃桃开始，邹斯威便有一种奇怪的预感，桃桃与这些秦家旧臣，似乎并不站在同一个阵营里。

就在邹斯威和阿瞳为此时的去留纠结的时候，波顿城内的另一处，还有一个人也在为这个问题烦恼。

卫君禾颓然站在昏暗的地窖内，一张原本意气风发的脸上，此刻已满是倦怠，昨日雄壮凶狠的“狮王”，此刻看上去已是疲惫不堪，须发掩盖下的那张脸上，不知为何，竟然露出一股子行将就木的老气来。

与他比起来，那位本就年岁颇大的老管家此刻更是不堪，原本还算挺直的腰板此刻已经完全佝偻了起来，一双举着热能枪的手正止不住地颤抖，让人不禁怀疑，即便是给他机会开枪，他还能有多少准头。

“大人，我们……真的不走吗？”老管家倚住一排落满灰尘的木架勉强站稳，几乎是一字一喘地问道，他的眼睛此刻并未看向卫君禾，而是看着木架的背后，那里摆放着一整排硕大的橡木酒桶。

卫君禾似乎是笑了笑，他走到酒桶旁边，从腰间取出一柄锋锐的匕首来，手起刀落，便在木桶上扎了一道口子，随着匕首拔出，金黄的麦酒伴随着雪白的气泡喷涌出一道绚丽酒柱。卫君禾大笑两声，俯下身去竟是直接对着这酒柱痛饮起来，丝毫不在意那恍若湍流一般的酒液沾湿他的须发，以及他身上那件质地优良的睡袍。

老管家看他这般举动，哪里还能不明白他的意思，反手便从木架上取了一个木质酒杯下来，杯口向下抖落了一下灰尘，走到卫君禾近前。待他起身换气的工夫，用已经渐缓的酒液稍稍冲洗了一下木杯，然后接了满满一杯，也是张嘴痛饮起来。

卫君禾站在一旁，沉默地看着老管家喝完这一杯后，才开口说道：“老谭，咱俩多少年没有这么喝过酒了？”

“大人……”

“别叫我大人了，过去怎么喊我的，今日里便怎么喊我吧。”

“已经有十七年了，狮……狮子头，自从我们把那姓秦的老狗击垮之日起，我们便再没有这么喝过酒了。”一杯酒下肚，老管家的眼神竟然有些迷蒙起来，“那夜里也是如此这般，在这里喝酒，只是，那时候的兄弟们，如今……只剩下你我了。”

“是啊，只剩下你我了。”卫君禾长叹了一口气，眼神里露出一丝苦涩来，“如今回想起来，那时候自诩正义，逞一时之快将秦家肃清，却是根本没有考虑到，没了密钥，这波顿城如何运作下去……”

“这些年来，你已经做得足够好了，狮子头。”老管家拍了拍卫君禾坚实的后背，宽慰道，“若不是你花大价钱请了乔氏兄弟，在荒原上击杀那些怪兽，这波顿城怕是早就城破人亡了……”

卫君禾摇了摇头，俯下身去，再喝一大口麦酒，接着才抬起头来说道：“老谭，你好好看看今夜的情况！再好好想想！这么多年，我们是不是都错了！当年我们以为那老狗是中饱私囊，才导致了那般惨状，如今看来这波顿的兽潮，根本就是……”

仿佛为了佐证他说的话，紧闭的地窖门外，突然响起了两声令人毛骨悚然的惨叫。紧随在那惨叫后面的，是数声低沉的咆哮，咆哮声后，门外再次沉寂了下去。

老管家打了个哆嗦，似乎是为了掩饰心中的恐惧，他再次俯身接了一大满杯麦酒。正当他准备将木杯放在唇边的时候，那由金属制成的地窖大门上，传来了一阵极为刺耳的摩擦声，就像是有什么人，正在用锋锐的尖刺，用力而缓慢地刮过金属的表面一样。听到这响声，老管家的手止不住地颤抖起来，那刚刚续满的麦酒随着他的动作，登时撒出来大半。

一旁的卫君禾见状，伸出手来，搭在了老管家握着酒杯的手上，帮他稳住了酒杯，带着一丝戏谑的口气说道：“老谭，你这可是越活越回去了，不就是两只‘锐角兽’吗？当年兄弟们刀口舔血的时候，你可是最喜欢吃这畜生脸上的嫩肉，怎的，如今反倒怕起它来了。”

听到卫君禾的话语，老管家摇了摇头，将酒杯凑到唇边，一饮而尽，缓缓端起那柄热能枪来，转身看向那扇黑漆漆的铁门，缓缓说道：“狮子头，快走吧，咱俩这辈子兄弟没做够，下辈子接着再喝酒。”

“说些什么？”卫君禾大笑两声，也从角落里拿出一柄热能枪来，只是他的这柄看上去要比老管家手中的那柄粗重不少，光是看那人头大小的储能舱，便能知道，这枪不是什么一般货色，“老谭，这辈子还没完，提个锤子的下辈子。”

随着卫君禾的大笑，那刺耳的摩擦声陡然一滞，紧接着，一声轰然巨响从铁门之上传来，像是有什么东西正在门外用巨力撞击。只这一下，那铁门便彻底变形，向着地窖内猛烈地凹陷进来，没有丝毫喘息，撞击声再次响起，这一次，变形的不只是铁门，铁门四周厚重的石墙肉眼可见地出现了蛛丝状的裂纹。卫君禾眯着眼睛，拉动枪栓，那硕大的储能舱随着他的动作，向外发散出耀眼的土黄色光线，在地窖昏暗的环境下，晃眼看去，仿佛一颗狰狞威猛的狮子脑袋。

下一秒，沉重的撞击声再次响起，墙壁铁门瞬间崩塌。满屋尘埃之中，一对布满螺纹尖锐的利角自门后缓缓显现，利角之上满是暗红色的血液，和几近破碎的肉块，想来便是它们制造了方才门外那几声惨叫。

卫君禾不等利角后的怪物彻底现身，狂喝一声，直接扣动了热能枪的扳机。一道粗若手臂的土黄色热能光线呼啸着迸发而出，狠狠轰击在了利角正中，随之而来的，是一阵震耳欲聋的炸响声。响声还未消散，老管家手中的热能枪又是一响，一道深紫色的光线自他的枪口喷涌出来，与寻常的热能光线不同，这深紫色的光线竟然是螺旋飞出的，犹如一柄利剑，笔直地刺进了卫君禾轰击的同一位置。

尘埃之中，一声沉重的闷哼声响起，一道硕大的黑影随着这闷哼声深深栽倒进了地窖之中，将那狭窄的入口几乎完全堵死——这是一头几乎有寻常矿车大小的怪物，看上去似乎有些像牛，但它口中的利齿，和四肢上的锐爪无一不在表明，它和牛一点儿关系都没有。此时它半个硕大的头颅已经在方才剧烈的爆炸中消失了一半，显然已是不活了。

卫君禾抹了一把须发，大笑道："老谭，可惜了，这脑袋炸掉了这么多，你爱吃的脸肉剩得可不多了。"

老管家跟着大笑起来，正待开口回话，却见一道赤红色的热能光线极为刁钻地，穿过那"锐角兽"尸体与地窖入口间的缝隙，如同毒蛇一般，狠狠地咬中了他瘦弱佝偻的胸膛，在他的胸腔之上狠狠地开了一个口子。老管家呆滞地看了卫君禾最后一眼，用尽全力，将手中的热能枪抛向卫君禾便直挺挺地倒了下去。

"老谭！"卫君禾惨叫一声，便要去抱老管家倒下的身体，可还未等他冲出两步，那堵在地窖入口处的"锐角兽"尸体，突然被一股巨力扯动，飞速向后退去。紧跟着，一个完整的，带着一对锐角的，呼着恶臭气息的脑袋，再次探进了这间狭小的地窖，一双凶光外露的眼睛瞬间锁定了卫君禾的身影，也不见它如何动作，那满是血污的硕大锐角毫不讲道理地奔着卫君禾胸口撞来。

卫君禾不得不向后一个滚翻，躲开了这致命的撞击。与此同时，他手下动作飞快，先是捡起老管家扔下的热能枪，接着单手举着自己那柄闪烁着黄光的"狮王咆哮"，对准眼前怪物的脑袋再开一枪，巨大的后坐力传导到他的手臂之上，直接推得卫君禾一个趔趄，摔倒在木架之上。但这并不影响他在毫厘之间，用另一只手臂，举着老管家的"紫蝰蛇"，再开了一枪。

谁知那怪物竟在这千钧一发之际，将自己硕大的脑袋向后缩了一缩，本该直接命中的土黄色热能光线擦着它锐利的双角飞了出去，虽是直接将那双角轰断，但并未打在它那布满厚厚鳞甲的额头之上。后续的紫色热能光束倒是命中了目标，可只是将那鳞甲破去大半，在这怪物的额头上刺出一个硕大的血洞，怪物痛得连连吼叫，双眼之中凶相迸发，一张满是獠牙的大嘴向着卫君禾猛咬过来。

卫君禾顾不得手臂上的疼痛，抬起“狮王咆哮”又是一枪。电光石火间，热能光线正中怪物那张漆黑腥臭的大嘴，剧烈的炸响之中，怪物的头骨直接被掀开大半，白花花的脑浆四下飞舞，登时便绝了气。

但它那硕大的身体并未因此停止前冲的势头，甚至来势还变得更快，卫君禾此时几乎退无可退，扭头看见那一排排硕大的酒桶，想也没想，纵身一跃，跳到了酒桶之上，还没等他双脚落稳，那怪兽的尸体狠狠地撞向酒桶。只听得一声闷响，十数个酒桶竟是瞬间炸裂，无数麦酒喷涌而出，一时间竟是将卫君禾的视野侵占大半。

就在此时，一道亮蓝色的光线自酒幕之后飞射而至，准确命中卫君禾赤裸的胸口。强烈的酥麻以及眩晕感随着这光线的命中传来，“波顿狮王”的身体在半空之中剧烈地颤抖了一下，然后，便如一条死鱼一样，摔落下去，跌落进满地酒水，以及怪兽血液混合而成的污秽之中。

地窖的入口处，昏暗到几乎无法视物的光线中，一个高瘦的身影缓缓站了起来，沉默地走过低矮的台阶，来到了“狮王”的身前。

在他身后，是一条静谧而富丽的长廊，此时长廊之上，早已遍布鲜血，以及无数无法辨认的肉块，恍若血腥恐怖的修罗场。

第十九章　天将

温玉阁那黑魆魆的洞口之前，队伍鱼贯而入，眼看面前的人越来越少，邹斯威也开始心急起来：难道自己之前的判断都错了？桃桃还真就是和秦立那小子一伙的？这要是真进了这个密道，那到时候即便阿瞳长着三头六臂，他们两人也别想再离开了。

正当他满心纠结的时候，他和阿瞳终于来到了桃桃身侧。此时由于那洞口极为狭小，原本环状的队伍已经完全排成了一个竖排，邹斯威和阿瞳两人一前一后，身侧再无那一身黑衣的秦家旧臣，邹斯威一个狠心，就准备向着身后的阿瞳发出逃跑信号，斜眼里却看见桃桃伸出了一只青葱的玉指冲着他微微摆了摆。

邹斯威当即一愣。就在这刹那工夫，只见桃桃的素手在面前墙壁的暗处滑过，那方才缓缓打开的洞口竟然瞬间关闭。紧跟着，在众人诧异的目光之中，一道铁幕自屋顶降下，正落在阿瞳身后，将三人彻底与那秦家旧臣隔离开来。

“二位先生，情势紧急，请快随我来。”桃桃一改之前面若寒霜的神色，纤指微动，又在墙壁上按下了另外一处按钮，脚下木制的地板随着她的动作发出轻微的震动。不多时，另一个洞口便出现在了三人侧面的地面上，桃桃满脸诚挚地转过脸来，看向邹斯威和阿瞳。邹斯威还未出声，阿瞳却是先开了口："你还愣到（愣着）做啥子？桃桃你都不相信了嗦（吗），赶紧走。"

随着这一声风风火火的古方言，阿瞳直接一脚踹在了邹斯威的屁股上。也不知道她那双纤细玉足哪里来的这么大的力道，一脚之下，高壮的邹斯威直接化作了一个滚地葫芦，惨叫一声，消失在了洞口里。

桃桃见状先是一阵错愕，接着掩嘴轻笑了一声说道："阿瞳先生也请吧。"

阿瞳满不在乎地挥了挥手，快步向前，眨眼便消失在了洞口之中。再看这厢桃桃，却是直接脱下了身上大红色的衣裙，露出内里一身黑色的劲装，她素手再次在墙壁上连点，那地板上的洞口便开始缓缓关闭起来，桃桃莲步微动，极为敏捷地向前一个纵身，也消失在了洞口之中。在她身后，洞口彻底关闭，那从天而降的铁幕，以及墙壁上的洞口随之缓缓打开，秦书舟快步从洞内抢出身来，四下环顾一圈，一张老脸登时变得铁青，张口便怒喝道："还不快去禀报夫人！小姐和两位先生都脱离了我们的控制！"

昏暗的地下通道内，邹斯威一边揉着自己还在阵痛的屁股，一边跟在桃桃和阿瞳身后快步前进。这通道异常狭窄，桃桃和阿瞳走起来自是不付吹灰之力，他这身健硕的肌肉此刻无疑变成了最大的拖累，每走一步，都是异常艰难。

不过这也拦不住邹斯威开口说话："桃桃小姐，那上面的黑衣人，恐怕不是什么秦家的旧臣吧？"

“是，也不是。”桃桃头也不回地回应道，“他们当年确实都是秦家的人，只不过后来投靠了妈妈，这些年一直被妈妈当作心腹培养，早就以林家人自居了。”

果然如此。这样一来，林夫人仅以秦立入赘林家，便答应出面护住秦立性命的行为也就说得通了，一方面，她确实是看清了卫家倒台的先兆，知道此时出面已无太大风险；另一方面，这批秦家旧臣，也是秦立入赘归心的最好筹码，到时候那笔从卫君禾身上割肉剔骨搞下来的现钱，也照样会落入林家囊中，最不济，秦立复仇失败，林家还能将这个中责任全部推到秦立，以及这些秦家旧臣的身上，依旧还是一滴脏水都沾不到身上，这林夫人……邹斯威心思一转，瞬间便想清楚了其中曲折，当即摇了摇头，发出一声轻叹来。

这时一旁的阿瞳却是闲不住了，直接用世界语开口问道：“看刚刚那个架势，这帮子人应该不是想请我们去林家避险的吧，根本就是想着要把我们软禁起来，林夫人为何要这么做？”

不等桃桃回话，邹斯威却是先开口了：“还能是因为什么？林夫人与我们往日无仇近日无冤的，她能这么做，应该都是出于秦立的要求吧，桃桃。”

桃桃点了点头，说道：“这事情，确实是秦立要求夫人去做的，因为……”

“因为这帮子旧臣不来跟着我们，就会去跟着他。秦立此刻还有更重要的事情去做，而那件事，不论他给出什么筹码，林夫人也不会答应，这些秦家的旧臣也不会纵容，甚至我们这两个尽心尽力帮着他策划复仇计划的人，也不会帮他。”邹斯威语气凝重地说道。

桃桃突然停住了脚步，她转过身来，带着一丝不可置信的表情看向邹斯威，片刻之后方说道：“邹先生……您都知道了？”

“我大半都是猜的，倒是你，你如此这般帮助我们，想来是拿到了确凿的证据。”邹斯威不顾眼前阿瞳有些火大的表情，极力保持着自己脸上高深莫测的神色，说道。

桃桃点了点头，自劲装内里取出一个小小的储存器来。邹斯威见这储存器取出的位置，当下眼前一亮，向前挤出几步，便想要接下，没承想一旁的阿瞳白了他一眼，伸手便将存储器拿在了手中。

桃桃对此倒也不置一词，见阿瞳拿过了存储器，便开口说道：“二位应该还记得云崖集内的那台沉浸式体验仪，温玉阁从未对外提过，那机器能够直接读取体验者的记忆。”说到此处，桃桃顿了一顿，轻叹了一口气后，才又说道，“秦……小栗子曾在那台体验仪上歇息过，他的记忆被自动读取了，我一看之后才得知，原来这波顿城百十年间的兽潮灾难……竟然，竟然全部都是由历任城主操控而来的！而小栗子他父亲，在临终前，曾经托付过小栗子，要将这波顿城一城的人……”

桃桃说到这里，彻底止住了颤抖的嗓音，似乎有什么恐惧的事物横亘在她的眼前，迫使她不能发出任何声音。

“将这一城的人，全部屠戮殆尽。”帮着她把这句话说完的，是邹斯威，他清秀的脸上再没有了往日里的嘻嘻哈哈，剩下的，只有恍若能滴出水来的沉重。

就在地道内的三人艰难前进的时候，刚刚平静下来的波顿城再次被惊醒了。

悠长的警报声突然在城内各处响起，随之而来的，还有一段段机械而冰冷的，由城市核心发出的警告声：“城市核心已检测到兽潮入侵，请市民迅速前往避难所避难。城内各战斗单位进入S级战备状态，倒计时十分钟零零秒。”

先是短暂的死寂，紧接着，整座城市便被号哭与尖叫淹没，无数刚从睡梦之中惊醒，连衣物都来不及穿戴整齐的平民发疯似的涌上了大街，相互推搡着，奔向修建于各条主干道之上的避难所。紧接着，他们便绝望地发现，虽然城市核心已经发出了警报，但这些避难所厚重的钢铁大门，全部都死死地紧闭着。

距离上一次兽潮来袭已过了近二十年，在这个冰冷的夜晚，波顿城内的人们在最绝望的边缘，终于想起了一件事：整个城市内拥有权限打开避难所大门的，只有城主，而他们的城主，早在十七年前，被他们联手赶出了这座城市。

“卫君禾那杂种是怎么搞的，”城墙之上，须发花白的城卫军统领郑伟破口大骂道，“当初劝老子一起驱逐老城主的时候，他是怎么给老子打的包票，说能以卫家一家之力将兽潮扼杀在摇篮里，今天……”

“统领，快别提卫家了。”一旁的一位同样须发花白的大将，一脸愁苦地将金属板甲的锁扣拴死，虽然他也不知道这身板甲能够在那荒原怪兽的利齿之下坚持多久，但这样做总会让他心中有些安全感，“您还不知道吗？今日卫家的股价全线崩盘，下午时分卫家便从城外调拨了大批人手进城，发了疯似的在城中各处主干道设卡搜寻，听说是在找导致卫家如此惨状的元凶，可到了晚间，那帮子泥腿子便尽数退走了。”

“退？为何会退？人找到了？”

另一侧，一位稍显年轻的大将苦笑一声，摇了摇头说道：“还能为了什么退？卫家花大价钱买回来的矿藏，挖出来的是一文不值的古代建筑，底裤都赔了个干净，再加上股价崩盘，哪里还能给那些见钱眼开的杂种们发得起赏钱？可怜我十年的俸禄，全数买了……”

这位大将的丧气话刚说到一半，那统领脸上的神色陡然一变，竟是直接没了血色，他挥了挥手打断了这大将的牢骚，正准备开口说话，营帐里的最后一位大将却是先一步开了口："今夜有命活下来再去担心你那俸禄吧！我等当初当着全城的百姓宣誓的时候，只说过城墙不毁，便一步不退，希望在座的各位都别忘了。"

统领此刻心中只有自己几乎倾家荡产购入的卫氏矿业的股票，哪里还有什么心思护卫城墙？只想着赶忙找个由头去市政中心确认一下自己的损益，然后再找个避难所直接躲起来，等到兽潮过去。想到此节，他便对眼前这位发言的大将升起了无边恨意。

昨日，正是这位顶了自己的白班，导致自己不得不带头守夜，一夜都没怎么入眠，整个白天都睡了过去，对城内这巨大的变故竟然毫不知情，听他此时发言，统领心中立刻有了决断，当即下令道："既然如此，那防卫之事，便暂由岳蛮你来指挥。"

岳蛮显然也没有料到自己一句话便得了整个城卫军的指挥大权，正欲出口推辞，营帐之外却响起了一个急切的声音："急报！"

随着声音闯入帐内的，是一个脸上毛都还没长齐的新兵蛋子，他急喘着粗气，吐字却是丝毫不乱："城内刚刚传来消息，所有的避难所大门全部紧闭，没有打开，城内已陷入空前恐慌！市民拥挤踩踏，死伤无算。"

新兵话音刚落，统领便一拍椅子，直接跳了起来，愤怒地吼道，"什么时候了，这帮子愚民还给我搞出这样的事情！这样，防卫依旧由岳蛮指挥，去传我亲卫来，我这就去城内平乱！"

帐内三位大将甚至都还没明白发生了什么，那统领便已经一溜烟消失在了帐帘之外。三位大将面面相觑，刚刚被委以重任的岳蛮正待说话，帐内突然响起了一个怯懦的声音，正是那还在剧烈喘息的新兵蛋子："还……还报，城外出现大批持械平民，请求入城。"

岳蛮转了转眼珠子，顿时想明白，这些持械平民，应当便是同僚方才所言，于晚间自城内退走的卫家手下，他似是突然想起了什么，皱眉问道：“城门现在能开吗？”

“回岳将军。”新兵双手抱拳行礼说道，“由于兽潮警戒，城门此时已经锁死，无法打开。”

“怎么会这样……”那位十年俸禄尽数买了股票的大将眼神空洞地说道。

“没有城主，城市核心只能依照建造时的设定，下达最基本的命令，根本没有办法变通，此刻城内的避难所未开大门，也是同样的原因。”岳蛮却是直接给出了答案，他盯住这位大将的眼睛，一字一顿地说道，“明涟漪听令！”

那大将黯淡的眼中总算是回闪过一丝神光，他几乎是条件反射般地站直了身躯，回应道：“末将在！”

“仅以统领和他的亲兵显然不足以压制住城内此刻的乱象，你领一队新兵，随统领而去，通知城内百姓火速回家，躲入地窖，不等警报解除，不得外出！”岳蛮厉声说道。那明涟漪点头领命，眼中满是感谢神色，火速去了，临走之前不忘拉住了还傻站在原地的传令新兵。

“杨振天听令！”岳蛮见那明涟漪走远了，才转头看向帐内的另一名大将，开口下令道。

“末将在！”那杨振天此刻终于是穿戴好了自己的板甲，收回看向明涟漪背影的羡慕眼光，老老实实地行礼道。

“稍候我会亲自下城，指挥下方那帮持械平民作战，这城墙之上的剩余兵士，一应攻防器械，便都交给你了。”岳蛮向前一步，虎目直视杨振天双瞳说道，“我只有一个要求，记住你当年自己发的誓！”

杨振天似乎还有些血性，在岳蛮的目光下，他眼中渐渐燃起一股烈焰，片刻后，只见他用力地点头，断喝道："城墙不毁，一步不退！"

岳蛮宽慰地走上前来，自身上软甲的内兜里掏出一个看上去有些陈旧的信封来，不由分说，便递到了杨振天手中："老杨，这是我的遗书，若我无缘与你一齐共赏明日曙光，还请你将这书信交给内子。"

"蛮子，你这……"杨振天捏着手中恍若千斤一般的遗书，话到一半，竟然不知道如何再说下去。

岳蛮一笑，拍了拍他的肩膀，说道："老杨，打起精神来，我的后背，可全都交给你了！"

说完也不等杨振天回话，岳蛮便大步走向了帐外，侧头向着城墙之外看去。

饶是岳蛮早有准备，却也是心中一惊，只见城墙下，空旷的城门大街上，黑压压地拥了一片人头，粗略一看，竟然有近千之数。除此之外，还停着数十辆加装了厚重装甲的重型全地形车，以及近百辆武装到了牙齿的重型摩托车，却是不知为何，城下一只陆行鸵的影子都没看见。

虽然心惊这帮所谓的"卫家士兵"的数量，但岳蛮依旧一眼便从这密密麻麻的人头之中，将这帮子人的领头者找了出来——因为这么多人之中，只有他一人，顶着一颗锃亮的大光头。

"乔老三！"岳蛮站在城墙之上大喝一声。

那黑压压的人群原本还嘈杂一片，岳蛮这声喊叫后，竟然陡然安静了下去。随后那颗锃亮光头缓缓抬了起来，露出一张满是横肉的脸来："岳将军！好久不见！还请您高抬贵手，速速开门，放我们这班兄弟进去，那兽潮就在不远处，若不是我们舍了陆行鸵，恐怕此刻都已经见不到您了。"

岳蛮叹了口气说道："乔老三，不是我不放你进来，这警报拉响之后，城门便已锁死，没有城主，谁来也开不了这扇门。"

听到这话，乔老三顿时呼吸一滞，心中大喊吾命休矣，当年那城主的脑袋，他是亲眼看着自己大哥砍下来的，这波顿城十七年来都没有再选出过新的城主，今天这一切……难道都是报应吗……

正当乔老三心神快要溃散之际，岳蛮再次大喝："这城门开不了，但这城墙还在。乔老三，你要想活命，就听我一言，将你手下这帮兄弟交给我指挥，我与你们同进退，再加上我这城墙之上的兄弟，未必就不能从那荒原怪兽的口中活命。"

"你说得倒轻巧，你在城墙之上安稳站着，我们在这下面只能当怪兽口粮，谈个鬼的同进退！"乔老三还未发话，身边黑压压的人群中不知是谁先号了一嗓子，人群之中顿时像被浇了一瓢开水，轰然嘈杂起来。

下一秒，这鼎沸的人声戛然而止。

却是那岳蛮一个翻身，直接从高耸的城墙之上跳了出来。在他身后，一条纤细的钢索拖拽着他的身躯，让他缓缓下降。城墙之上耀目的灯光照射在他那一身厚重的板甲之上，反射出淡淡金光，让他看上去……仿佛天人降临。

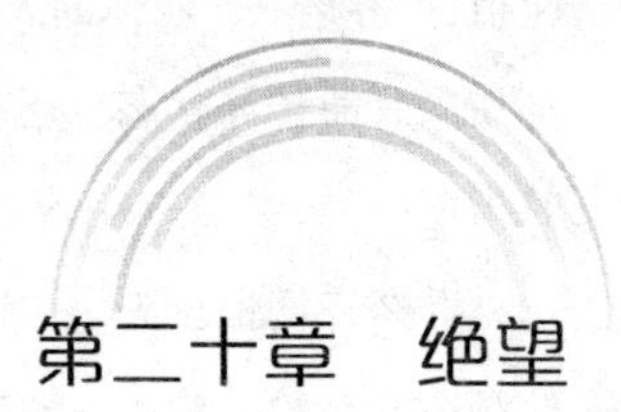

第二十章　绝望

“城市核心已检测到兽潮入侵，请市民迅速前往避难所避难。城内各战斗单位进入S级战备状态，倒计时一分钟零零秒。”

随着城内的报警声进入最后的阶段，漆黑一片的荒原之上，虽然还未看见怪兽的影子，但是脚下的大地却已经开始微微颤抖起来。

也不知道是因为恐惧还是兴奋，岳蛮咽了一下口水，拍了拍自己的头甲。还未等他发令，通信频道内就传来了杨振天的声音：“城卫军听令，地雷发射器准备，城外三公里，密集地雷阵地部署，放！”

随着他一声令下，头顶的城墙之上传来了片片璀璨焰火，黑夜之中，无数圆盘状的地雷自波顿城的四面城墙之上抛射而出，犹如一片乌云，飞速掠过夜空，最后稳稳地降落到远方的荒原上。

此令方过，杨振天继续下令道：“城卫军听令，确保超声波发射器进入击发状态，各部门进入迎击状态，再次确认武器弹药。岳将军，请通知城下平民，做好听觉防护。”

“收到！”岳蛮快速回应道，一把拉过旁边盯着城墙上那缓缓竖立而起的，恍若硕大眼瞳的超声波发射器，已经快要看傻掉的乔老三，吼道，“乔老三，叫你的人找一切能找的东西捂好耳朵！把通信频道全部切入骨质传导状态！还有，给我一个你们的通信频道，我要能够实时指挥！”

乔老三慌忙点头，一边忙不迭地在自己的通信器中下令，并将通信频道共享给岳蛮；一边扯碎了自己的两道衣袖，绕着那颗硕大的光头，将两只耳朵捂了个严严实实。

还没等他忙活完这一切，漆黑的荒原之上，突然传来了一声爆鸣声。

众目睽睽之下，尚无一物的荒原之上，一簇黯淡的火光自地面之下闪现，旋即一个硕大的身影伴随着漫天尘土，被剧烈的爆炸从地下掀飞到了半空之中，恍惚中不难看见这怪兽长满利牙的巨口，以及身后那长长的，如同鱼尾一般的尾巴。

“鲨蜥来袭！启动超声波发射器！保护地雷阵地！”那怪兽还未落到地面之上，岳蛮拉下面甲上的耳罩，在通信频道大喝了出来。

他话音未落，城墙之上，一道近乎无形的波纹便从那些恍若硕大眼瞳一般的武器上扩散而出。随之而来的，还有即便是戴着耳罩，也险些毁耳膜的巨大锐声，这波纹如同浪潮一般冲击到城外的荒原上，下一秒，大地的颤抖陡然剧烈，坚实的土壤突然间化作了一锅沸腾的开水，无数鲨蜥拖拽着长尾自地下涌出，从它们不断开合着的巨大嘴部不难看出，这些怪兽此刻正在经历巨大的痛苦，只是很可惜，岳蛮被超声波洗礼过的双耳暂时是听不到它们的惨叫了。

“全体狙击手听令！开火！”不顾耳中剧痛，岳蛮大声下令。全军已经全部切换到骨质传导的通信器精准地传达了他的命令，城墙之上，顿时亮起一片紫色的热能光束，刁钻而精准地命中了那些还在地面上挣扎的鲨蜥。一旦离开地下，这些残忍的杀手似乎就变得脆弱起来，只被两三道热能光束击中，便彻底失去了挣扎的力量。

出乎岳蛮意料的是，身旁这支原本没有抱太大希望的“乌合之众”中，居然也随着他的命令亮起了一片紫色光束，准头竟然比城墙之上的城卫军还要刁钻。从面甲上回传的四面城墙的作战情况来看，他们所处的这面城墙，居然比其他三面城墙早近四十秒完成首轮肃清。

不过岳蛮的神经并未因此放松少许，他甚至连一声鼓励都来不及向身边的队伍发出，便继续大喝道：“探照无人机群升空！照明范围，城外五公里！”

数团苍白色的耀光自城墙之上或城下阵地中迅速飞起，瞬间在空中集结成群，飞向指定阵地，将波顿城外的荒原悉数点亮。随着光明降临，一道几乎完全填满远方地平线的黑线终于进入了众人的视野之中。

见此情景，岳蛮瞳孔微缩，心中泛起一股彻底的冰寒，他知道，那是无边恐惧带来的绝望，正在迅速吞噬他体内的热量。

因为自十六岁起，他便在这面城墙之上服役，如今他已经快要年过半百，这几十年来，他从未见过如此规模的兽潮。

更别提，此刻的波顿城，因为缺少城主，完全失去了那股一锤定音的力量。

“城市核心已检测到兽潮入侵，请市民迅速前往避难所避难。城内各战斗单位进入S级战备状态，倒计时十五秒。”

城市核心还在继续尽职尽责地播放着警报，但轰鸣与爆炸的声响，已经自城墙上传到了城内。拉着陆行鸵前进的邹斯威扭头看了一眼远方此刻已经完全炽白一片的天空，再扭回头来，看了一眼身边街道上，还在尖叫奔涌的人群，心神有些恍惚，脚下的步伐也变得缓慢了起来。

“咋个？现在晓得怕了？”紧跟在他身后的阿瞳敏锐地察觉出了他的异常，不耐烦地伸出手来，在他的肩膀上锤了一拳，将那股子茫然彻底从邹斯威的眼底锤了出去。

邹斯威摇了摇头，看向白虎大街上那块依旧屹立在寒风之中的硕大显示屏，说道：“也不知道桃桃现在到哪里了，希望林夫人不会怪罪她，她也能说服林夫人。”

话音未落，那硕大的显示屏上突然闪过一道刺目的红光，接着一行猩红的大字出现在上面：“请广大市民不要继续在避难所前拥挤，尽快返回家中，进入地下掩体避难，城内警报若未解除，不得外出！”

随着这行字出现的，还有一阵阵急切的警告声，虽然与城市核心发出的警报完全不在一个量级，却也能够勉强传至城内平民的耳中。片刻之后，街道上纷乱拥挤的人群终于找到了自己的目标，开始迅速退却。

与此同时，那冰冷无情的倒计时终于结束，取而代之的是城外连绵不绝的炮火轰鸣。方才那些点亮天空的炽白色，在漫天硝烟之中顿时黯然失色。

邹斯威深吸一口气，眼中的神情变得坚定起来。事已至此，他知道自己退无可退，虽然不知道波顿城的城卫军能够在兽潮之下坚持多久，但想来也不会给他太长的时间，所以他必须找到秦立，让那个计划得以实施……否则，如果兽潮真的入城，即便是阿瞳，也没有能力在那些怪兽的尖牙利齿下护住自己的性命。

想到此节，邹斯威握紧手中陆行鸵的缰绳，将身后的扁毛畜生拉至身侧，一个翻身便上了鸵背——方才街道上人流过于拥挤，完全没有它施展拳脚的机会。阿瞳紧随其上，一个纵身也上了鸵背，眼中虽然满是嫌弃，但依然伸手抱住了邹斯威壮实的腰身。

缰绳抖动，陆行鸵即刻便在人流逐渐稀疏的街道上飞奔起来。在这奔逃的人群中，一心逆行的它显得诡异而从容，却已然无法引人侧目。

越过白虎大道，进入市政中心的范围，眼前再无阻碍，陆行鸵在邹斯威的授意下开始狂奔，昏暗的长街顿时变作一团模糊的影子。不多时，那幢漆黑的方形建筑便出现在邹斯威的眼前。

“来者何人！”正当邹斯威一鼓作气，准备冲到市政中心近前时，一声断喝自前方炸响。随之响起的，还有一声充满警告意味的枪声，一道赤红的热能光束自长街之上亮起，消失在夜空之中。邹斯威赶忙拉住缰绳，定睛看去，却见市政中心的广场上，不知为何站着一队荷枪实弹的精兵。邹斯威心头微动：据他所知，此刻卫家大势已去，这城内还能够拥有这般精锐装备的，除了林夫人的亲兵，就只有城墙之上的城卫军，细看之下，不难发现这帮人甲衣上没有家徽，再看这队人的队形，从开枪叫停自己，再到自己停下陆行鸵，中间不过数秒，这些人却已经自动形成了一个圆阵，牢牢将一个首领模样的人护卫在了阵中，这等反应显然不是一般军队所能具备的，所以……那位被护在正中的，自然应当是某位城卫军的大佬。

想通其中关节，邹斯威习惯性地便要开始在脸上堆笑，好言相说，却不料一声冷哼自他身后传了出来，只听得阿瞳用充满寒意的声音说道：“这些人还真是好胆。这会儿平民也疏散得差不多了，城墙上都快打燃起来了，这些城卫军居然出现在这种地方，还敢挡老娘的去路，该死！”

一个“死”字还在空气中飘散，邹斯威却已经感到身后一空，漆黑的长街之上，陡然出现了一道闪电。几乎是呼吸之间，少女已然来到了那队城卫精兵之前，葱白小手微微一抬，便搭在了那位出言叫停他们的城卫军的额头之上。接着，那士兵的脑袋便好似被一记重锤正面击中，伴随着一声清脆的骨折声响，整个折叠到了自己的背后。少女却根本不看自己一击之下造成的效果，只见她玲珑的身影在人群之中辗转腾挪，那坚实如同堡垒一般的圆形阵势瞬间告破，士兵们如同被秋风扫过的败草，倒伏一片。更为恐怖的是，不论这些士兵如何挣扎反抗，死状却都如出一辙——脖颈断裂，整个脑袋折叠在背后。

“吾乃城卫军大统领郑伟！何方刁民敢害我性命……”那被护卫在阵中的人终于显露了身形，似乎是目睹了阿瞳下手的狠辣，他疾声喝道。然而话到一半，他大张的嘴巴里，却再也不敢发出任何声音，因为他面前再也不见任何人影——就这一句话的工夫，他的亲卫竟然已经被阿瞳屠戮殆尽——待得看清眼前亲卫的死状，这位大统领更是觉得胯下一热，竟然是当着眼前的少女直接尿了出来。

“不得了，还是个大统领，那你这个时候不是更应该留在城墙上面吗？”阿瞳满脸嫌恶，一边用世界语说着话，另一边素手却是已经放在了郑伟的脖颈之上。却不知道少女一双细嫩手掌之中酝酿着何等伟力，那大统领脖颈之上厚重的护甲竟然缓缓开始变形了起来。

“我……我不过是……”变形的护甲压迫着气管，郑伟的一张老脸瞬间变得通红，绝望之中他已经全然忘却自己的装甲上还搭载着一柄充能完毕，随时可以击发的热能枪，全部心思都用在了喉间，竭尽全力想要将字句从喉头挤压出来，“我只是……看一眼我的股票……这就……就准备回去……”

听见他的辩解，阿瞳神色中的厌恶更甚。下一秒，坚实的护甲彻底塌陷，随之塌陷的，还有内里脆弱的脖颈，波顿城城卫军大统领郑伟脑袋一歪，就此没了气息。

看着眼前发生的一切，邹斯威只觉得双腿发软。这位阿瞳，平日脾气火爆，却一直都是懵懵懂懂的少女模样，也就在他嘴巴犯贱，以及出手求救的时候才略微展示过身手，所以邹斯威怎么也想不到，她会在一瞬之间陡然变得如此这般残忍凶暴，连句基本的过问都没有，竟然便将一队军士瞬间屠戮殆尽。

少女却丝毫没有觉得不妥，她如同丢弃垃圾一般，将那郑伟的尸体丢到冰冷的地面上，然后转过脸来看向邹斯威，眼神中的狠厉尚未退却，一字一顿地说道："你都看到了？你要记得，你之前可是给我下了保证，说你有办法能够把这一城的人都救回来，如果你做不到，这就是你的下场。"

邹斯威只觉得一股子恶寒爬上了自己的脊背，他清晰地感觉到，在这一刻，说话的虽然还是"阿瞳"，但眼前的这位，绝不是他熟悉的任何一个"阿瞳"。

仿佛为了证实邹斯威的猜想，下一秒，阿瞳的眼中便闪过一丝迷蒙，她甩了甩自己的脑袋，扫视了一圈身边的惨状，打了个寒噤，才又看向邹斯威，声色俱厉地说道："你还在这儿愣到干啥？赶到走！"

听到这熟悉温暖的古方言，邹斯威赶忙翻身下鸵，强忍着双腿的酸麻，三步并作两步，跑到阿瞳近前，满脸堆笑着说道："别着急，别着急，刚刚这厮不是说自己是啥大统领吗？咱们想要进到城市核心，说不得还要靠他帮忙。"

"你不早说！"阿瞳眼睛一瞪，大声叫道，"这哈好了，人都死了，要咋个办吗？"

您给我机会说话了吗？邹斯威心中苦笑，脸上却是丝毫异色都不敢有。他俯下身去，动作麻利地在那郑伟的尸体上翻找一阵，先是不动声色地将已经被这大统领的尿液濡湿大半的热能枪从他的战甲上卸了下来，握在手里，又开始向着别处搜索。不多时，便从他的手掌中间扯出了一张颜色深红的卡片来："不用他活着，有这卡片就好。如果我没猜错，这应该是他的身份识别证明，像他这种级别的人物，应该有资格进入前面那幢建筑，而那里，应该便是波顿城的城市核心。”

阿瞳似乎是松了一口气，小手一抬，竟然将邹斯威直接从地上拽了起来，头也不回地向着前方那幢漆黑的建筑飞奔而去。几个起落之间，竟然直接跨越了整个广场，来到了那幢建筑面前，接着小手一伸，邹斯威即刻便化身成了一个滚地葫芦，跌坐在冰冷漆黑的墙壁前。

邹斯威双手死死握住手中的热能枪，强忍心头恐惧，以及那恐惧带来的，想要冲着身后少女来上一枪的冲动，颤颤巍巍地站起身来，缓缓举起手中的红色卡片，抱着一股赌博的心态，将那卡片直接贴到了面前的墙壁之上。

几乎是瞬间，一道红光自墙面之下亮起，飞速扫描过那小小的红色卡片，片刻之后，红光闪烁了几下，变成了绿色。

随着红光变绿，墙壁之内响起一个有些断续的声音：“身份识别成功，准许进入。”

旋即，墙壁之上传出一阵机械声响，一道不足一人高的门洞突兀地出现在邹斯威二人眼前。直到此时，邹斯威才喘出一口匀乎气儿，他扭头看了一眼身后的阿瞳，却发现少女的目光根本没有看向自己，而是直愣愣地看向方才激斗发生的地方。

邹斯威顺着她的目光看去，却见空旷无人的市政中心广场上，只留下一片死状惨烈的尸体，以及一只独自发蒙的陆行鸵。那扁毛畜生歪着自己的脑袋，瞪着一双圆溜溜的眼睛，眺望着门洞前的二人，眼神中似乎正在说话：

“你们两个既然能跑得那么快，干吗还要骑着我过来？大家都是两条腿，不带你们这样欺负鸵的。”

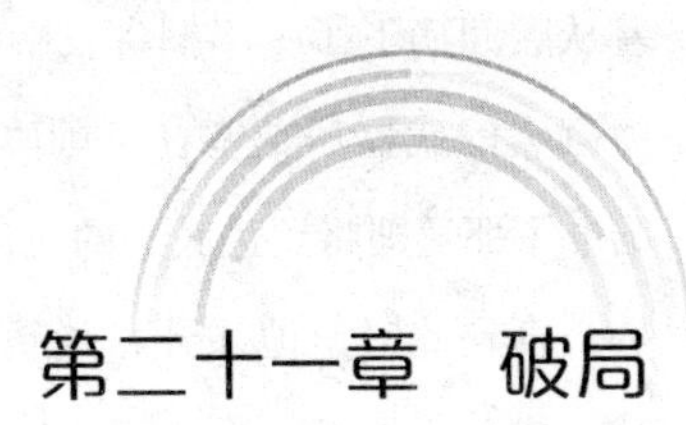

第二十一章　破局

整个城市核心内只有一点点细微的淡蓝色光线从顶端播撒下来，只能保证勉强视物，想要彻底看清这硕大建筑内的情形，着实有些困难。

但邹斯威丝毫没有犹豫，他无视眼前迷蒙的黑暗，端着热能枪走在前方，迈出的脚步坚定而自信，仿佛曾经来过此处一般。阿瞳虽然心中有些疑惑，但此刻除了相信邹斯威之外，少女也没有更好的办法，只能瘪了瘪嘴巴，跟在他身后。

穿过一个空旷的大厅，二人来到了一处耸立在整个城市核心正中的“高塔”。邹斯威上下打量一下这座“高塔”，稍稍思虑了一下，接着掏出了那张深红色的卡片，贴到了“高塔”漆黑冰冷的表面上。

与进入城市核心时如出一辙，“高塔”的表面下闪烁过一道红光，快速扫描至那张深红色的卡片下方。红光闪烁了几下，变成了绿色，但这一次并未传来什么语音提示，反而是从“高塔”顶端亮起了一道橙红色的光芒，片刻后，那道光芒开始向着高塔底端快速下降。

邹斯威的脸色陡然变得凝重起来，他拉着阿瞳向后退出数步，接着从腰间摘下了一串捆绑在一起的手雷，不等阿瞳发话，便将这些威力巨大的武器尽数塞在了阿瞳怀中，自己则是端起了手中的热能枪，瞄准了那道即将到达底部的光芒。

直到此时，他才开口说道："做好准备，咱很有可能要打一场硬仗，待会儿如果有啥东西从那里面冲出来，我负责打瞎眼睛，你负责把这手雷塞进它嘴里。"

阿瞳正待发问，那道光芒终是来到了"高塔"底部。旋即"高塔"光滑的表面下响起一阵细微的金属摩擦声响，一扇足有两人左右高矮的机械门从看似毫无缝隙的表面上缓缓打开。

那门刚开到一半，一股子恶臭的腥风便自门内传了出来，紧接着，一个顶着硕大的，带着螺纹利角的脑袋探了出来。邹斯威强忍心中恐惧，深吸了一口气，不等那门后的怪物将整个身体探出来，便狠狠地扣下了热能枪的扳机。

两声枪响，两道恍若手臂粗细的热能光线迸射而出，一前一后，好似流星赶月，以一个极为刁钻的角度，正中怪物利角之下的赤红双眼，发出剧烈的爆鸣声。那怪物吃痛，登时凶性勃发，张嘴发出一声凄厉痛叫，脑袋一埋，便要向着邹斯威冲撞而来。

便在此时，场间闪过一道凌厉闪电，阿瞳自斜下里飞身而出，素手微抖，两颗去了引信的手雷仿佛长了眼睛，笔直地飞入了怪兽尚在号叫的巨口之中，生生将它的叫声堵死在了咽喉里。阿瞳脚步不停，一个闪身便到了邹斯威身旁，再次将高壮的青年提小鸡仔一般地提溜在了手里，向着那怪物的身侧飞掠开去。

不等两人站稳，震耳欲聋的爆炸声便从怪物的脖颈之间响起。剧烈火光之中，那颗顶着尖角的脑袋呼啸着消失在了黑暗之中，剩下那具硕大的，披满鳞甲的身体原地摇晃了一下，最后颓然倒在了一旁。

“快，快进去。”邹斯威一边大口喘息，一边急促地说道。阿瞳一言不发，将他拎在手中，几个箭步就闪到了那扇已经开始缓缓关闭的机械门前。出乎邹斯威意料的是，阿瞳这次罕见地没有把他丢出去，而是一个闪身，直接带着他进入了“高塔”内部。倒是邹斯威自己不太争气，等阿瞳一松手，他自己却是双腿一软，跪倒在了满是怪物恶臭体液的地板上。

随着机械门彻底关闭，那道橙红色的光芒自二人头顶亮起。阿瞳这才看清，自己此时正身处一处宽大简单的轿厢，这座“高塔”，原来是一部电梯。

“你是咋个晓得那个郑伟身上有这种身份识别卡的？又是咋个晓得路的？咋个又能猜到会有怪物埋伏在这里头的？”阿瞳终于忍不住心头困惑，开口问道。

邹斯威扶着轿厢的墙壁缓缓站起身来，环视了一下四周，在厢壁之上发现了一排按钮，他想也没想，便按下了最上面的那颗。等到轻微的失重感从脚下传来，轿厢开始飞速向上运行，他才开口回答道：“你忘了桃桃给我们看的东西了？我其实也不认识路，但秦立来过这里，我之前做的一切，都是根据他的记忆来的。至于那怪物……”

邹斯威不顾空气里弥漫着的恶臭，深深喘了口气，然后才接着说道：“虽然桃桃给我们看的东西都是些碎片，但也已经能够佐证我们的猜想了，这波顿城的兽潮确实就是城主召唤而来的。秦家不仅有召唤兽潮的能力，甚至还在城内圈养了怪兽，秦立这时候召唤了兽潮，想必已经是做掉了卫君禾。你想想看，没有我们两个帮他，又没有那批所谓的秦家旧臣，他一个人怎么搞定卫君禾的？”

阿瞳皱着眉头点了点脑袋，半晌之后却是说道：“没想到你还有这种才能，桃桃播放秦立记忆的时候，那画面快得都要糊了，你居然能看得这么清楚。”

邹斯威耸了耸肩，想了想，还是把快到嘴边的那句“枪打得准的，有一个眼睛孬的么”咽了下去，转而说道：“先别掉以轻心，如果我所料不错，秦立便在这电梯的顶端等着我们，鬼知道他还准备了多少头这种畜生。”

说话间，脚下突然传来一阵轻微的振动，那橘红色的灯光逐渐黯淡下去。

邹斯威不再言语，再次端起了热能枪，旁边的阿瞳也将两枚手雷扣在了手中。在二人的严阵以待中，严丝合缝的轿厢门缓缓打开，映入他们眼帘的，却是一副有些荒诞的景象。

轿厢之外，依旧是一个空旷的大厅，首先映入眼帘的，便是一个自城市核心顶端悬挂而下的，硕大的淡蓝色光球——原来那充斥在整个城市核心内的荧光便是来自此处。

在这光球的正右方是一个足有一面墙壁大小的全息屏幕，那屏幕上的画面炮火喧天，赫然正是此刻正在抵御兽潮入侵的城卫军。即便只是匆匆扫过一眼，也能看出当下城卫军的形势不容乐观，城墙之上已然有多处出现了怪兽的身影，整个防线岌岌可危。

然而即便这样，邹斯威的目光还是被这屏幕的正前方那根高立着的，与周围冰冷金属格格不入的木桩吸引了过去。不为其他，只因为木桩的上方，死死地绑着一个，近乎赤身裸体，浑身血污，已然生死不知的男人。

虽然隔着老远，但仅凭男人脸上那蓬勃的须发，邹斯威还是一眼将这人的身份认了出来——这便是号称“波顿狮王”的卫君禾。

在这木桩的下方，一个身材高瘦的青年沉默地站立着。听着轿厢这边传来的动静，他缓缓转过脸来。看着从轿厢内缓步走出来的两人，他那张苍白的脸上先是闪过一丝错愕，紧接着，竟然难得一见地微笑了起来。

秦立笑着说道："二位先生，你们还是来了。"

邹斯威也不知道自己从何而来的勇气，几乎在秦立开口说话的瞬间，他居然伸手拉住了身侧阿瞳的手掌，轻轻捏了捏对方那柔若无骨的小手，示意她不要开口说话。

也不知道阿瞳是被邹斯威这举动惊到了，还是真的理解了他的意思，总之她没有说话。邹斯威于是松了阿瞳的小手，长舒了一口气，将招牌式的笑容迅速佩戴在了脸上，才开口说道："我说秦大哥，你也太不够意思了，大喜之日，喜酒不请我们两个喝一杯就算了，连声贺词都不让我们两个说，自己一个人跑到这种地方来，真是找得我好苦。"

"二位先生的好意我心领了。"秦立伸出手来揉了揉自己的眉心，继续笑着说道，"心意既然已经送到，那便请二位先生先行离开，我这里还有些小事要处理，稍候自然会联系你们。"

邹斯威却是一边将自己手中的热能枪放到地上，缓步走向秦立，一边笑着摇头说道："我说秦大哥，您可真是贵人多忘事，那日我三人在阿瞳的居所内约定的那些事儿，您都给忘了？现在卫家倒了，卫君禾您也抓住了，看样子要杀要剐也是悉听尊便了，您的大仇已然得报，那……您当初答应我们的事儿呢？"话到此处，秦立脸上的笑容终于退却，邹斯威不等他发话，立刻接着说道，"若您要是记不清了，我可以从旁稍微提点您几句，当时吧，您答应留我一命，我现在活蹦乱跳，您自然是半点儿不欠我的，可您当初可是答应过阿瞳，要送她离开此处穹顶的……"

说完这些，邹斯威已经自电梯门口，走到了秦立身前不足二十步的距离。头顶那颗硕大的光球，和全息屏幕上炽烈的炮火在他那张媚笑着的脸上交相辉映，让人看着没来由自心底里生出一种极为深切的厌恶来。

秦立于是选择转过脸去，不再看他，而是看向他身旁的阿瞳。片刻后，也不知道他是想起了什么，突然叹了口气说道："阿瞳先生，您……现在便要离开了吗？"

阿瞳虽然没有料到自己突然变成了这场谈判的核心，但扫了一眼邹斯威剧烈起伏的后背，心中也大概明白了此时事情的走向符合他所谓的计划，于是用世界语开口说道："我们当初的约定是，只要你报仇成功，便要送我离开，我也已在这穹顶内待了太久了，此刻便送我走吧。"

秦立略一沉默，接着居然十分爽快地点了点头，说道："那便随我来吧。"秦立说着便转身走向了那颗硕大的光球。

邹斯威站在他的身后，见他彻底将头转了过去，这才长舒了一口气，斜过眼来，冲着阿瞳竖了个拇指，却不承想后者根本没有看他，目不斜视，径直随着秦立去了。邹斯威于是只能吐了吐舌头，厚着脸皮也跟在了二人身后。

待得距离那光球近了，邹斯威这才发现，原来此处并不完全空旷，在那光球的正下方，还有一处类似操作台的地方，只是因为过于接近光球，这操作台本身又是透明材质，方才给人一种空旷的错觉。

"还请阿瞳先生站到此处。"秦立毕恭毕敬地对阿瞳说道，同时指向了操作台前方的一个平台。阿瞳并未答话，一双秀气的眉头却是皱了皱，秦立旋即继续解释道："想来您也知道，开启穹顶通道需要耗费城市核心大量的能量，能够维持的时间却是极短，若不先做好准备，到时若是错过了，即便我拥有密钥，也难在短时间内再次开启通道。”

听他解释，阿瞳点了点头，算是表示了同意，莲步轻移，便站在了秦立指定的位置。末了，她还不忘转过身来，冲秦立和邹斯威挥了挥手，说了句：“二位，再会。”

秦立轻轻抱了抱拳头，转身便走向了操作台，或许是真的因为厌恶，他竟然全程没有再看邹斯威一眼。邹斯威也乐得他无视自己，站在他的身后，心中思绪开始飞速运转。

到这一步，事情都在按照他编写的剧本完美进行，他也不是没有担心过秦立会毁约，不过在听到桃桃所言，并观看秦立的记忆之后，确定他会选择如今这般近乎疯狂的报仇方式，不仅是因为当年波顿城内多数民众投票驱逐秦家，而且还是因为他父亲临终前的嘱托之词，他便确定了，秦立一定会遵守诺言，放阿瞳离开——他能够将一个近乎荒诞的诺言背负十七年，再一步步忍辱负重地实现，那他便没有反悔与阿瞳的约定的可能。更何况，送阿瞳离开，还需要耗费城市核心大量的能源，一旦穹顶通道成功打开，那波顿城更没有可能打出最后的王牌，限制那已经快要彻底突破城墙防线的兽潮……但即便如此，邹斯威也清楚，自己的计划并不是万无一失，他还需要赌对最后一件事，而且还是在极短的时间内，若是他错了，那后果……

想到此节，邹斯威打了个寒噤，脸上再也没有了那招牌式的笑容，而是沉重得仿佛要滴出水来。再看场间，秦立已经站到了操作台上，微微向上抬了一下手，接着一道淡蓝色的光辉自城市核心上缓缓沉降，落在了秦立身上。也不见秦立有何动作，那光辉刹那间将他彻底包容，接着便弥漫到了整个操作台之上，将那处原本透明的操作台变成了一个熠熠生辉的王座。

随着操作台被点亮，城市核心内响起了一个温和顺从的女声："密钥核对无误，尊敬的波顿城主，请下达您的指令。"

邹斯威眼神微动，在那光辉透过秦立身体的瞬间，他敏锐地捕捉到，在秦立左胸处的位置，有一个斑驳的黑点一闪而过，他知道，他赌对了。

"王座"上的秦立张开双臂，带着一丝生涩，在陡然出现在自己眼前的庞大信息列表中，寻找与"开启穹顶通道"相关的关键词，却不料，他的身后，响起了一个听着非常熟悉，但又严肃到近乎陌生的声音。

那是邹斯威的声音。

"戎卫前庭第 0105 号观察员邹斯威，请求通信。"

这突兀的声音还在空旷的大厅内回荡，秦立的大脑甚至都还没来得及反应过来究竟发生了什么事情，一道恍若璀璨夜空似的黑色光芒，便从他的左胸口处突然亮起，几乎在刹那间，便将整个璀璨夺目的"王座"染成了黑色。随之而来的，是一股强大的推力，那方才还对他恭敬如同仆从一般的城市核心，居然直接将他推离了王座！

秦立身形还未站定，便带着满眼不可置信看向了半空中。在那里一个小小的，漆黑的物件完全不受控制地，从他左胸处的口袋内飞跃而出，划出一道优美的弧线，飘飘然落到了邹斯威手中。

邹斯威稳稳地将穹顶钥匙握在手心，一个箭步，直接站到了操作台上。随着他的动作，一道黑光逆流而上，冲击到淡蓝色的城市核心中。几乎是同时，一个完全无法辨别性别的声音自核心中响起："第 0105 号观察员邹斯威，戎卫前庭聆听你的声音。"

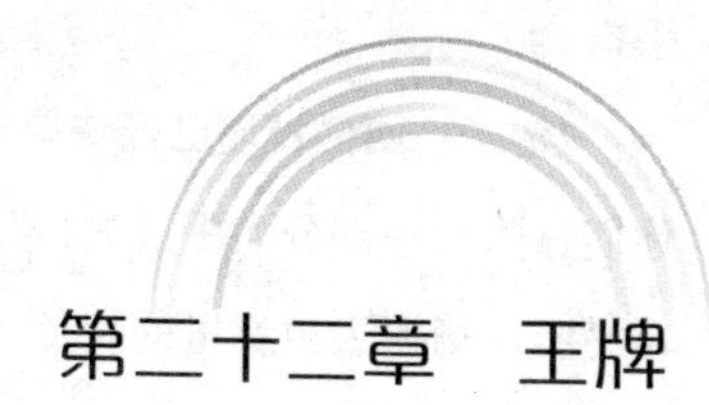

第二十二章　王牌

一头浑身浴血的锐角兽咆哮着冲至阵前，将一对利角狠狠地插进了重型装甲车的甲片，接着四肢发力，竟是要直接将这战车掀翻开来。

岳蛮瞳孔微缩，奋力扣动手中热能枪的扳机，将所剩无多的热能弹尽数倾泻到那怪兽的头颅之上。数道炽烈的热能光束攒射之下，锐角兽硕大的头颅竟然被生生轰碎，失去了大脑控制的四肢无力地挣扎了一下，便轰然倒地。

“换枪！”岳蛮大喝一声，将手中已经完全打空的热能枪丢在一旁，向着身侧伸出手去。半晌之后，一柄全新的枪械递到了他的手里，入手却是一片湿滑，岳蛮皱着眉头细细看去，却发现枪身之上满是黏湿的血液。

“岳将军！已经没有新枪了，这是我们从死去兄弟身上拼死抢下来的。”给他递枪的乔老三不等他发问，大喊着说道。

岳蛮有些木讷地看着对方那颗已不再鲜亮的光头，强压着心中的不安，转过脸去，抬起染血的枪身，便要再次向着前方的荒原射击。

然而通信器内响起的声音，却让他再次停滞了自己扣动扳机的手指。

“蛮子！西侧城墙已经快要守不住了！已经有怪兽入城了！我要从你们这边撤一部分人手过去！”即便是通过骨质传导，岳蛮还是能够轻易听出杨振天声音里的疲惫，以及他疲惫声音中的坚定——岳蛮明白，这不是在征询他的意见。

他只能强行压下心中的恐慌，大声呼喝道：“全体都有！倾泻式攻击！不要给老子吝啬弹药！”

随着他的命令，装甲车围出的阵地内登时响起了比方才还要猛烈数倍的枪声，炽烈的热能光束、拖拽着狭长尾焰的飞弹，甚至手雷、动能枪弹，全都不要命一般地向外倾泻而出。与之相对的，是自头顶城墙上覆盖而下的火力陡然减弱。

陡然增强的正面火力直把那荒原上的怪兽浪潮打了个措手不及，数百头冲锋在前的锐角兽轰然化为碎片。没了它们的保护，一群长着硕大胃袋，能够远程喷射酸液的尾蛙便瞬间成了待宰羔羊，还未来得及倾泻胃袋中的酸液，便纷纷被阵中的狙击手点杀。随着它们硕大胃袋的炸裂，无数酸液喷溅在怪兽群中，竟然直接将此面城墙前的怪兽暂时逼退。

人群中发出一阵响亮的欢呼。可岳蛮丝毫也开心不起来，他知道像这样的倾泻火力，无异于饮鸩止渴，这一秒怪兽群能被逼退，下一秒那些畜生便能不要命地填补上这个缺口，席卷起更大的浪潮，向这个阵地冲杀而来，但……他们还有足够的弹药撑过下一次吗?

岳蛮转过头去，看向身后的城墙，看着那扇紧闭着的城门，心中莫名生出一股子悲怆来。

他依稀记得十七年前的那个清晨，秦家的人便是从这个城门被驱逐出城的。曾几何时，城内的民众也发出过如同此时这般的欢呼声，仿佛是在将笼罩于波顿城上最大的阴云，给波顿城带来这般连绵厄运的原罪驱赶出了自己的领地……但如今呢？

想到此节，这位在城墙上坚守了大半生的将军心中突然升起一个完全陌生的念头：城墙不倒，他岳蛮一步不退，但要是……城墙倒了呢？

岳蛮摇了摇头，将这绝望的念头赶出了自己的脑袋，接着紧了紧手中的热能枪，看了一眼击发量已经所剩无多的储能仓，长舒了一口气，用只有自己能听到的声音说道："子弹还没有打完，泄什么气儿呢，蛮子？"

接着，岳蛮便准备扭过头去，与那即将重新袭来的怪兽决死一战。就在此刻，他发现了一个令他倍感困惑的事情——他此刻明明已经没有摇头了，为何这眼前的城墙还在晃动呢？除非……

岳蛮眼神一亮，只觉得一股子温暖的洪流从他的心脏中喷涌而出，将他四肢百骸内的阴郁与绝望驱赶殆尽，这股暖流驱使着他奋力大喊："全体都有！停止射击，收束到城墙一米范围内！"

"蛮子！你发什么疯！我这里眼看着……"岳蛮的命令并不仅仅针对面前的阵地，也针对整个城墙之上的守军。杨振天听得他这种指令，想也没想，便要出口阻拦，但话刚至一半，他便住了口。

因为此刻，一道湛蓝色的光辉正自波顿城的城墙上缓缓升起。紧接着，坚实的城墙上分裂出无数道细纹，无数亮银色的金属洪流自那些裂缝中奔涌而出，在半空中集结，变成一柄柄尖锐银梭。

城墙上的光辉微微闪灭，如同一个巨人正在轻轻呼吸。那些悬停在半空中的银梭似乎在这呼吸中得了某些指令，恍若蜂群一般四散飞舞，在城墙外近一公里的荒原内席卷起一股残忍无情的金属风暴。待到城墙再次“呼吸”，那些银梭已然回到了城墙上空，只是表面不再光滑如镜，而是沾满了腥臭的血污。

此时再看波顿城外，却见无人机群的辉光照耀下，那被金属风暴席卷而过的土地上，哪里还有怪兽的影子？

随着这波力量悬殊的攻势，波顿城四面兽潮的奔涌全部停滞，波顿城内，城市核心的警告声再次响起：

“全体市民注意，波顿城将在五分钟后完全切换至防御姿态，请做好防冲击准备，倒计时，三百秒。”

和彻底松了口气，开始将阵地往城墙下收缩的岳蛮不同，杨振天此刻的心里却只有一个想法：要是能晚一些就好了，这防御姿态的切换要是能够晚一些就好了。

因为就在不到两分钟前，一小群荒原怪兽，突破了西侧城门的防线，进入到城内。纵使他在极短的时间内，就将岳蛮所处的北城门上的守备兵力调拨了过来，抵挡住了剩余怪兽的侵袭，但那些进入城内的怪兽，却已经不是他能够处理的了——就如波顿城在形态转换时释放出的金属洪流只能扫荡城墙以及荒原上的怪兽一样，城卫军在兽潮并未退却时，也不能擅自离开城墙，除非……

“杨将军，我是明涟漪，方才在频道里听闻有怪兽突破了防线，还请您告知我位置。”就在此时，通信频道内响起了一个完全出乎杨振天意料的声音。

“明将军！”杨振天心头先是狂喜，紧接着，便是一沉，他当然知道当初岳蛮叫这位明将军带着一众新兵去城内安抚民众的用意，“您手下的可都是新兵蛋子，甚至您的……”

“别废话。”明涟漪的声音里充满了不耐烦，“新兵蛋子怎么了？新兵也是兵！也和我们一样发过誓！倒计时还有不到四分半，怪兽入城，若是影响了防御姿态的变更，那后果我们俩谁也担待不起！”

杨振天认了命似的点了点头，接着飞快整理思绪，说道：“根据防卫系统留下的最后信息，那批怪兽是向着白虎大街的方向前进的。”

“种类，数量？”明涟漪的声音明显地起伏了起来，不用想，这位城卫军的将领已经开始带着自己的部下火速前往了杨振天所说的区域。

“钝齿兽三只，锐角兽五只，尾蛀九只。”

“就这十来只小玩意儿？我当什么大阵仗，你还给我在这儿藏着掖着的。”通信器那边，明涟漪爽朗地大笑起来。

杨振天却是没有他这么乐观，迟疑了一秒，他还是试探性地问道：“要不……你联系下郑统领？他那队亲卫的装备……”

“已经联系过了。”听到杨振天此言，明涟漪的声音陡然低沉下来，“完全没有任何回应……小天兄弟，先不说了，待得这波兽潮过去，咱再聚首，好好喝酒！”

“好好喝酒！”

可能叫明涟漪想破脑袋，他也不会想到，此刻正在他心中被问候祖宗十八代的城卫军大统领郑伟，早已经以一种极为悲惨的姿态见了阎王。

当然，他也没那个空去想。

穿过眼前这道满是小食铺面的小巷，明涟漪和他带领的新兵队伍，已然算是正式进入了白虎大街。

在一间挂着“葛式烧腊”招牌的铺面前，须发花白的老将军挥了挥手，止住了身后队伍前进的步伐，然后开始语速飞快地在通信频道内下达指令。

“全体都有！戴好耳罩！将通信装置调至骨质传导模式。”

“突击一队，举盾！护卫三角阵分列！出！”

小巷内，一队全副武装的城卫军士兵鱼贯而出，只见他们一只手臂举在身前，另一手端着热能枪，三人成组快速在长街上列开阵形。接着前举的手臂微微一振，弹出一面面硕大的弧形金属盾牌来，直接将整个小组的前方牢牢护住。

“突击二队，武器上膛！闪击三角阵分列！出！”

另一队城卫军士兵迅速上前，也是三人一组，填补进了之前组成盾阵的士兵身后。与他们不同的是，这三人均是携带了不同种类的武器，在前进过程中，不断有轻微的机械转动声响传出，显然是在做最后的战斗准备。

“突击三队，各寻制高点！鹰眼三角阵分列！出！”

这次并未见有士兵再从小巷内涌出，倒是不断有声响自小巷内传出。细看之下，原来是一队城卫军军士借助钩爪钢索等器具上了小巷四周建筑的屋顶，与长街上的同僚相同，他们也是三人一组。

在明涟漪的面甲内，除却正常的视界范围外，额外多出了一块指挥模块，在那模块之上，这些方才登上战场的新兵蛋子们，都以红点的样式呈现出来，他们的配合多少还有些生疏，列阵之中更是充满了瑕疵。但此刻时间紧迫，明涟漪也无心出言训斥，他只是将目光短暂地投射到了整个新兵阵列最前方的一队鹰眼三角上。

那里站着他的独子，不久前闯进大帐里，一句话直接把郑伟吓得夹屁而逃的那个传令兵——明澈。

早知道还有这一遭，留着这小子在城墙上老实传令好了。明涟漪面甲下的老脸上泛出一丝苦笑，但紧接着，他甩了甩脑袋，将这些乌七八糟的念头尽数赶了出去，心中只剩一片清明。

与此同时，老将军的脚下传来一阵明显的震动。随着这震动，眼前的白虎大街开始以肉眼可见的速度倾斜起来——波顿城已经开始切换防御姿态，留给他们的时间不多了。

“音波弹准备！伞状发射！放！”

老将军断然下令，却见前方阵地中，处于闪击三角阵中的士兵纷纷朝天抬起手中明显粗大不少的枪械，扣动扳机。伴随着一阵轻响，数枚圆桶状的飞弹弹射至白虎大街的半空之中，划出一道道圆滚滚的弧线，接着陡然炸裂，一股刺耳音浪自空中扫荡而下，直将半条白虎大街都笼罩了起来。

随着音浪席卷，看似平静无人的白虎大街上陡然传出一阵阵饱含痛苦意味的号叫来。明涟漪眼神微动，迅速将指挥面板上反馈而来的探测信息共享给了处于高点的鹰眼三角，而后下令道：“无人机升空，照明异常点！”

数团苍白辉光自四面建筑的屋顶冲天而起，点亮白虎大街的夜空。然而还未等到它们进入到预定区域，长街上已然发生了变化，只见城卫军阵列左前方的一幢建筑陡然崩塌，两只在头上生着一堆骨瘤的丑陋怪兽竟是破开金属质地的墙面，直接冲了出来！

这两头怪兽似乎颇具智慧，还未冲到阵前，竟是先挥动一双利爪，向着城卫军们投掷来数块刚刚拆卸下来的房屋碎块。

明涟漪不愧老将，这两只钝齿兽刚刚露头，他便立即在通信频道内大喊：“护盾三角！偏折力场全开！”

然而眼前这些新兵蛋子却显然是被眼前的阵仗吓傻了，饶是明涟漪提前下令，依然有一队护卫三角后的军士未作出反应，没有及时开启磁力偏折力场，被近一人高的房屋碎块直接砸中。三面护卫盾有如纸糊一般，登时塌陷，那后方的三名新兵竟是惨叫都来不及发出，便直接成了肉酱。

“破甲弹！放！”

明涟漪来不及痛惜折损的士兵，转而继续下令。方才这一幕让他更加明白，如果没有他的命令，面对如此凶残的荒原怪兽，这帮子新兵连扣动扳机的勇气都没有，更别提在此处尽数斩杀入城的怪兽了。

随着他的命令，长街之上陡然枪声大作，耀眼的热能光束自地面和空中席卷而过，全数轰击在那两只突然袭击的钝齿兽上，不消片刻，便将它们打成了筛子。见此一幕，明涟漪心头一跳，却是丝毫击杀怪兽的欣喜都没有，转而在通信频道内大吼道：“突击三队！分散转移阵地！谁允许你们开枪的！”

这句话刚喊到一半，一阵震耳欲聋的蛙鸣声突然从那破碎的房屋后传来，却见数团黏稠酸液在无人机苍白的耀光下精准地飞向四周屋顶。片刻后，通信器内响起刺耳而短促的惨叫，明涟漪的面甲内，代表鹰眼三角的光点登时灭掉大半。

明涟漪完全没工夫去看明澈所在的那个小队情况如何，他知道这些荒原畜生的真正杀招还在后面，于是他继续大声下令：“闪击三角！热能飞弹！十点钟方向！放！”

或许是同僚顷刻间的殒命抽空了这些新兵大部分的勇气，明涟漪命令虽达，但阵地中的反应却是前后不一，第一颗飞弹在他还未说出发射方向时便拖拽着尾焰消失在了夜空中，在截然相反的坊间炸出一片火光。后续的飞弹却是在他说完“放”字后两三秒的时间内才缓缓发射，奔向了那幢被钝齿兽撕开的建筑，将那处直接夷为平地。

明涟漪心中再次一沉，他深知，前后所差不过数秒，但对于本能敏锐到极点的荒原怪兽来说，已然足够反应了。果不其然，爆炸产生的烟尘还未散去，四头毫发无损的锐角兽便咆哮着从两侧的建筑后冲了出来。在它们身后，充满死亡意味的蛙鸣声再次响起，黏稠酸液再次腾空，此次瞄准的，却是长街上的新兵列阵。

“朝天举盾！震爆弹，放！”

电光石火间，明涟漪不假思索地发出了此刻最为正确的命令。好在经过钝齿兽的第一轮袭击，护卫三角的士兵手中的盾牌均处于磁力偏折力场全开的情况，此时举盾，竟是在从天而降的恐怖酸雨中，将整个新兵团护了个扎实。

然而举盾向天挡下酸雨，正面冲击而来的锐角兽便无人看管，此刻唯有负责攻击的闪击三角按照命令，及时发射震爆弹方能阻止这些凶暴怪兽的前进脚步。可这些新兵哪里见识过眼前这般阵仗？咆哮着的怪兽就在眼前，整个阵列中竟然迟迟未听枪响。

千钧一发之时，数道刺目光点自长街侧面滑翔而至，竟是如同长着眼睛一般，正中锐角兽群的中心，炸裂开来。火光裹挟着强烈的震荡波，直接将这四头锐角兽掀翻在地，还未等它们从这突如其来的袭击中缓过神来，数道飞旋着的紫色热能光束就精准地找到了锐角兽们的头颅，毒蛇般狠狠噬咬了下去。这些方才还耀武扬威的荒原怪兽身躯一阵颤抖，连惨叫都未发出来，便是没了气息。

长街旁，一群浑身黑衣黑甲的士卒恍若幽灵般探出头来，为首一个看上去年岁与明涟漪相差无几的老人远远向着老将军抱拳行礼，接着朗声说道：“将军！自您身后这条巷子进去，直入左侧第三间店铺，便有一处能够避难的所在。您带着这帮生瓜蛋子先去，此间怪兽，交予我等便是！”

明涟漪心神巨震，但脚下街道上传来的，愈来愈强的震动却没有给他太多的思考时间，扫视了一眼对方精良的装备，以及错落有致的阵形后，他心中下定决断，在通信频道内大喝了一声：“全体都有！撤！”

惊魂未定的新兵们顿时潮水般撤去，蜂拥着向老者所说的方向奔逃。明涟漪兀自站立在这股撤退的浪潮中，恍若一块顽固的石头，他先是语速飞快地将杨振天所言的情报告知对方，接着缓缓抬起自己的手来，抱拳回礼说道："敢问壮士名讳！待得兽潮退却，明涟漪定然涌泉相报！”

“老朽秦书舟，是为秦家旧臣，如今投在林夫人帐下，做一亲卫。”那老人留下一句话，接着转身领着身侧黑衣兵士去了。

明涟漪依旧站在原地，目光呆滞地看着那些黑甲士兵消失在无人机苍白的辉光之中，仿佛真的在看一群根本不应存在于这世间的幽灵一般。

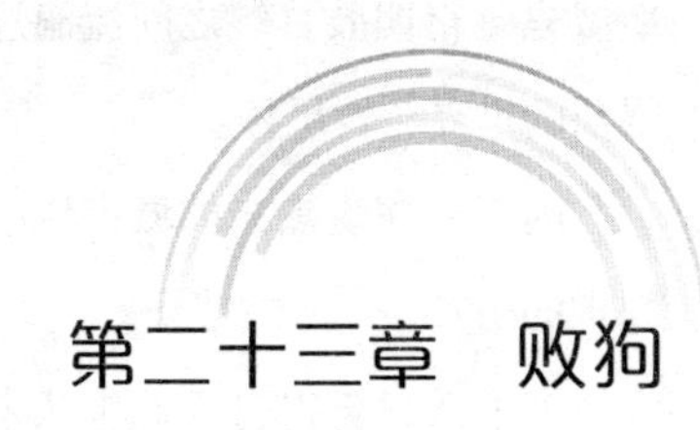

第二十三章　败狗

“履带装甲自检完成，运作流畅度100%……”

“基座武器模组充能中，充能进度80%……90%……热能武器模组充能中……”

“关节润滑剂填充完毕，核心冷却模组自检工作完成……”

“磁力护盾充能完毕，护盾当前运作状态20%……”

“探测视野转换为鸟瞰模式，当前视野半径80公里……”

“重力维系模组开启，维生装甲耦合中，工程进度60%……70%……”

瞬息之间，海量的数据拖拽着尾焰似的进度条翻滚过邹斯威的视网膜。随着所有的进度条逐渐填满，一架威严肃穆，全副武装的机甲虚影悬停在邹斯威的身前，紧接着，一个声音在他的脑海中响起。

“全模组启动自检完成，波顿城防御形态转换完毕，请求驾驶员神经链接。”

邹斯威怀着激动忐忑的心情微微点头，那机甲虚影随着这个简单的信号，飞速向着邹斯威的身体靠拢，将他整个人全部包裹起来。邹斯威只觉得四肢百骸之间流淌过一股难以言表的酥麻电流，接着，他眼前的世界斗转星移。

闪烁着深邃黑光的城市核心消失不见，取而代之的，是一汪温柔如水的明月。

邹斯威只觉得自己此生从未与月亮这般靠近，浑噩间，他抬手想要触碰那白玉似的圆盘，却不料，随着他的思想席卷而起的，是一片硕大无朋的乌云。

心思惊骇间，邹斯威定睛看去，才发现那并不是什么乌云，只是自己的手臂，变成了一双完全由金属构造的，恢宏威武的擎天之柱——正与那伫立在市政中心广场上的雕塑如出一辙。

正在此时，脑海中再次响起那个声音："驾驶员神经链接已完成，共享探索视野。"

随着这声音的响起，邹斯威眼前的世界再次发生变化，视角陡然向下倾斜，皎洁明月消失不见，取而代之的，是大片遍布弹痕战火的荒原，以及荒原之上，漆黑一片，不见边际的怪兽海洋。邹斯威，或者说化身为巨大战争机械的波顿城，此刻便站在这海洋的中央，如同一片傲然耸立的大陆。

还未等邹斯威彻底适应眼前这神妙的变化，那声音再次响起：

"探测到兽潮冲击，预计接触时间三十秒。"

邹斯威赶忙收束心情，看向脚下那片恐怖的怪兽海洋。也不知道这些畜生是受到了什么刺激，面对如此宏伟的战争机械竟然浑然不惧，席卷起滔天海浪，竟然直接向着波顿城合围而来。

纵使邹斯威有些才能，第一次接触如此庞大的战争器械难免也有些抓瞎。就在他一筹莫展，甚至准备举起双拳砸出之际，那脑海中的声音再次响起："未收到驾驶员指令，开启自动迎击模式。"

邹斯威只觉得自己的双臂上传来一股略带刺痛的电流，紧接着他的双手不受控制地抬起，竖起拇指，伸出食指，近乎儿戏似的，向着荒原之上做出了一个开枪的动作。

就在邹斯威的眼前，那硕大的战争机械随着他的动作，也抬起了自己覆盖着机甲虚影的双臂。紧接着，数道耀眼而致命的洪流从它身体上各个部位喷涌而出，向着汹涌兽潮迎头痛击，竟是直接将那席卷而来的沉黑色怪兽海浪生生破开了一道空旷的口子。

邹斯威当即有样学样，抬着手臂，迅速转身，向着其他方位连开数枪。随着他的动作，致命洪流在荒原上扫荡而过，那合围而至的怪兽顿时化为灰烬。

就在他打得正欢，准备依葫芦画瓢再来一轮的时候，一道苍蓝色的框条出现在了他的眼前。邹斯威缓住开枪动作，定神一看，却见那框条上方写了一行小字：弹量储备。再看那框体之内，原本满溢的数值槽此刻竟然已经消失了十分之一，那意思再明显不过：似方才这般的酣畅淋漓攻击，最多再来九次，若是九次打完，眼前的兽潮还未退却，那后果不言而喻。

看懂了眼前这个框条，邹斯威只觉得额头上冷汗直冒。冰冷的恐惧感将他迅速地从掌握巨大力量的惊喜中拽了回来——这并不是什么模拟游戏，这是一场战争，一招棋错，便会导致一城人丧失性命的战争。

"调节武器输出量至最低。"想清楚这一点之后，邹斯威迅速冷静下来，带着一丝试探性地在脑海中下达指令。

"基座武器模组输出值调节至10%，热能武器模组输出值调节至10%，声波武器模组输出值调节至10%，根据指令，全部武器模组输出值调节完毕。”

随着那声音在脑海中再次响起，邹斯威便看见覆盖在自己身体上的各处装甲虚影由之前的亮蓝色变成了稀薄的红色，他尝试着单独抬起了左臂——根据方才脑海中的声音反馈出的信息，此处附着的，应该是热能武器模组——向着一股再次靠近波顿城的怪兽开了一枪。

一团几近炽白色的热能光弹自“波顿城”的左臂前亮起，精准地落入了那股怪兽之中，在荒原上炸开一朵耀目的热能火花。火花过后，那股数目不小的怪兽竟是直接消散。

邹斯威微微点头，骨子里的枪手本能开始逐渐浮现，在脑海中声音的提示下，他时而抬起左手，射出光弹，时而举起右臂，发射银色金属洪流，时而微微张口，喷射出刺耳声波，一时之间竟是将那一眼望不见边际的怪兽海洋彻底阻隔。

就当邹斯威驾驶着“波顿城”与兽潮奋战之时，空旷的城市核心大厅内，自邹斯威登上“王座”后，便一直沉默的秦立突然开口说道：“你觉得他能坚持多久？”

这声疑问与平日里秦立平稳无波的声线完全不同，竟是带着一丝戏谑。站在他身后的阿瞳听见这声音，一双黛眉便皱了起来，用世界语反问道：“你什么意思？”

秦立微微转头，看了看身后的少女，随即摇了摇头，却是换了个问题问道：“方才他说他是什么戎卫前庭的观察员，是什么意思？”

阿瞳迟疑了片刻，最后微微叹了口气，说道：“罢了，告诉你也无妨，想来你输在此刻，也是觉得有些冤枉。‘洛基’病毒爆发，近乎摧毁整个地球生态，最后人类不得不开启‘三千世界计划’，在地球各处修建穹顶，彻底隔绝外界环境，供人类生存，这些记载在史书上的事儿，你应该都知道吧？”不等秦立回话，阿瞳自顾自地继续说了下去，“但绝大多数人都不知道的是，为了保证人类火种真正延续下去，当年负责‘三千世界计划’的约席克公司，还准备了另一个‘戎卫前庭计划’。

“我的记忆相对模糊，所以具体的细节我也不是特别清楚，我只知道在穹顶建造的最后时刻，有大约两百名壮年的，完全没有被感染过的人类，被装在休眠舱内，送到了位于近地轨道上的一颗名为‘戎卫前庭’的巨大卫星内，等待地球的生态恢复之后，再返回地球，关闭穹顶，重启人类社会，这便是‘戎卫前庭计划’。”

秦立若有所思地点了点头，脸上露出了一丝释然，他接过话茬道：“所以，这观察员，便是‘戎卫前庭’派来各个穹顶，观测穹顶是否符合关闭标准，进行‘重启’的关键了吧？这么说来，我败在他的手上也不冤，毕竟是史前就被甄选出来的精英。”

阿瞳也不管背对着自己的秦立能不能看见，摇了摇头说道：“甄选出来的精英就两百人，地球上大大小小的三个代次，各个级别的穹顶何止数千个，要都用那两百人来当观察员，估计世界还没重启，戎卫前庭的人都死完了，所以……他与你一样，都是被驱逐者，不同的是，你只是被驱逐出了这波顿城，而他，应当是被驱逐出了自己所在的穹顶。”

秦立看着“王座”上那个还在奋力作战的背影，回想起他无时无刻不挂在脸上，那令人有些厌恶的低贱笑容，不由得微微点了点头，然后说道：“那么你呢？你能找我送你离开波顿穹顶，看着并不像是这戎卫前庭计划的一部分？”

阿瞳眼神中有些迷蒙，但口中却几乎是条件反射似的说道：“我不是。”

她说这句话的时候，钳住秦立双臂的手中无意地增大了力量。秦立一张苍白的脸登时变得更加苍白，滚滚汗珠顿时如注而下，饶是在这样的情况下，秦立依旧面不改色地说道：“回到之前那个问题，你觉得他能坚持多久？”

阿瞳摇了摇脑袋，企图将脑袋中的迷惘驱赶一空。但紧接着，一股子几近空虚的疲惫感陡然侵蚀而来，她娇俏的身体微微摇晃，好一会儿才真正站定。

似乎是感受到了身后少女的不对劲，秦立再次微微扭头看了过来，看到的，却是一双明亮恍若晨星的眼睛。

少女朱唇轻启，出口的，却是低沉而充满磁性的男声：“他不需要坚持多久。”

“阿瞳”说着，竟是直接松开了钳制秦立双臂的手，径直走向了大厅的另一侧，那面硕大的全息屏幕之前，抬手从怀中掏出了那张原本应该放在邹斯威身上的红色卡片，贴到了全息屏幕上。紧接着伸出另一只手，在虚空之中快速点按，最后又拿出了一个小小的桃红色存储器，放到了屏幕上。

随着他的动作，偌大的屏幕一阵闪烁。紧接着，咆哮的怪兽，炸裂的炮火，奔流的金属尽数从屏幕上消散，取而代之的，是一片带着些许晦暗的天空。

做完这一切，阿瞳才背着双手转过身来，目光如炬，看向秦立。而秦立根本没有与他对视的心情，他的眼睛死死地看向了那硕大的屏幕，脸上也再没有了往日里的风平浪静，取而代之的，是一股子略带恐惧的惊疑。

晦暗的天空下，是一场血腥残忍的屠杀。

实施这场屠杀的，是荒原之上那些犹如鬣狗一般的盗匪，他们倾巢出动，用残忍的尖笑声和蝗虫般的热能枪弹在沙土与岩石间掀起腥风血雨。

而被屠杀的对象，则是身处包围圈正中的一支车队。虽然这车队中人人装备精良，仅是护卫手中的热能枪，便恨不得比那些盗匪要好出几个代次，但好虎架不住群狼，再加上车队中心有一队完全没有战斗能力的妇孺需要保护，此刻，整支车队的护卫力量竟然已经被那肮脏的鬣狗蚕食殆尽，眼看便要踏入万劫不复的深渊。

坐在正中一辆重型装甲车内的半大少年将目光从血腥的战场收了回来。令人惊叹的是，从相貌上看，他明显还是个孩子，此时见到车外这血雨腥风的一幕，一张小脸上竟然平静无波，丝毫没有惊恐神色。

少年对面那身材高瘦的中年人见他此刻收回了目光，云淡风轻地问了一句："都记住了吗？"

"禀父亲，今日血海深仇，立儿已记入骨髓，待得他日，必将为各位叔伯报仇雪恨，将那卫君禾挫骨扬灰。"少年秦立用最平静的语气说出了这句充满狠辣意味的言语。

那中年人——前任波顿城主秦岳——却是摇了摇头，伸出一只厚重的大手来，轻轻抚向了小秦立的脑袋。小秦立微微闪躲一下，最后终于还是乖乖定在原地，任由父亲将自己头发揉得一团糟乱。

"我并不是要你记住这些，我问你的，是城市核心的密钥，以及控兽专用的次声波段。"秦岳的语气间透露出难得一见的慈祥，"那卫君禾不过一条野狗罢了，怎有资格背负我秦家上下的仇怨。"

小秦立的眼神中闪过一丝疑惑，不过随即他还是应声道："还请父亲放心，那密钥和控兽波段立儿日益温习，早已深入骨髓，绝不会遗忘。"

"如此甚好。"秦岳微微点了点头，说道，"稍后我会叫人给你注射一针病毒，你会受些苦难，但这也是能够让你在此间活下命去的唯一方式，日后……还望你不要怪罪于我。"

小秦立并未回话，但少年眼神中的坚定和无畏便已经是最好的答案了。

秦岳看着儿子这双与自己年少时极为相似的眼眸，稍一迟疑，最后嘴角终是浮现出了一股笑意，他说道："立儿，你方才所言要为此间叔伯报仇雪恨，你可知将我秦家害至如今地步的罪魁究竟是谁吗？"

小秦立刚想回答"卫君禾"三字，但回想起父亲之前的话语，便又将到了嘴边的话咽了下去，最后只能摇了摇头说道："孩儿愚钝。"

"你还太小，想不到也还正常。"秦岳伸手朝着一个方向指去，此时他身在车内，所指的无非是些金属部件，但小秦立知道，父亲真正要他看的，不是这些东西，"你还记得我们来的方向吗？"

"我们……不是自城中而来吗？"

"是了，立儿，我秦家的血仇，罪魁便是那城中愚昧无知的贱民！没有那些贱民受人蛊惑，向城市核心联名弹劾，我秦岳何至于此！贱民！贱民！贱民！"秦岳声音陡然拔高，竟然透出了一股子癫狂的意味来，"立儿！等你活下来，要么此生不要起帮着为父报仇的念头，要么……便替为父，将那城池血洗了，将那些贱民尽数屠尽了吧。"

小秦立望着须发皆张的父亲，张了张自己的嘴巴，半天没能说出一句话来。

他知道若是此刻他将心中那个愚蠢的问题问出来，可能招致的下场，因为他竟然想问父亲……血洗城池……那桃桃该怎么办？

随着少年心头的这个充满青稚意味的问题，话外音似的在空旷的大厅内响尽，屏幕上的画面彻底陷入了一片漆黑。

猝不及防地，一个凄厉的笑声突兀地响起。阿瞳与秦立扭头看去，才发现发笑的竟是那被捆绑在木桩之上的卫君禾，垂死的“波顿狮王”扬起头颅，向天而笑，鲜血随着他剧烈的笑声从他的唇齿间喷涌而出，流淌过他纠结的胡须。卫君禾干脆止住狂笑，含住一口鲜血，向站在木桩下方的秦立狠狠地啐了过去。

不知为何，秦立却是动也不动，被这污血浇了一脸。再看卫君禾，他此刻埋下头来，眼神中尽是嘲弄：“我当年果然没有猜错，这袭扰波顿城千年的兽潮果然是你们秦家自演自导的戏码。可笑你那父亲，居然还认为是这满城百姓愧对你们秦家，更可笑的是比你父亲还要傻的你，居然还真信了你父亲的鬼话，想要将这一城的百姓杀尽！”

骂完这一句，这位在波顿城中叱咤了半生的“狮王”像是耗尽了全身的力气，脑袋一歪，竟是直接没了呼吸。

连还嘴的机会都没有的秦立，脸色难看地站在原地——即便是方才被邹斯威从“王座”上驱赶下来，即便是方才阿瞳在大屏幕上播放他潜藏心中多年的记忆，他的脸色也没有这么难看。

难看到，仿佛一条被彻底打落水中的败狗。

第二十四章　新生

“我能够明白你此时的感受。”

空旷的大厅内，阿瞳那低沉的男嗓听上去有一种格外蛊惑人心的力量。他缓缓从全息屏幕前离开，走至秦立身前，明明他此刻依旧是娇小玲珑的女儿身，看向秦立的姿态中，却充满了居高临下的上位感。

秦立此时仿佛一具被掏空了灵魂的躯壳，他缓缓擦拭了一下脸上的血污，然后带着一丝梦呓似的语气说道：“父亲……我……难道我们错了？”

“你们没有全错。”阿瞳趁着秦立心神失守的空当，抬眼打量了一下还在“王座”之上，兢兢业业操控着“波顿城”迎击兽潮的邹斯威——他壮硕的身体上此刻已经布满了汗水，动作已然变得有些僵硬起来。显然，驾驶这般庞大的战争机械不是什么轻松的活计，这也才有了秦立方才那一问：他还能坚持多久？

阿瞳不动声色地收回目光，看向面前的秦立，似乎是因为他方才的那句话，青年人一双漆黑的眼眸中却是又燃起了一丝火焰。阿瞳微微点头，继续说道：“波顿穹顶之所以会修建于此，波顿城之所以在建造之初便被赋予了转变为防御姿态的能力，你们秦家作为世代相传的城主，同时拥有操控、召唤荒原兽潮的能力，和操控波顿城的密钥，这原本就是‘三千世界计划’的一部分。”

“人类文明的火种需要顺利地延续，那就必须要避免穹顶内的人类在可以预见的漫长等待内毁掉自己。而人类的历史已经无数次证明了，想要安定和谐，两个要素不可或缺。”阿瞳顿了顿，确保秦立能够明白他讲述的内容后，才继续说了下去，“不可调节，但有战胜希望的外敌，以及能够及时出现，拯救世界于危难的英雄，若不在绝望中看见希望，若希望永远无法兑现，我们人类，便会轻易地毁掉自己。”

或许是阿瞳最后的这段话过于深奥，秦立眼神中闪过了一丝迷茫。但紧接着，他语速飞快地说道：“所以，父亲是没有错的，召唤兽潮，再予以击败，不断巩固我秦家在波顿城民众心中的威望，这本就是赋予我们秦家的使命……”

阿瞳摇了摇头，打断了秦立激烈的发言：“我说过了，你们只是不全错。你看，你自己也说了，不论手段如何，巩固秦家在波顿城民众心中的威望才是最终的目的，显然，当年你的父亲犯了大错，没有完成这原本赋予你们的使命。”

秦立张了张嘴巴，似乎准备反驳。阿瞳却是竖起了一只手指，示意他闭上嘴巴，然后才又继续说道：“至于后来，他向这城市内的民众复仇，要血洗波顿城，便是错上加错。等到他临终之前，又将这错误的仇恨托付给当年懵懂无知，只知道服从的你，这错误，便已可谓是罪孽深重了。”

秦立眼神中刚刚燃起的火苗似乎熄灭了一阵，紧接着，一股诡异的潮红浮现在他苍白的面庞上：“他是我的父亲！这是他交付给我的任务！自我记事开始，他交代给我的每一件事，我都完成得天衣无缝！我是他最大的骄傲……”

“他已经死了！秦立！”阿瞳的声音中透出前所未有的威严来，“他不会再责难你，也不会再奖赏你了。你想过没有，当你完成他托付给你的这最后任务，你又能去做什么？满城的百姓！你连桃桃也想一起杀死吗？”

秦立呆滞地看着阿瞳那张秀美的脸蛋，脸上的潮红缓缓退却，取而代之的，是病态的，疲惫的苍白。

阿瞳看他神色，心知火候已够，当即缓缓吐了一口气，用自己能够使用的，最为温柔的声音说道：“你怎么就能忘了呢？你父亲当年给了你两个选项，要么报仇雪恨，要么放下仇恨，好好地活下去。”

满目苍翠的绿色从城市斑驳的尸体上茁壮而生，充满磅礴生命力的植物破开钢筋水泥的围城，欢欣雀跃地追寻头顶暖融融的阳光。

浑身赤裸，只剩下一条底裤遮蔽住要害部位的少年站在这陌生的森林中间，抬着一张清秀的小脸四下打量，眼瞳中满是震撼。

自记事开始，他便被告知穹顶之外是死地，是人类完全没有办法生存的土壤，所以在被下令驱逐的那一日，他便做好了必死的准备。然而等到他从剧烈的传送波动中清醒过来之后，展现在他眼前的，却是这样一个生机勃勃的世界。

似乎是想起了什么，少年止住了打量四周的眼神，一个闪身躲进了身旁的一丛灌木之中，伸手向自己的底裤之间摸索了一番，接着将一个小小的深紫色金属物件从底裤的暗兜内拿了出来。这块金属不过巴掌大小，外形酷似一柄小剑。少年将这小剑握在手中，轻轻捏了一下，长舒了一口气来，似乎在这完全陌生的丛林之中，这件近乎算是个玩具的小东西，能给他带来最大的安全感。

少年把玩了一阵小剑，接着又将它收入了底裤内的暗兜内，然后缓缓站起身来，用力撑了一个懒腰。从林间的轻风吹拂到他赤裸的皮肤上，带来一阵舒爽清凉，少年清秀的小脸上浮现出一股子如释重负的微笑，紧接着，那笑容便彻底凝固在了他的脸上。

那舒爽的轻风陡然变得剧烈起来，随着风势渐强，无数林间飞鸟被惊起，咋咋呼呼地飞掠上天空。而那万里无云的空中，一架浑身漆黑的，形状仿佛巨鹰一般的飞行器正在缓缓下降，这强烈的罡风便是从它双翼间巨大的涡轮推进器中喷射而来。

在那飞行器的机翼之上，雕刻着一幅奇异的图案，那是赤、蓝、绿、白四个重叠在一起的椭圆。四个椭圆交错的地方，则是一种诡异而深邃的黑色，一种明明涂抹在黝黑材料的表面，却也能明显识别出来的黑色。

那双雕刻着奇异图案的机翼愈来愈近，终于要贴到邹斯威的脸上，于是，他睁开了自己的眼睛。

眼前还是那空旷的大厅，与之前不同的是，被漆黑辉光覆盖的城市核心此时已经完全恢复了之前明亮的蓝色。那“王座”之上，站着一个模糊的人影，从那高瘦的身型看来正是秦立无疑。

“你醒得越来越快了，看来那沉浸式体验仪的副作用快要过去了。”充满磁性的声音在邹斯威身后响起，只把他听得打了个激灵，人还躺在地上，脑袋里还是昏沉一片，脸上却已经换上了一副习惯性的笑容。

邹斯威一个翻身从地上站了起来，刚准备说话，脚步却是一阵虚浮，膝盖一软，差点儿又倒在地上。好在此刻身侧伸出了一双嫩白小手，扶住了他的身体。阿瞳开口说道：“你方才在驾驶波顿城的过程中力竭了，直接昏了过去，此刻是秦立在接替你的工作，做最后的收尾。”

阿瞳的怀抱虽然温暖，但想到此刻与自己说话的是“他”，邹斯威赶忙打了个激灵，勉力站稳了身体。接着他挑了挑眉毛，带着一丝疑惑地问道：“兽潮退了？”

“退了。”阿瞳丝毫不介意邹斯威方才的举动，点了点头，然后说道，“我全程旁观了你的计划，非常凶险，几乎每一步的完成都是在拼运气。”

邹斯威挠了挠脑袋，笑了笑说道：“那运气不也是实力的一部分吗？最后这兽潮不是也退了吗？”

阿瞳挑了挑嘴角，带着一丝讥讽说道：“你还真以为是你击退了兽潮？实话告诉你，你就算把波顿城的储备弹药全部打光，也没有办法击退这兽潮。”

邹斯威瞪了瞪眼睛，然后说道：“那这兽潮是怎么退的？难道是……秦立这小子回心转意了？”

“不然我出来干什么？”阿瞳翻了个白眼，然后抬起眼睛，看向“王座”上的秦立，说道，“这兽潮本就是穹顶建立之初，便赋予秦家巩固自己城主地位的统治手段，若不是他停止呼唤兽潮，那城毁人亡就是命中注定的下场。”

“所以……你跟他说什么了？血海深仇，说放下就放下了？”

“讨论了一下对错罢了。”阿瞳挥了挥手，并未细讲，然后转过头来看向邹斯威，说道，“好了，我给你说这些，只是想告诉你一件事儿，我们答应你的事情，也算是都做到了，没有我们的帮助，你的计划根本无法实施，就算最后实施成功，也没办法保下你这条命。现在轮到你兑现你的承诺了。”

邹斯威不动声色地捏了捏自己裤裆内的暗兜——方才他在驾驶“波顿城”之前，便将穹顶钥匙收在了里面——拍了拍胸脯说道：“放心，作为01序列的观察员，我这儿有的是推举名额，带你进入戎卫前庭不过是分分钟的事情。”

“既然你有的是推举名额，那把他也带出去吧。”阿瞳伸出一只葱白手指来，指向那站在“王座”之上的秦立。

“他？这种疯子我带出去干吗？”邹斯威嘴巴上几乎是不假思索地反驳道，心中的念头却是再次翻滚起来，开始迅速分析答应阿瞳这个条件的利弊。本来他从一开始便将穹顶钥匙交给了秦立，杜绝了“上边儿”那些人直接读取钥匙内的“观测记录”，得知他此行的具体过程，但若是带着秦立去到戎卫前庭，那无疑是在自己身边带了个不定时的炸弹——秦立想要屠灭一城之人是罪大恶极，他邹斯威搞了个毒计，把这波顿城半数人搞到家财散尽，甚至轻生寻死，也不是什么小动作。更何况，秦立还与阿瞳不同，阿瞳去到“上边儿”还有别的所求，肯定不会轻易暴露自己，但这秦立……

似乎是看出了邹斯威此刻心中的小算盘，阿瞳微微一笑说道：“他若在戎卫前庭把你做的事儿都捅出来，你确实会直接丢命，但他自己不也难逃一死吗？他和你有什么要计较生死的恩怨吗？犯得着非得和你一命换一命？”

“可……为什么非要带他出去？”

阿瞳眯了眯眼睛，眼神中陡然蒙上了一层邹斯威完全看不透的迷雾，那迷雾中的彻骨寒意，激得邹斯威打了个激灵。片刻后，阿瞳说道：“为了穹顶的稳定，将一城人的性命交付于一家之手，此举虽是勉强合理，但我还是想问问他们……我们都是人，是谁给他们的权力讲这种理的？”

阿瞳口间吐出的，还是那个充满磁性的男声。但与之前的数次一样，邹斯威能够感受到，面前说话的人，绝对不是任何一个他认识的阿瞳。

这种古怪的陌生感，仿佛一张冰冷的大手，威严而决绝地按在了邹斯威的头顶，逼着他，用力点了点自己的头。

晨光照耀波顿城。

随着温柔的阳光铺盖在这硕大钢铁巨兽的四肢百骸，那鸣响了一夜的警报声，缓缓沉寂了下去。紧接着，一个温和了许多的电子声在城内响起："警报解除，兽潮已被击退。"

随着这通知的声音反复在城市上空回响，波顿城空旷的街道上，越来越多的人影出现，最终，这座经历过一夜战火洗礼的城市彻底复苏。

但城墙上的岳蛮还不敢松懈，去享受这劫后余生的欢愉，他站在城墙上，一边目送着折损了大半的盗匪团成员拖着疲惫的身体鱼贯入城，一边在通信器内下达指令："各部清理战场，清点损伤……明将军，在吗？"

通信器内传来明涟漪疲惫的声音："末将在。"

"那入侵城内的怪兽解决得怎么样了？你手下那帮子新兵蛋子怎么样？"

"禀岳将军，昨夜有林家亲卫相助，已将入侵到城内的怪兽尽数屠尽。我手下儿郎折损数十，具体的伤亡情况还在统计。"

"休整停当后，便去将大统领请回来吧，群龙不可无首。"岳蛮怀着一丝复杂的心情说道，不等明涟漪答复，他又在通信器内说道，"小明，没事儿吧？"

"劳烦岳将军关心，犬子无碍。"明涟漪的声音中似乎多出了一丝宽慰，接着，老将军义正词严地说道，“末将领命，这就去寻大统领的下落。”

岳蛮微微点头，微微放松了一下心弦，不动声色地舒展了下自己的身体。随着这个简单的动作，潮水般的疲惫开始涌了上来，令这铁骨铮铮的汉子打了个哈欠。

秦书舟掩住自己的唇角，将那即将打出嘴巴的哈欠生生咽了回去——他不知道自己已经有多久没有像昨夜那样奔波了。

“老先生，如今兽潮已然退却，城内的警报也解除了，我此刻不过是去趟市政中心，您昨夜劳累了一宿，此刻还是回去休息吧。”即便他极力掩饰自己的疲惫，在他身侧的桃桃还是一眼看了出来，当即温言出口道。

秦书舟摇了摇头，脸上带着一丝无奈说道：“少夫人，还请您不要让老朽难做。昨夜里您偷跑了一次，夫人已经怪罪于我了，更别说您此刻去往城市核心，是要寻少爷的，老朽怎能不与您同路？”

听到秦书舟这番说辞，桃桃撇了撇嘴，望向了远处的市政中心，秀目之中隐隐透出一丝担忧来。随即，她像是想起了什么，转而又问道：“老先生，您是什么时候投身林家的？我在林府中这么多年，怎么从未见过您？”

秦书舟叹了口气，眼神中闪过一丝追忆。片刻后，他似是苦笑了一下说道：“当年秦家一夜之间倾覆，我等效命过老城主的人，在整个波顿城内都有如过街老鼠，投身夫人麾下，不过是寻条活路，哪里敢抛头露面？此番如果不是少爷回来，我等估计依旧难以得幸，重见天日。”

他这番话看上去说得是情深意切，但桃桃何许人也，如何不能听出这话中什么关键信息都没有透露？当即也就放弃了继续深究的想法，一行人终是陷入了令人尴尬的沉默之中。

好在桃桃心中担忧秦立，对空气中这近乎凝固的气氛也就多出了一分无视来，漫长街道于是转瞬即逝，市政中心的广场已然在望。

但想要这般直接走过去显然是不太可能了，远远地桃桃就看见一群身着城卫军铠甲的兵士将那广场前的路围了个水泄不通，想要前往市政中心的市民竟然被全数拦住，场面一时间显得有些混乱。

秦书舟却是一眼便从这些兵士中将昨夜里有过一面之缘的明涟漪认了出来，心中当下有了计较，准备前去求个通融。正当他准备与桃桃报备两句之时，前方的人群中，陡然爆发出了一股剧烈的惊呼。

秦书舟抬眼望去，却见那伫立在市政中心正上方的硕大屏幕上，正在播放一段陌生的画面，这画面也不知是经过什么处理，看上去有些晦暗。

画面中，是一处仿佛地底的场景，昏暗的光线内，两只长相狰狞恐怖的锐角兽正咆哮着冲向一个蜷缩在角落中的小女孩。那小女孩显然是被吓傻了，环抱双膝，竟然是连声惊叫都发不出来。

正当广场上的众人为这几乎千钧一发的场景惊呼之时，一位看上去比那小女孩还要幼小的男孩从黑暗中冲了出来，毅然决然地站在了女孩身前，直面锐角兽那恐怖的利角，举起了自己稚嫩的小手，口中大喊道："退！"

一个小小的孩子如何能够号令残暴的荒原怪兽？就当大多民众捂住眼睛，不敢去看即将发生的悲惨画面之时，那两头锐角兽竟是真的止住了自己的脚步，两双满是红光的眼睛中掠过一丝迷茫，接着……缓缓转身离开了。

直到此时，那小女孩的口中才发出一声刺耳的惊叫来。那小男孩赶忙转过身去，张开自己小小的臂膀，将小女孩牢牢抱在了怀中，同时也掩住了她的嘴巴。

“别怕，一切有我。”小男孩稚嫩，但平静如水的声音随着无数个正在同步播放的屏幕，响彻整个波顿城。那小女孩眼中泪如雨下，却是也止住了惊叫，紧紧反抱住小男孩，死死不肯松开。

就当城内的民众长舒了一口气之时，那屏幕上的画面再次一变，阴暗昏沉的地底消失不见，取而代之的，是一间古意盎然的小小阁楼，两个孩子坐在楼前的台阶上，托着腮帮子，不知道正在发什么呆。

此时再看那小女孩，竟然已是长大了不少，婀娜的身段和清丽脱俗的脸庞都已初见雏形。而那小男孩，个头虽然蹿了一些，赶那女孩依旧差着一截，可不知为何，他那张小脸之上并未有着同龄孩子应有的稚嫩，反而透出一股极为老沉的平静。

发了半天呆，小女孩突然长舒了一口气，带着一丝忧愁地说道：“小栗子，妈妈今天带我去过温玉阁了，说是等我长大了，便将那处交给我打理。”

“怎的？你不想去吗？”那“小栗子”看向女孩的脸庞，敏锐地捕捉到了她的忧愁，带着一丝宽慰地说道。

“我……我不知道……”女孩在他的注视之下，似乎有些羞涩，低下了脑袋，抬起一只手，玩儿起了垂在胸前的一束秀发，呢喃地说道，“我怕我做不好，妈妈怪罪于我，我……”

小男孩伸出一只手来，轻轻将小女孩空闲着的另一手握在手里，他温柔而有力的声音再次响遍整个波顿城：“别怕，一切有我。”

画面再次变幻，这一次，依旧还是那小小的阁楼，但画面中的小男孩，已经变成了一个高瘦的青年。不知为何，他的脸色看上去异常的苍白。而那小女孩，却是早已出落得婀娜多姿，千娇百媚，她穿着一身亮红色的喜服，只是不知为何，一张恍若玉雕般的脸上，却是一点儿喜意都没有。画面中的她，转过身去，不知道说了句什么，就直接消失在了小楼的深处。

那孤独的青年木讷地站在小楼跟前，好半晌，什么话也没有说，什么动作都没有做。

最后，他抬起头来，看向眼前这幢小楼，小楼内，寒风阵阵，满楼桃红色的轻纱乱舞。青年人喉头微动，一字一顿地大声说道：“别怕，桃桃，一切有我。”

此情此景，这句话听上去分外突兀，甚至有些不知所云。但紧接着，不等众人心头疑惑成型，那硕大的屏幕上画面再次转变。

此次的画面不再晦暗，那画中的青年就站在屏幕的正中，在他的身后是一个硕大的亮蓝色光球，有见识的人顿时认出，那是波顿城的城市核心。

隔着屏幕，秦立眼神中难得透露出一股子似水的温柔，他缓慢而坚定地说道：“桃桃，你要记得，我爱你。”

说完这句话，秦立眼中的温柔尽数退却，取而代之的，是令人心疼的悲恸，他的嘴巴数次颤抖，却始终没有发出声音。

便在此时，屏幕上的画面彻底熄灭，在所有的像素光点退却的前一秒，一个平静的声音从那屏幕内传了出来：“桃桃，再见了。”

随着这声告别，整个波顿城内再次爆发出一阵惊呼，却并不是因为那屏幕上播放的内容，而是因为，就在市政中心的天空上方，透明的穹顶之上，出现了一道肉眼可见的缝隙。紧接着那道缝隙迅速扩大，蔓延，几乎是在瞬息之间，便吞噬了这片土地上，不知道笼罩了多久的天空。

还未等城内的百姓意识到眼前究竟发生了什么的时候，崩碎的天空之中，一架面目陌生的飞行器从天而降，飞到了城市核心的正上方。在全城人的注视之下，那飞行器的下端喷射出一道湛蓝色的光柱，击中了城市核心的屋顶。

下一秒，一个庄严肃穆的声音在整个波顿城，乃至整个波顿穹顶内响起："经观察，309 号穹顶'波顿'，符合开放条件，穹顶现已开放。广大穹顶居民，无须惊慌，戎卫前庭欢迎你们，进入人类文明的新纪元！"

剧变就在眼前，就在瞬息之间发生，饶是秦书舟这般经历过无数大阵仗的老人也难以在短时间内回过神来。等到那声音重复播报了三次，他才定住了心神，此时再看身侧，哪里还有桃桃的影子。

老人心下一慌，还未等出声呼唤，便听得前方的市政广场上传来一阵骚动。秦书舟赶忙看去，却是桃桃被几个城卫军兵士拦住了去路，正在奋力挣扎。

但无论她如何努力，也难近半步。末了，少女只能跌坐在地，绝望地仰起头，看向那焕然一新的天空，发出一声悲鸣："小栗子！我不要你走！"

秦书舟眼神中闪过一丝恍惚，赶忙随着少女的视线看去，只见那市政核心上方，空空如也，那架陌生的飞行器，已经变成了层云中间，一个遥不可及的小小影子。

也就在此时，广场上不知从哪里传来了第一声欢呼。这欢呼声，便像是一锅沸水中翻腾而起的第一个气泡，随它之后，无数欢呼声在城内各处鼎沸而起，直冲云霄。

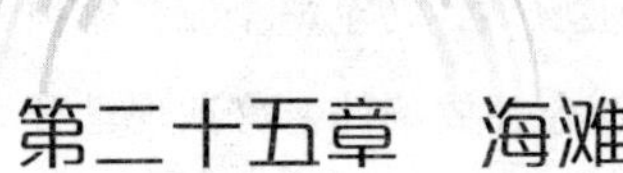

第二十五章 海滩

“维生舱已抵达指定位置，开始环境扫描，距离扫描完成10……9……”

“环境检测完毕，符合基础生存条件，无病毒感染源，可以执行出舱操作。”

“收到出舱指令，维生系统正在断电……能源模式切换至待机状态……舱门开启中……舱门开启完毕，尊敬的观察员，祝您任务顺利。”

伴随着电子音的彻底沉寂，邹斯威扭动了一下由于长时间休眠而显得有些不太灵活的身体，接着抬手推开了已经处于解锁状态的维生舱盖板。随着他的动作，一股绚烂的阳光投射到他秀气的脸上，刺得他不由自主地眯了眯眼睛。

也就在此时，一阵轻柔连绵的海浪声传进了维生舱内，与之同时而来的，是一阵包含着咸腥气息的微风。邹斯威愣了半晌，然后不假思索地拍了拍自己的胸口——他还穿着由戎卫前庭提供的维生装甲——伴随着他的拍击，胸口处的甲片打开一块小小的缺口，浑身漆黑的穹顶钥匙安静地躺在里面。邹斯威脱下厚实的金属手甲，伸出两根手指，将它从缺口内取了出来，接着手指微动，在钥匙表面轻按了几下，一张投影式的全息屏幕便出现在了他的眼前。

“任务目标：观测104号穹顶‘汉斯’。

“目标简述：该穹顶为第一代投建穹顶，根据已知信息，该处穹顶于新纪元101年彻底毁损，转变为荒原。新纪元1147年11月，‘天瞳’观测站反馈，于此处穹顶发现人类活动迹象。

“任务配备：观察员三人小队，队长：0105号观察员邹斯威，队员：0359号观察员秦立，0360号观察员林焱瞳，全地形维生舱三艘……”

等看完全息屏幕上的信息之后，邹斯威不由得压着声音，骂了一声出来。从穹顶“波顿”回到“上边儿”，举荐完阿瞳和秦立二人加入观察员序列后，他便被调度司送进了休眠舱，那时候，他还以为自己彻底摆脱了这俩“瘟神”，怎么想到，睡了一觉起来之后，居然还……

“我说你还要在那发呆发到啥子时候？”正当邹斯威怀着近乎悲壮的心情推断自己当前所处的情况时，一个熟悉的声音在他脑后响起，直惊得邹斯威背后冷汗如注，还没回头，便自动在脸上挂上了自己的招牌微笑。

但那声音的主人显然不懂伸手不打笑脸人的含义。邹斯威只觉得眼前一阵恍惚，一道白色闪电便准确地命中了他的耳朵，携着一股子巨力，竟然直接将他整个人从维生舱中拎了出来。

“疼疼疼，您可饶了我吧。”邹斯威伸出手来，搭在阿瞳纤细的手腕上，拼命泄力，才避免了自己变成“一只耳”的下场。

娇俏少女冷哼一声，松开了抓着邹斯威耳朵的小手，抱着一双手臂，语气不善地说道：“你刚才在这儿骂啥子？你该不会不满意我和秦立两个把你叫来一起吧？”

“怎么会，怎么会？”邹斯威连连摆手，并同时快速扫视了一下四周的情况。

此刻他正站在一片浅白色的沙滩之上，前方不到百十米处，就是蔚蓝而广阔的大海。遥远的海平面上，有一处黑魆魆的虚影，身着一袭纯白色维生装甲的阿瞳正站在他身前，在他身后大约百步的地方，一袭黑色维生装甲的秦立正缓慢而用力地伸展着自己的身体，显然也是刚刚从维生舱内爬出来不久。

看清周遭一切后，邹斯威收回了自己的目光，揉了揉自己还在发痛的耳朵，媚笑着说道：“我说，您这是有啥吩咐，咋又把我带上了？”

阿瞳翻了个白眼，没好气地说道：“你以为老娘想的啊？要不是戎卫前庭那帮子胎神说，观察这种第一代穹顶，必须要以三人小队的形式进行，而且还必须要有一个至少完成过一次观察任务的老手做队长，老娘才懒得喊你。”

邹斯威眼珠微转，心中顿时有了计较：看来此次的观察任务是阿瞳自主向“上边儿”申请承接的……难道说这处名为“汉斯”的穹顶和她……他们之前提到过的那个“缪斯”有什么关系？

心中有计较，邹斯威嘴上却是没有直接问出来，而是话锋一转，说道：“说起来，你们在戎卫前庭的日子过得如何？我述职结束之后，就被送进了休眠舱，都没机会关心关心你们。”

听到邹斯威此问，少女的脸上闪过一丝傲然说道：“就戎卫前庭教的那丁点儿东西，秦立那个小娃娃都能七科全优，还能难得住老娘？”

邹斯威点了点头，扭过脸去，冲着一言不发的秦立竖了个大拇指。后者却是依旧面无表情，似乎完全没有看见邹斯威的赞赏。邹斯威也是不做计较，看向阿瞳又说道：“那……咱，是不是现在开始做正事儿了？”

“还用你说？”阿瞳不耐烦地摆了摆手，说道，“老娘刚刚从维生舱头爬出来，就把无人机派出去了，这会儿估计初步扫描数据都出来了。”

阿瞳正说着，一阵细小的蜂鸣声自天空中传来。邹斯威抬头看去，却见五艘与穹顶钥匙模样相似的观察专用无人机正盘旋着从三人头顶缓缓下降。等到高度逐渐接近头顶高度，那五艘无人机便化作数道黑光，消失在了阿瞳的维生舱中。

邹斯威赶忙抬了抬手，示意自己的穹顶钥匙此刻还处于全息屏幕开启的状态，接着手指微动，将方才无人机回传的观测信息读取了出来。

随着他的动作，全息屏幕上出现了五块碎片式的图片，紧接着快速地在全息屏幕上拼接起来，像素点位快速耦合，全息屏幕内一张完整的地形图跃然而出。

只见一片蓝色的汪洋之上，在距离沙滩大约十五海里的位置，赫然盘踞着一座海上雄城。看见这座城的一瞬间，邹斯威的眉头便皱了起来——如果这座城市还在如同波顿城那般正常运转，那至少应该配备基础的反监视能力，无人机不可能传回这么清晰的画面。

心中有了疑虑，邹斯威手上便快速动作起来，飞速将地形图放大开来，并同时将生物信号反馈置顶。穹顶钥匙飞速地处理他的指令，很快，一条触目惊心的信息出现在了整个地形图的顶端。

“生物信号反馈数量：零。”

与之相对的，地形图放大之后，这座城市的详细情形也展现在了围站在全息屏幕前的三人面前：金属质地的城墙与建筑，早已因为缺乏保养而锈蚀不堪。不论是房屋还是街道上，人迹全无。更为让人心惊的是，在目所能及的，各个应该存在生物痕迹的位置上，全部充斥着恐怖的瘢痕——那是“洛基”病毒疯狂肆虐后的场景。

邹斯威咽了咽口水，半晌没能说出话来。直至此时，他才觉出四野中的一丝诡异来：这里太过安静了，除了海浪冲刷沙滩的声音外，什么旁的声音都没有。

一片死寂的大海之上，由三艘维生舱拼接而成的冲锋舟划开细细的银线。

海上万里无云，高耸寂静的穹顶基柱似乎就在眼前。随着逐渐靠近，那股子令人心悸的静谧感愈发强烈，若不是此刻冲锋舟飞速运转的螺旋桨声响无时无刻不充斥在耳边，邹斯威都怀疑自己有没有足够的勇气撑到抵达目的地。

数海里的行程转瞬而逝，邹斯威一行人终于抵达了被选定为观察点的穹顶基柱——这是第二代穹顶特有的基础设施，在穹顶修建之时，需在选定的区域内投放这类硕大的金属仪器，然后再在基柱之间撑开穹顶。由于“汉斯”穹顶修建位置的特殊性，能够在海面之上被观测到的基柱只此一座。

这座基柱不知道已经停止运行多久了，黝黑的金属表面上满是被海浪和海风侵蚀的痕迹。在靠近海面的位置，有些甲壳生物以及藻类植物攀附的痕迹，但在那些痕迹之上，遍布着恐怖的瘢痕，不用说，心狠手辣的“洛基”病毒连这些低等动物的性命都没有放过。

看到这骇人一幕，邹斯威不由自主地转过头去，看向了正在船尾释放观测无人机的秦立，他简直不能想象这位面色苍白的青年是如何从疫病的魔爪下逃脱性命的。

似乎是感受到了邹斯威的目光，秦立冷漠地回望过来，然后异常突兀地开口说道："你我皆是第三代穹顶内的第五代选民，还未出生，便有了一定与'洛基'较量的资本。再加上我父亲当年给我注射的病毒是经过一定灭活的，我这才有了活命的可能。"

邹斯威尴尬地笑了笑，想要出言辩解，却不料秦立已然埋下了头去，继续通过自己的穹顶钥匙操作飞翔在天际的无人机，根本没有听他说话的意思。好在一旁的阿瞳此刻出来打了个圆场，用力拍了拍邹斯威的肩膀说道："我说，队长，你娃儿这个时候有心思担心别个，不如好生想哈我们要咋个继续观察任务。"阿瞳一边说着，一边把自己的穹顶钥匙递了过来。

却见已然开启的全息屏幕上，有两个随着观测无人机运动，不断更新的观测画面，一幅画面内是此处穹顶基座裸露在海面的部分。短短几句话的工夫，无人机便已飞跃了基座的顶部，回传的画面也没有什么出人意料的结果——除了基座锈蚀的金属表面，就是完全失去能源供应，不知道关闭了多久的穹顶运作部件。

而另外一幅画面显示的内容则要丰富许多，这是基座海面之下的观测画面。随着下潜深度的提升，无人机已经进入一片漆黑之中，开始一边发射高强度的观测灯光一边回传画面。灰白色的画面内，穹顶基座的表面早已爬满了瘢痕，然而比这瘢痕更加触目惊心的是，在那钢铁铸就的基座之上，竟然出现了数道狰狞恐怖的锯齿状裂痕，以及无数螺纹状，似乎是由巨力挤压产生的变形。

"这是……"邹斯威呼吸一滞，只觉得一股子刺骨的冰寒自腹腔内奔涌而出，席卷到他的四肢百骸，令他连将后续话语说出嘴巴的力气都丧失了。

"这是生物袭击的痕迹。"帮着他把话说完的人是秦立，身材高瘦的青年已经离开了船尾，走到了邹斯威身边，"相信我，在荒原上活了这么多年，我对这种痕迹的判断绝不会出错。只是，这袭击产生的痕迹未免也……太大了一些。”

邹斯威一脸沉默地听完了秦立的发言，心中那股子冰冷的恐惧感愈发沉重。片刻后，他似是突然醒悟，大声说道：“停止探测！关闭无人机的探测灯光！”

秦立皱了皱眉头，虽然他暂且还未明白邹斯威为何会下达这么古怪的命令，但手上的动作却是丝毫没停，迅速向海面下的无人机下达了返程指令。然而……还是晚了。

全息屏幕之上，负责海底探索的无人机画面陡然闪烁了一下，一个硕大的深紫色吸盘出现在了画面之中。紧接着，那幅画面就彻底黯淡了下去。

邹斯威见状，当即大吼道：“将维生舱行动模式改为飞行，赶紧离开海面！”

有那最后的画面刺激，其余二人哪里还有质疑。只见阿瞳手指在全息屏幕上一阵点击，冲锋舟后方的螺旋桨迅速离开了舟尾。伴随着一阵轻微的机械鸣响，滑动至舟体两侧，然后飞速旋转起来，搅开海水和空气，缓缓将冲锋舟送离海面。

就在舟上众人松了一口气之时，穹顶基座旁的海面上，一个硕大的漩涡赫然形成。在那漩涡旁边，数道漆黑虚影划过，掀起滔天海浪，破开漆黑的海面。

那是数条深紫色的，几乎比穹顶基座还要粗壮的硕大触手，在那触手之上，遍布着尖锐骨刺，以及硕大的吸盘。

也不知道是飞舟启动的声音过大，还是那隐藏在海面之下的硕大怪兽能够将海面之上的场景尽收眼底，那些狰狞恐怖的触手几乎是在冲出海面的瞬间，便锁定了还处于缓慢攀升期的飞舟，席卷而来。

阿瞳眼疾手快，通过全息屏幕操控着飞舟在空中闪转腾挪，勉强躲开了几根触手的席卷。一旁的邹斯威更是直接打开了维生装甲的武器模块，自背甲之后掏出了一柄崭新的热能枪，手指飞速扣动扳机，瞬息之间便将热能枪的储能倾泻掉了大半。靛蓝色的热能光束恍若利刃，无情地破开触手上的骨质层，竟是直接将三条触手生生打断。

“拉升！阿瞳！拉升！”就在此时，秦立的惊呼声响起，高瘦青年万年古井无波的语气中，极为罕见地透露出巨大的恐慌。

听着他叫喊，邹斯威埋头向飞舟之下看去，只见海面之上，硕大的漩涡之中，一个丑恶无比，硕大无朋的“圆球”破海而出。伴随着一阵刺耳的尖叫，那圆球的顶部裂开一道黑黝黝的巨口，无数闪着寒光的尖锐利齿裹挟着几乎令人眩晕的恶臭，冲向悬停在半空的飞舟。

邹斯威面不改色，将手中的热能枪调节至迫击模式，冲着那张巨口将热能枪内最后的储能全部倾泻而出。只见三发人头大小的热能光弹拖拽着耀目尾焰，冲进了那张黝黑巨口，直将那口内布满黏液的粉色生物组织一一照亮，最后，在黝黑的巨口尽头，化为三团充满毁灭意味的烈焰。

伴随着热能光弹的炸响，那丑恶的圆球竟是被直接击穿，还未冲至飞舟近前，便颓然倒了下去。邹斯威却是不敢有丝毫怠慢——因为那些粗壮的触手依旧还在海面之上飞舞——大喝一声：“枪来！”

一旁的秦立早有动作，自飞舟底部的舱盖内取出两柄热能枪，一柄递给了邹斯威，将另一柄握在手中。二人并无什么语言交流，枪一入手，便开始向着海面之上那些还在肆虐的触手飞速射击，热能光线在这恍若沸腾的海面之上交织成一张巨网，欲将那些触手尽数撕碎。

就在此时，海面的漩涡内再生异变，那颗被击穿的“圆球”还未沉入海面，数颗丑恶“圆球”竟然自它身边再次冲出海面。细数之下，足有八颗之多!

“这是九头虫吗？”邹斯威大骂一声，手中的热能枪再次转换为迫击模式，将最后的储能转换为五枚热能光弹，射向冲飞舟扑击而来的“圆球”。一旁的秦立也是如法炮制，将火力尽数倾泻，一时间每颗“圆球”至少都领到了一枚热能光弹。

然而经历了“同伴”的惨痛教训，那“圆球”似乎也是学聪明了，并不提前张开巨口，而是直挺挺地向着热能光弹冲撞而来。刺目的爆炸闪光后，除却最前方的两枚“圆球”被生生炸裂，剩下的圆球虽有毁损，但却是势头不减，再次扑来。

“阿瞳！”

邹斯威的喊声中终于透出了一丝绝望，那厢的阿瞳却是丝毫搭理他的意思都没有，而是专心致志地操控着飞舟拔升高度。电光石火之间，飞舟化作一股海上青烟，扶摇直上，堪堪与那巨口内的利齿擦肩而过。

邹斯威见状，顿时长舒了一口气。然而还未等他将这口气彻底从胸腔内排出，那些扑了个空的“圆球”，竟然再次张开另一张巨口，数道深紫色的水柱自这张口中喷射而出，竟是直接命中了飞舟底部!

“检测到强烈腐蚀损毁！求生舱即将失去能源供应！坠毁倒数9……8……”

几乎是顷刻之间，刺耳的警报声便在飞舟内部响起。万般无奈之下，邹斯威只能大吼一声：“穿好维生装甲！保持穹顶钥匙开启！二位，我们有命再见！”

伴随着他的吼声，强烈的失重感自脚下传来。紧接着，滔天海浪遮蔽视野，邹斯威只觉得眼前闪过一道湛蓝色的光芒，接着便没了意识。

第二十六章　海底

这是一棵不知年岁的巨大榕树，亭亭如盖的树冠几乎将这河谷中的天地彻底遮蔽，密集而粗壮的气根延伸至地面，重重交叠，竟是独木成林。

老榕树的正前方，是一面与四周静谧悠然的丛林气息格格不入的莹白色光幕。在这光幕四周，零散地遍布着一些能量管束、微型信号发射站，以及一座形似电话亭式的“站台”。

邹斯威此时就在这站台内，脸上挂着标志性的谄媚笑容，低垂着脑袋，以一种极为恭敬的姿态举着自己的穹顶钥匙站定，似乎在等待着什么不得了的大人物出现。

半晌，一个洪亮而温厚的声音从光幕内传来，打破了林间的寂静：“第 0105 号观察员邹斯威，经过检测，你的穹顶钥匙内并未记载此次观察任务的观察细节，戎卫前庭希望你能够予以解释。”

邹斯威眼珠微转，做出一副思索回忆的表情，片刻后，他才将早以和阿瞳与秦立串通过的腹稿说了出来。

这是一个孤胆英雄扶大厦于将倾的故事，作为这个故事中的主角，邹斯威在进入波顿穹顶的第一时间，便被波顿城的实际掌控者卫君禾手下的盗匪袭击了，手中的穹顶钥匙被那些有眼无珠的盗匪当作值钱宝物搜刮而走。但他始终心系观察者的任务与使命，即便是被盗匪奴役，当作苦力，投入到荒原上的采矿工作中，他依然不忘初心，积极搜集情报，观察穹顶内的情况。最终在同为俘虏的秦立与阿瞳的帮助下，他终于逃出生天，并掌握了卫君禾在波顿穹顶内所做一切恶行的证据，其中包括但不限于：构陷波顿城前任城主秦岳，在波顿城内外经营盗匪与黑帮，欺压平民百姓，暗箱操纵波顿城内的股票市场，以“割韭菜”的形式大肆敛财，放任荒原之上的怪兽肆意繁衍，最终导致波顿城被史无前例的兽潮袭击，等等。

最终，在秦立与阿瞳两位得力助手的帮助下，邹斯威孤军深入，进入了波顿城的城市核心，战胜了盘踞此处的卫君禾。并通过穹顶钥匙联系上了戎卫前庭，在兽潮即将摧毁波顿城的危难时刻，成功启动了波顿城的防御姿态，抵挡住了兽潮袭击，并在第一时间上传了有关波顿城的观察报告至戎卫前庭，成功完成了观察任务，让波顿城的千万子民，终于摆脱了穹顶千年的笼罩，在戎卫前庭的福泽之下，真正进入了人类文明的新纪元。

总而言之，一句话，丧尽天良的事儿都是那个已经变成尸体的卫君禾做的，而他邹斯威则是匡扶正义，救万民于水火的真正英雄。

故事至此告一段落，林间再次陷入了长久的静谧。也不知道那光幕后的人是去核实邹斯威这个故事的真实性了，还是被他这种英勇义举彻底震惊，无法言语，总之，在邹斯威脸上的肌肉都要因为那招牌式的谄媚笑容变得僵硬之时，光幕之后，再次传来了那个温厚的声音：“编号 0105 号观察员，你的事迹值得赞颂。鉴于秦立以及林焱瞳两位

‘野火’在此次任务中的突出贡献，你的推举也成功生效。现在，请回归戎卫前庭的怀抱，静待下一次任务的下达。”

就只是赞颂就完了？邹斯威站在原地挠了挠脑袋，心中难免有些失落。早知道是这个结局，当初自己就把故事编简单点儿，说了这么大一段，就来句口头表扬，他自己都替自己干燥发疼的嗓子有些不值。

但回想起离开波顿城之时，在戎卫前庭前来接引的飞行器上，看到的那座雄城，那些劫后余生的百姓，听到的，那因为摆脱穹顶束缚而鼎沸而起的欢呼声，邹斯威也就没有那么计较了——这么想来，还有什么奖赏能够超越拯救一座城市之后，心底里那种发自肺腑的自豪感呢？即便……当初差点儿把这座城市毁灭的灾难多多少少与自己都有些关系……

“编号 0105 号观察员邹斯威，请回归戎卫前庭的怀抱。”

光幕之后，催促的声音响起，将邹斯威从沾沾自喜的情绪中惊醒。他尴尬地笑了笑，揉搓了一下自己的脸皮，扬起头来，脚步轻盈地走向那片光幕。片刻之后，光幕内闪过一道湛蓝色的光芒，然后便消失了。

与之一同消失的，还有邹斯威，以及地面上那些能量管束和信号塔。几乎一瞬间，这座被巨大榕树笼罩着的河谷，便再次回归了平静，就像方才的一切都没有发生过一样。

如出一辙的眩晕感充斥着邹斯威的身体，多次经历传送养成的良好潜意识让他尽量保持着自己身体的平衡。然而沉重的维生装甲却将他重重地拉向地面，眼看就要结结实实地摔个狗吃屎，一双纤细的手臂从旁侧伸了过来，牢牢抓住了他壮硕的身体。

邹斯威侧脸看去，只见一片昏黄的光线之中，阿瞳那纯白的维生装甲正在散发着柔和的蓝光——与他失去意识之前看到的那道湛蓝光线似乎同源。

“这是……随机捕捉传送？‘上边儿’什么时候给观察员配备这么好的装备了？”脑袋虽然还是一片昏沉，但并不影响思维的运转，邹斯威几乎是瞬间便判断出了当前的情况，毕竟他与阿瞳初次相遇的时候，便已经有过一次几乎同样的经历。

见他能够正常说话，阿瞳松开了把持住他身体的双手，带着一丝疑惑的意味说道：“解放波顿穹顶这么大的功劳，戎卫前庭就没奖励你点儿什么？”

邹斯威注意到此时阿瞳发出的是那充满磁性的男声，当即顾不得身体的不适，调动起了自己的十二分精神，微微咳嗽一声说道：“‘上边儿’也是够偏心的……得亏阿瞳兄弟你早有准备，不然我们这会儿估计早就在海里喂鱼了……”

邹斯威一边说着，一边打量着四周的环境，二人此时身处一条脏乱的小巷内，虽然维生面甲过滤了空气，但他依然能够嗅到空气中一股子难以言喻的腥臭气息。显然，他们此刻还处于海洋的范围内。但紧接着，邹斯威就察觉出了一丝不对劲儿来，小巷之中只有他与阿瞳，那位浑身黑甲，面目苍白的青年不见了踪影。

“秦立呢？”邹斯威出声问道。

阿瞳耸了耸肩，带着一丝无奈说道：“当时的场面过于混乱，我能在半空之中捕捉到你，做随机传送，难度已经堪比登天了，实在没有办法再把秦立一起传送过来。”

按照邹斯威原本的认知，秦立这种不定时炸弹要是死于这场意外，他本应该开心才对。可此刻，他竟然手忙脚乱地从维生装甲下取出了自己的穹顶钥匙，打开了全息屏幕，将小队成员的生物信息调了出来，仔细查看。在确定秦立的生物信息为存活之后，竟是松了口气，心中产生了一丝欣喜。

邹斯威在那里查看秦立信息的时候，阿瞳全程抱着手在一边旁观。待得青年扬起头来，再次看向自己，他才又开口说道："别着急高兴，他虽然还活着，但是信号偏差的距离太远了，短时间内想要他归队基本不太可能。"

邹斯威摇了摇头，用力踩了踩脚下的土地，然后抬手指了指头顶那昏黄的光源，岔开话题说道："这……又是哪里？我们之前不是已经远程扫描过'汉斯城'了吗？那早就是一座死城了，怎么还会有能源供应？"

阿瞳却是并未直接回答他的问题，抬手指了指头顶的"天空"，示意邹斯威看得再远一点儿。

邹斯威于是顺着阿瞳的手指看去，却见头顶是一片漆黑如墨的深黑。但与寻常的夜空不同，这片深黑之中并没有闪烁的星辰或者明亮的月光，取而代之的，是一缕缕柔和却又充满力量感的波光。

邹斯威瞳孔放大，心中满是震惊，他看向阿瞳，后者则是微微点头给了他一个肯定的答复：

此处，是位于万顷波涛之下的海底。

"哈维尔！调整轮机状态，将全舰转换为缄默前行模式。"

"乔伊！矫正锚炮弹道，充能全部的锚弹。"

"罗平！把导航舱的雷达画面共享到舰长室的操作台上。"

通信频道内，乔丹船长的命令正有条不紊地下达。随着她的命令，在碧蓝波涛中快速穿行的"锤头鲨"号捕猎潜艇开始迅速改变自己的形态：纺锤状的船身后端，粗壮有力且经济实惠的螺旋桨叶收束而起，四个耗能巨大的“涡流推进器”接替了船体的推进任务，不断吸取海水，并向后推流，这让“锤头鲨”号在自己的前进路线上不断起伏，看上去就像是一只铁了心要偷袭猎物的硕大乌贼。在这“乌贼”头部，四个黑黝黝的锚炮发射器缓缓地打开了发射舱盖，被吸光涂料涂刷得黝黑的锚弹悄无声息地露出了自己的獠牙。

“即将进入预计伏击海域，该海域为旧城沿海，距离旧城遗址大约五十海里，海床平均深度为三百五十米，当前海流速度……”导航员罗平先生干哑的嗓音在舰长室内回荡，听得乔丹船长皱起了一双秀眉。她有些没好气地拽过了控制台上的通信器，又急又快地说道：“说能说得清楚个屁！给咱雷达画面！另外，全员把通信模式调节至骨质传导。”

似乎是听出了船长声音中的不耐烦，控制台上的显示屏立刻闪烁了一下，接着复杂而详尽的导航舱雷达画面便出现在了控制台的显示器上。乔丹船长秀目微闪，片刻就将整个雷达画面的信息解读清楚，她马不停蹄地接着下令道：“提升航速至八十节，航向为九点钟方向，下潜至二百九十米深度，导航舱关闭雷达，改为光学观察，共享观察画面至各个平台，咱不想说第二遍。”

身下坚实的钢铁传来细微的震动，这代表着“锤头鲨”号正在以接近它极限的速度航行。紧接着显示屏再次闪烁，雷达画面消失不见，取而代之的，是一片光线微弱的灰蓝色海水。

乔丹船长秀眉微微舒展，多年捕猎潜艇的服役经验给予了她极为敏感的洞察力——这片海水的颜色不太正常，虽然依旧是灰蓝色，但依稀透着些深紫，这种颜色她再熟悉不过，这是“海兽”血液的颜色，这让她心中积压已久的那个疑问终于有了答案。

二十个自然日前，“锤头鲨”号接到紧急命令，从“碧波城”的港口出发，追捕一头出现在可燃冰开采边缘的“海兽”——这些长得像带触手的肿瘤聚合体一般的硕大怪物，有着目空一切的领地意识，一般来说，只要是它们游过的海域，都会被它们极为霸道地标定为自己的领地。而当这领地与人类的领地重叠之时，便是“锤头鲨”号这样有着正规编制的捕猎潜艇大展身手的时机，他们需要在怪兽洄游之前，将它用锚弹钉死在深海里。

追捕刚刚开始，便陷入了极为困难的境地，这头海兽的行为完全超出了常理，它就像是接受到了什么指令，一直保持着六十节以上的游动速度在海中活动，并且根本不做休息，一连二十天，它连正常的进食捕猎都从未进行。直到昨夜凌晨时分，定位标记才终于显示，它在这片靠近旧城遗址的海域停下了自己的脚步。

彼时乔丹船长脑海里有过一个非常不好的猜想——这也是她为什么会这么暴躁地对待罗平先生的缘故之一——对于海兽这种没有脑子的生物来说，一切异常的举动通常都意味着繁衍动作的发生。她可不想自己的爱船在毫无准备的情况下，闯入这些怪物的约会现场，那代表着“锤头鲨”号极有可能要单枪匹马面对两头以上的海兽。

好在，眼下的情况和她的猜想大相径庭。据她所知，海兽可没有某些人类的变态嗜好，它们的繁衍行为往往轻柔而绵长，根本不会伤害彼此，也就不会出现眼下这种状况：深紫色的海兽血液在灰蓝色的海水中大片大片地飘荡，几乎将这片海域变得无法视物。

“七点钟方向发现海兽，目测距离五海里，深度为一百米。”正当乔丹船长松了口气，准备在一片紫色的混沌中仔细寻找目标海兽时，通信器内传来了大副乔伊先生的声音。

显示屏上的画面随着乔伊先生的话语迅速放大，一个纠结着的黑影出现在画面正中，那正是这次的目标海兽。正如乔丹船长的猜测，它的情况糟糕无比，不止数条粗壮的腕足被齐齐击断，几个硕大的，圆形脑袋也在向外喷涌着紫色鲜血。

这是哪个外行人干的？热能武器不要钱吗？一向吝啬的乔丹船长看到这一幕，心中没来由地一痛。海兽是一种极为狡猾的生物，它的身体构造便能说明这一点，这种恶心的东西同时长着数个心脏，以及数个大脑，像面前这种通过热能武器“爆头”或是“断足”的方式最多只能将其重伤，真正要击杀这种怪物……

“目标进入锚弹杀伤范围，锚炮弹道已校准，随时可以发射。”乔伊先生的话语打断了乔丹船长心中的碎碎念，她赶忙收拢心神，快速下令道：“先打一发试试，这畜生应该是不行了。”

“收到！”

通信器内传来乔伊先生的回音，紧接着，一道黝黑寒光自“锤头鲨号”的脑袋飞射而出，在颜色驳杂的海水中破开一道细细的水线，准确地命中了那几乎丧失了行动力的海兽身躯。伴随着一声几不可闻的细响，无数刺目的苍蓝色电弧自锚弹命中的位置绽放开来，那重伤的海兽在这死亡之花中剧烈扭动了一下，接着便没了动静，缓缓向着海床沉去。

“收紧锚绳！罗平，保险起见，做个生物信号扫描，确定一下这畜生是不是真的死了。”乔丹船长一边下令，一边在心中继续碎碎念道：“你看，咱这才是正确而经济的处理方法，在这深海里，通了高压电的锚弹才是真正的杀器……”

“船长！有异常情况。”乔伊先生的声音再次响起，不知何时，他将通信模式切换出了骨质传导，这让他的声音听着有了感情——惊恐焦急的感情。

乔丹船长却根本没有心思计较他此时违背命令的行为，因为她此时的注意力完全被屏幕上重新出现的画面吸引了过去：只见浑浊的海水中，靠近海兽丑恶“脑袋”的地方，一个身着漆黑装甲的物体正在和海兽尸体一同下沉，那东西长着胳膊长着腿，似乎……是个人。

乔丹船长在心中怒骂，这里怎么会有人的？老天保佑这个倒霉蛋，别跟着海兽一起被电死了，不然咱得花多少价钱，才能把这整艘船上的人给封住口啊！

第二十七章　归来

海的尽头是一处岬角
船到此处
前进或者转弯
都是回来
你和你的长桨
安静武装一轮太阳

那些塞壬浅唱
即刻出海吧
海拉休憩
不贪食粮
你和你的长桨
再抹上鲸脂琼芳

天空与大地与海洋

我们只能选一个地方安葬

要死在一起啊

死在一起

你和你的长桨

在这轻柔歌声刚刚响起的时候，秦立便醒了。只是他一直微微闭着眼睛，肢体上不敢有任何的动作，竭尽全力，想要把自己伪装成一个死人。

这是他多年以来在荒原之上养成的本能，在确定自己曾经失去意识，再次醒来的时候，不要做任何多余的动作，因为你完全不知道等待自己的是一个黑洞洞的枪口，还是一张布满利齿的怪兽巨口。更何况此时此刻，自四肢百骸传来的尖锐疼痛提醒他——在这段昏迷的时间内，他的身体曾经遭受过几近死亡的重创。

这种时候，戎卫前庭配给的维生装甲就起到了至关重要的作用。秦立微微眨动眼皮，便将整个维生装甲调节至了视点捕捉的操作模式。

紧扣着的维生面甲屏幕上闪过一丝只有他能看见的微光。接着一块亮度极低的光屏在秦立眼前展开，他用自己的目光在那屏幕上飞快点击，不多时便查看起了整个装甲的当前状态。

“维生护盾损毁 70%，损毁来源：物理冲击；武器模块状态良好，自带热能枪剩余能源 100%；装甲机能损毁 43%，损毁来源：高强度电能冲击；装甲核心状态良好，装甲当前能源剩余 99%，距离上次充能时间：23 小时，充能模式：自动吸收逸散高压电能。”

秦立挑了挑眉毛，维生护盾的损毁他能够理解，毕竟在失去意识之前，他亲眼看着一只硕大的紫色触手抓住了自己的身体。但剩余的装甲状态却着实让他有些摸不到头脑——这怎么看怎么像，自己在被那巨大的海洋怪兽抓住之后，还被一道雷劈过。

但此刻显然不是深究这个问题的时候。秦立再次眨了眨眼睛，关闭了装甲信息面板，打开了维生装甲的外部摄像头，开始不动声色地观察起四周的情况来。

入眼首先是浅白色的灯光，以及一块透着略微锈意的铁质天花板。天花板下那座浑身散发着简洁耐用信号的操作台，和操作台前正惬意地跷着一双长腿，举着一瓶麦酒痛饮的女人都在表明，此处不是什么囚笼。而身下柔软的床铺以及床头上摆放着的一束干枯的花束，则告诉了秦立另外一个信息：他此时应该躺在这女人的床上，对方很有可能是在那场怪兽的袭击之中，救下了自己的性命。

秦立这才渐渐安下心来。在女人将那首不知名的歌曲唱至最后一个音节，准备开始重复的时候，他微微张开了嘴巴，发出了一声痛苦的呻吟。

女人动作惊慌地收起了自己的一双长腿，把麦酒放在操作台上，一个箭步便来到了秦立的床边——她三十来岁，长得并不算出众，但利落的短发，以及一身清凉短衣下的健硕身体无时无刻不在向外散发着健康活力的气息。

“你醒了？”女人的声音里带着一丝愧疚的情绪。秦立敏锐地捕捉到了这点异常，接着极为痛苦地点了点脑袋——这倒不是他演出来的，就这么一个简单的动作，差点儿疼得他再次昏迷过去。

“我……我不知道怎么把你脑袋上这该死的玩意儿打开。”女人伸出手来，想要帮助秦立，却是一副无从下手的状态。

秦立迟疑了片刻，最终身体的疼痛战胜了他内心里所剩无几的警惕。他眨了眨眼睛，打开了自己的面甲。伴随着一阵轻微的机械响动，房间内的灯光照射到他的眼睛上，刺得他眯了眯眼睛。随之而来的，还有一股厚重的，怪异气味——闻着就像是有人把一块在海水和尿液里浸泡过的金属块按在了他的鼻子上。

“……水……”秦立费力地说出一个字来，他的声音嘶哑得连他自己都快认不出来了。

那女人点了点头，重复了一遍秦立的话语，一双满是英气的眼睛在房间内四处打望起来。“水……水……”她说了两遍之后，脸上露出一丝有些尴尬的笑容，“抱歉，我这儿暂时没有水，麦酒倒是不少，你要不……先凑合来点儿？”

“谢谢。”秦立简短而直白地说道。

女人忙不迭地点了点头，转身打开了操作台下的一个小小冰柜，取了一瓶全新的麦酒出来，右手大拇指微微一顶，竟是直接顶开了麦酒的瓶盖。接着她走上前来，微微扶起秦立的脑袋，把酒瓶凑到了秦立的嘴边。

冰凉而充满气泡的液体奔涌进秦立的口腔，就像是干涸的大地终于迎来一场瓢泼大雨。他本能地用力吞咽，却不料一股气流呛入了气管之中，引来一阵剧烈的咳嗽。这一咳不要紧，那原本就足够难堪的疼痛感被瞬间放大，剧痛钻心，秦立只觉得眼前一黑，竟然直接一头栽倒在了女人健硕的怀抱当中。

“平安港”作为“碧波城”最大的港口，繁忙和拥挤已是常态。与之相应的，“平安港”四周的各式产业也是非常发达，你能随时在这里找到可以一掷千金的地下赌场，也能寻见能够让你声色犬马的欢场。至于想要在这里找一间不需要任何身份认证就能入住，并且可以用碧波货币之外的任何值钱物件儿支付房费的小旅馆，那更是不费吹灰之力的事情。

邹斯威此时就站在这样一个房间内，他刚刚用一枚高爆手雷换了一周的入住资格。从这房间满是发霉痕迹的墙面，以及那张看上去还没地板干净的床铺看来，他很明显地被人敲了竹杠。但现下，他根本没有心思去关心这些问题。

因为躺在那张床铺之上的阿瞳出了大问题。

邹斯威依稀记得与少女的第一次见面，那时的她因为多年在地下休眠的缘故，皮肤白皙得像是罹患了严重的疾病。不久之后，由于波顿城热情似火的阳光，少女的皮肤终于变得正常起来，呈现出一种健康的小麦色。这段时间的分别之后，或许是在“上边儿”经过了一番保养，少女的皮肤再次恢复白皙，但不再是之前那种病态的苍白，而是无时无刻不透着生命活力的白色……总而言之，他从未见过阿瞳的皮肤是现下这种，充满了诡异的粉红色。

好在阿瞳此刻人还算清醒，看见邹斯威眼神中略带的惊慌，她出言安慰道：“不用过于担心，这种情况在我们身上曾经出现过很多次了……老娘明确告诉你，这不是感染了‘洛基’病毒，你看你那个样子，你在怕个锤子？”

邹斯威的眉头并未因为阿瞳的宽慰而松开，整张脸上的神色反而变得更加难看起来。阿瞳自己或许不清楚，但邹斯威却是听了个明明白白：方才在说这段话的时候，阿瞳口中最开始发出的，是那充满磁性的男声，然而几乎没有任何停顿，“他”的声音便转换为了那略带泼辣的女声。

“我现在究竟是在和谁对话？是阿瞳，还是阿瞳兄弟，或者……是你们？”思虑半晌，邹斯威决定还是直接出言询问来得好，对于他来说，阿瞳的状态至关重要，两人一起出生入死的经历放在一旁不谈，现在他们还在执行观察任务，“她”如果持续维持现在这样的古怪状态，说不得“上边儿”便会质疑“她”的精神情况和观察员资格，并且对之前解放波顿城的任务报告产生怀疑，这么一来……

“是我们。”阿瞳用沉稳的男声给出了一个肯定的答复，“包括你看到的，这具身体的异常状态，也是因为我们现在的状况有些不太稳定……咋个了嘛？和哪个说话很重要吗？你那是啥子眼神？小心老娘把你眼珠子抠出来。”

邹斯威自动无视了阿瞳后续用古方言讲出来的威胁，他清了清嗓子，想了想还是在脸上挂上了习惯性的微笑，接着说道：“阿瞳……兄弟姐妹，我这不也是担心你们的身体状况吗？毕竟现在咱还在外边儿执行任务不是。要知道，咱身上都揣着有穹顶钥匙，如果‘上边儿’看到你现在这个情况，那咱好不容易给你们申请下来的观察员资格岂不是……”

阿瞳脸上露出一个极为勉强的笑容，开口说道：“如果你是担心戎卫前庭会因为我的关系，追查波顿城解放事件背后的真相，那大可不必，毕竟……你先等等，我先说完，乖啊……毕竟，不谈我们放开你来波顿穹顶执行观察任务，与我相遇是不是偶然，你给戎卫前庭编的那个故事是不是真的天衣无缝，我就问你一件事儿，你是怎么加入戎卫前庭的？”

邹斯威张了张嘴巴，正准备回答，却不料阿瞳摆了摆手，继续说了下去：“光是身体检查应该都来了好几轮吧？那么，你觉得戎卫前庭会不会因为你的推荐，就在我这里省略那些烦冗的程序？我身上这么明显的问题，以戎卫前庭的手段，能检查不出来吗？”

邹斯威呼吸一滞，眼神中透露出一丝恐慌来——阿瞳所说的这些问题，他不是没有考虑过。只是对于他来说，“上边儿”再怎么神秘，再怎么心怀鬼胎，毕竟也是给了他新生命的地方，有些真相……他不过是不愿意思考罢了。他清了清嗓子略微有些颤抖地说道：“或许只是因为目前需要执行‘世界补全计划’，人手过于稀缺，‘上边儿’不想错过你这样的人才……”

阿瞳并未对他的话语做出评价，而是用一种平静甚至略带祥和的目光注视着他，直到他自己收敛了声音，把这蹩脚的借口吞进了肚子里。

“邹斯威，不论这一切背后的真相是什么……”阿瞳见他住了嘴，才又开始继续说话，只是这一次“她”的声音又产生了变化，就如同邹斯威曾经在波顿城中见识过的那样：话语虽然清晰，但始终感觉语气之间有一层模糊的错觉，似乎在阿瞳那张娇俏的少女脸蛋上，笼罩了一层难以揭开的迷雾。少女似乎并未注意到邹斯威的神色，因为自己的声音产生的变化，“她”稍作停顿，继续说道，“真相是什么，其实应当与你的关系都不大，你现在需要做的是，先找到秦立。至于我，我自己会想办法解决我现在的问题。”

听见少女的这个提议，邹斯威只觉得自己一个脑袋两个大：当初自己究竟是怎么想的，怎么就答应这个祖宗把秦立那家伙一起带上了戎卫前庭？片刻之后，他长叹了一口气出来，彻底卸下了自己脸上的伪装，用一种极为真诚的语气说道：“好吧，最后的问题。”

阿瞳此刻已经埋下了头去，解开了自己胸口处的衣扣，露出了衣服下的维生装甲，打开了装甲的医疗面板，从里面取出了一直标注着拥有镇定作用的浅蓝色药剂。听见邹斯威的提问，“她”又看向邹斯威，接着微微点了点头，示意他提问。

邹斯威直视少女的双眼，似乎想要透过“她”眼神中的雾气看清楚“她”的内心究竟在思考着什么：“这次你主动承接下这个任务，是不是和你之前与我提到过的，那个‘缪斯’有关系？那东西……究竟是什么？”

这个问题就像是旷野上的一阵疾风，几乎是瞬间，便将阿瞳眼眸中的雾气吹了个干干净净，“她”带着一丝木讷地看着邹斯威的眼睛。半晌之后，少女的唇角毫不费力地泛起了一丝苦笑，“她”开口，用那低沉的男嗓说道：“我只能回答你第一个问题，我们这次选择这个任务，确实与‘缪斯’有关，至于‘缪斯’是什么，我告诉你，我也不知道，你相信吗？说起来，你还记得波顿城内的那个第二代沉浸式体验仪吧？实不相瞒，其实我也曾经尝试过，躺上去，想要看看自己沉睡之前的记忆。猜猜看，我看到的是什么？什么都没有，邹斯威，我的记忆……是一片空白。”

在平安港的一片欢呼惊叫声中，拖拽着“海兽”巨大尸骸的“锤头鲨”号捕猎潜艇缓缓入港，在自己的专属检修泊位上停了下来。

舱门刚刚打开，乔丹船长的通信器内便收到了来自“碧波城”城市核心的嘉奖令。她毫不在意地通过舰内广播系统将嘉奖令广播了出去。接着自操作台上转过身来，看向坐在矮床上的秦立，说道：“咱已经到港了，你怎么说？”

身材高瘦的青年此时穿着一身略显臃肿的船工服，正举着穹顶钥匙查看全息屏幕。听到乔丹船长的发问，他微微抬起苍白的脸来，说道：“你们救下了我的性命，我给你们带来了一只被打得半死的海兽，至于我身上的伤势，也在你们的照顾下好得差不多了，这非常符合你说的那个什么‘碧波法则’，等价交换，我们两不相欠。”

乔丹船长撇了撇嘴巴，似乎是略微松了口气，接着她说道：“你的……朋友怎么样了？他们什么时候来和你接洽？咱还要在平安港休整起码五个自然日，这期间如果你没有去处，可以暂时待在船上。”

秦立摇了摇头，站起身来，迟疑了片刻，还是在脸上挤出了一丝笑容，然后说道：“不必了，我刚才通过定位系统查看过了，他们……他此刻就在这港口外面等我，我们还有任务。”

乔丹船长听见“任务”二字，脸上闪过一丝略显不屑的神色，嘴里喃喃说了句：“‘上边儿’下来的人……”不过紧接着，她便从手边的文件柜里掏出了一张皱巴巴的名片来，递到了秦立的手里，说道，“那咱就不送你了，这是咱的联络方式，你先收好，在这儿有什么需要帮忙的，随时可以和我联系。”

秦立点了点头，接过名片，却也不细看那上面的信息，只是将名片收到了船工服的口袋里，然后试探性地向着舰长室外迈出了脚步，见乔丹船长丝毫没有阻拦自己的意思，便大踏步地离开了。

乔丹船长看着青年高瘦的背影消失在低矮甬道的尽头，拿起手旁刚刚开启的一瓶麦酒，正准备喝上一口，却不料通信频道里，传来了罗平先生干哑的声音：“船长，那‘上边儿’来的小子要走了，你们……都谈拢了吗？”

“放他离开。”乔丹船长抓过话筒，极为不耐烦地说道，“你们都看到了，当事人对咱们的误伤都不做计较了，所以，咱希望大家接下来在面对事件调查员汇报的时候，能管好自己的嘴巴。还有，罗平，你什么时候能长个记性？咱说了多少次了，用骨质传导和咱通信！你是觉得你那副公鸭嗓子很好听还是怎么回事？”

第二十八章　相见

“她这样……持续多久了？”看着床榻之上似乎已经完全熟睡过去的阿瞳，秦立皱着眉头问道。

邹斯威苦着脸将阿瞳床头那支镇静剂捡起，随手扔进了房间内那个看上去和垃圾差不多的垃圾桶，然后才说道：“从我们刚随机传送到这里就开始了，算起来，已经有五天了。”

秦立点了点头，微微叹了口气，接着说道：“希望这镇静剂能起作用。让她先休息吧，有些事，我们出去说。”

邹斯威心中虽然觉得有些古怪，不过也倒没有计较太多，只是点了点头，转身离开了卧室。待得秦立走了出来之后，随手便将卧室的门关了起来。

狭小的客厅内，只放着一个矮小的茶几，以及两张颜色看上去非常可疑的皮质座椅。两个人都没有坐上去谈话的打算，而是非常默契地一同站到了窗边。

昏暗的海底没有昼夜之分，窗外的“碧波城”笼罩在昏黄色的灯光氛围内，看上去就像是某个生了重病，面色蜡黄的老人。粼粼波光自穹顶投射到这老人的脸上，似是给他戴上了一层轻柔面纱。

“我们不是第一批到达此处的观察者。”秦立无心观看此时窗外的景色，语气沉重地将自己从乔丹船长那里得知的消息说了出来，不等邹斯威发表言论，他便继续说道，“我们也有可能，不是这大海里唯一的‘人’。”

“你等一等。”邹斯威举起手来，做了个暂停的手势，说道，“时间没有那么紧迫，咱慢慢说……先讲清楚第一句话，啥叫我们不是第一批到达此处的观察者？”

“这里的人知道戎卫前庭的存在，好几年前便有观察员来过这里。当时‘碧波城’还针对是否解放，加入‘世界补全计划’举行过一次全城的民主投票，结果是他们拒绝了开放自己的城市，明确向戎卫前庭表示，不需要我们的帮助。”秦立面无表情地说道。

“好几年前？怎么可能……我是第一序列的观察员，‘波顿城’是我的第一个观察任务，难道说……”邹斯威口中喃喃自语，紧接着，他眼瞳中闪过一丝明悟，语气迟疑地说道，“难道说在我这个序列之前，还有一批观察员？”

邹斯威摇了摇头，强迫自己将这个信息，以及心中的其他疑惑先放到一边，然后说道：“还有第二句话，什么叫作，我们也有可能，不是这大海里唯一的‘人’？”

秦立打开了自己船工服的纽扣，从内侧的口袋里拿出了一本薄薄的，有些泛黄的册子，然后说道：“这是‘碧波城’人人皆知的事儿，按照我接触到的原住民的说法，这本册子里记载的事情，发生在旧城‘汉斯’时期，这是我们和他们第一次有迹可循的接触。自这次之后，‘汉斯’的穹顶基柱便不断遭受巨大海兽的袭击，直到最后，‘汉斯’

的民众迫不得已，全城迁徙，进入海底，建立了‘碧波城’。”

邹斯威深深呼吸，平复了一下自己此刻惊疑的心情，接过了那本泛黄的册子，定睛看去，只见册子的封面上用十分常见的印刷体写着四个大字：深渊重潜。

在这四个大字的下面，还有一行非常小的字：

“人类对于深海的恐惧理应是与生俱来的。”

邹斯威再次深深呼吸，似乎有什么看不见的东西钳住了他的喉咙，在这种莫名其妙的恐惧情绪下，他缓缓地翻开了书页。

（第一部分，来自格林医生口述）

车开到这里，我已经确定了我选择接下这份活，跑到这个地方来，就是个错误。

这已经不算是一条正常的公路了，连最基本的柏油路面都没有，沙土和碎石铺就的路面不断考验着我驾驶的这台年迈的皮卡车。四周更是完全褪去了文明的影子，无数说不清年龄的树木不断开始侵袭我的视野。随之而来的，是一些我从来没有听过的声音，你甚至不能确定它是来自树林间的风声，还是来自某种完全没有被人类观测过的野兽喉咙。我不得不关上车窗，把自己封闭在狭小的空间里，才能保证自己不会被这种声音打扰到思绪，把全部的注意力集中到面前的路面上去。

但是这又给我带来了另外一重考验，因为这辆车的空调系统早在服役于它上一任主人的时候就罢了工，所以当我把车开到目的地——一栋几乎快被常青藤和牵牛花吞噬掉的小型木屋——的时候，我已经几乎要全身汗湿了，整个人看上去就像是刚刚经历过一场足以掀翻整个太平洋舰队的暴风雨。

我打开车门，拿上自己的公文包，走下车来，四周还是看上去就会令人毛骨悚然的树林。唯一能够让我感觉欣慰一些的是，那种骇人的声音这会儿已经完全听不到。我远远地打量着面前的这栋小型木屋，回想起自己在刚刚看到这个地址的时候那种欣喜若狂的心情——那时候我还以为自己遇到了什么隐姓埋名的乡绅土豪——不由得打心眼儿里冲着自己冷笑了一声。

出于职业素养，我走上前去，走过长满苔藓和蘑菇的前廊，在一大片纠缠在一起的藤条中间找到门牌号，再次确认了这个地方就是我的委托人给我的地址，然后摁了摁门铃。

没有反应。

我于是抬手又摁了摁，这次摁的时候我确定我的指尖碰到了一些黏稠的不明液体，我心里的那只骆驼被这最后一根稻草压死了。我一边翘着手指在被汗水浸透的口袋里寻找纸巾，一边下定决心，我最多再等上个十秒钟，这个门要是还不开，我就赶紧离开，趁着天还没黑，我还能重新回到外面的高速公路上……

门开了。

站在我面前的是一个形容枯槁的老年人，他看上去比委托人给我的照片要苍老得多，也消瘦得多，他整个人看上去几乎已经凹陷了下去。如果我的委托人所言非虚，那么这种明显不健康的体态，让我仅仅只是和他打了这个照面，几乎就能确定他一定是罹患了某种精神上的顽疾。

“您好，请问是陶德先生吗？”依靠着良好的职业素养给我带来的习惯，我问道。

“我是。”出乎我的意料，陶德先生的声音里透着一种和他的体态完全不相符的健康和活力，他的眼睛里燃烧着一股火焰，不是那种能让人感觉恐惧和害怕的火焰。

那是异常坚定的信念。

呆滞了一两秒，我说道：“我叫格林，是受人之托来这里，希望没有打扰到您。我相信在我来之前，他们已经设法通知了您，委托我来这里的人需要我问您几个问题，好确认一下您的……”

“精神状况？”陶德先生似乎是笑了笑，不过他的表情完全迷失在了他脸部纵横的皱纹里，“在他们告诉我之前，我就预料到会有这天了，你不用觉得拘束。孩子，进门来吧，喝口热茶，做个修整，看看你身上的衣服，你是从外边儿跑步进来的吗？”

我终于在自己的口袋里摸到了装着纸巾的塑料包装的一角，我一边费力地用两只不常用的，干净的手指把它从泥泞的深渊里解救出来，一边向着陶德先生笑了笑，试图缓解空气里尴尬的气氛。

陶德先生耸了耸肩，向后退了几步，于是一股突破了植物藤蔓坚固防线的阳光照射到了他的身体上。我这才发现他身上穿着的是一身极为考究的丝质睡袍，在氤氲着林间湿润空气的阳光里，他身上似乎亮起了柔光。这道充满奢侈品气息的柔光，让我心里关于“这是一个隐姓埋名的乡绅土豪”的想法瞬间死灰复燃。

我站直了身体，不动声色地把纸巾捏在自己的手心里，说道：“实在抱歉，先生，我在来之前没有想到会这么遥远。”

陶德先生点了点头，侧身给我让开一条进门的路来，又说了一遍：“请进。”

走过实木结构的门厅，在陶德先生的指挥下，我放弃了戴上鞋套的想法，怀着一种极为窘迫的心情，更换了一双干净的室内鞋，谢天谢地，我的双脚没有在这个过程中发出令我难堪的异味。

接着是充满着温暖明亮火光的客厅，这里不算整洁，不论是雕琢着考究花纹的茶几，还是皮质的沙发，甚至颜色亮丽的地毯上，到处都堆放着书籍和书写稍显凌乱的手稿。我稍微皱了皱眉头，因为在我来这里之前，我的委托人曾经明确地告诉过我，陶德先生在很多年前就丧失了读写能力……

“为了让我们轻易接受任务，”陶德先生突然出现在我的身后，我转身过去看他，发现他手里多了一个木制的托盘，里面是一把看上去非常精美的陶瓷制的茶壶，以及几个配套的茶杯，他一边把这些东西放到茶几上为数不多的空位上，一边继续说道，“他们总是会夸大病人的病状，然后让你觉得这趟活儿简直就是唾手可得。”

“他们？我们？”我敏锐地捕捉到了陶德先生语句里的代词。

他并没立刻答复我，而是在一张单人沙发上找到了一个舒适的位置把自己放了进去，然后才说道：“你就自己腾个位置出来坐吧，格林医生，注意别弄脏了我那些手稿就好。抱歉，娜塔莎——我是说帮我打扫房间的那位女士——得明天才能过来，这里已经一周没人打扫了，抱歉。”

我没有听他的马上坐下，我站在原地。

陶德先生看了我一眼，摇了摇头说道：“还能是什么呢？格林医生，我也曾经和您一样，是一名可以接受评估委托的心理医生，委托您给我做评估的那家公司以前也委托过我，做的也是你今天来这儿要做的那种工作。”

我挑了挑眉毛，这才想起陶德先生之前在门廊里的那个微妙的退步。

“想听听看吗？”

“什么？”

“当然是我当年的那个委托。”

“如果对我的评估有帮助的话……”

“那就请您坐好了，格林医生。说真的，我希望你能真的把这个故事当成一个故事来听。”陶德先生递过来一杯滚烫的热茶，在我再次发问之前讲了下去，把我的疑问悉数堵在了肚子里。

（第二部分，源自格林医生转述陶德医生所言）

和你一样，格林医生，我曾经也接到过约席克能源公司的委托，不过我的目的地要远得多，在太平洋汤加海沟上，夏柳 -23 可燃冰开采平台。

那是四年前的深秋，由于“塞壬”号台风刚刚在这附近施展过身手，整个开采平台上暂时还空无一人，我和送我过来的直升机飞行员是第一批到达这里的访客。

说实话，在这么一个时机接到这么一个古怪的委托，我心里也存着疑惑。不过这个时候的疑惑还仅仅只是限于我们熟知的范畴，你明白的，无非就是人类之间相互猜忌所产生的那种熟悉的疑虑。

哦对了，我似乎还没有详细介绍过我的委托，和你一样也是心理评估。我评估的对象是开采平台上一个可怜的重潜员，如果你在来之前有仔细调查过约席克能源公司，熟悉过他们的组织架构的话，你就会知道，重潜员几乎算得上是整个开采平台上最低级的技术工种了。他们领着非常微薄的薪水，干着整个平台上最危险的工作，日复一日的，背着沉重的单人重潜设备下潜到几百米深的，漆黑的海水中，检修或者是调试设备。在这种高压的工作环境下，这些可怜人难免会生出一些职业病，有肉体上的，也有精神上的，哪个先来找到他们，只是取决于这些可怜人的运气罢了。

我貌似有些跑题了？对了……那个可怜的重潜员，他是在“塞壬”号台风来袭之前最后一个下潜的，当时他的工作任务其实非常地简单，就是下潜到两百米左右，最后一次检查开采平台的锚定设备，确保等他们回来的时候，夏柳–23不会被可怕的台风吹走。

这就是一趟来回半个小时的活计，在这位重潜员开始下潜之前，谁也没有料到之后发生的事情。

他顺利地到达了两百米的深度，顺利地检查了锚定设备，在向控制台发送了一切完好的消息之后，意外发生了。

这位重潜员开始下潜。

没有任何人向他发出下潜指令，他也没有向控制台发报任何需要下潜的异常状况，他就这么下潜了。几乎是在他下潜的瞬间，控制台就失去了和他的联系，唯一能够获取的就是他身上的深度标识。而深度标识传达回来的信息却无比的荒谬，这些信息显示他就像是被人在腿上捆了千斤重的船锚，以一种完全超脱人类极限，甚至鱼类极限的速度开始下潜。如果这些信息都是真的，那么毫无疑问，这位重潜员已经被快速变幻的海水压力撕成了碎片。

因为他直接潜入了汤加海沟万米的深渊，然后又直接从这万米的深渊里回到了海平面上，来回二十公里的距离，他只用了不到二十分钟。

没人敢去回收他的单人重潜设备，当时所有人都以为那种最多只能支持一千米深度的潜水设备里面只有一团深海压力蹂躏出来的碎肉。谁也不愿意在休台风假之前看到这种倒胃口的景象，于是控制室里的几位观察员开始划拳决定谁是去“开棺验尸”的倒霉鬼。

就在这个当口，这位重潜员自己回来了，他就像根本没有经历过这场深海之旅一样，跌跌撞撞地跑回了开采平台，冲着所有碰见的人高喊道：“海里有人，海底上站着有人。”

海里是否有人？海底上是否站着人？

当然不可能有人，在那种环境下这位重潜员可能把一切生物都当作是人，一只深海里的发光乌贼都有可能是个人，所以这压根不是问题的关键，问题的关键在于，深度数据显示了这位重潜员到达了万米深的海床上，他现在声称那里有生物存在，不是什么蠕虫或者甲壳类，而是某种大型的，至少有一个人这么大的海洋生物，而且不止一个，那么这里就很有可能存在有某个新的生物物种群落。在这种地方，明显是不允许进行可燃冰开采作业的，如果这个事儿发生在平时，约西克公司自然有办法能够把它平息下去。

但是碰巧的是，这天是台风假前的最后一天，更巧的是，几乎整个开采平台上的人都听到了这个消息。约席克能源公司显然不可能冒着台风将至的危险把所有人都扣押在开采平台上，这些人一旦回到陆地，那么不用想了，整个穹顶都会知道这个消息。

所以他们把这位可怜的重潜员一个人扣押在了开采平台上，然后在最短的时间里找到了我，因此我才会在台风结束的第一天来到这里。

因为这是唯一的解决办法，那就是在动物保护机构，海洋生态机构，那些无聊的毫无建树的生物学家来到这里，把整个花了大价钱修建好的开采平台变成某种毫无意义的科研设施之前，对这位重潜员进行心理评估，并且确定他患有重大的精神疾病。

陶德先生讲到这里，停止了他的叙述。他微微立起脊背，喝了一口已经快要放凉的茶，然后看着我说道：“格林医生，如果我没有猜错的话，你也是一样的吧，来对我进行评估的。”

我点了点头，这确实没有什么好隐瞒的：“您在四年前所做的那个评定确实给约席克能源公司带来了巨大的困扰。在经历了四年的拉锯战后，夏柳 –23 可燃冰开采平台还是被宣布了停采，这是他们最后的机会……”

“找一个评估员来，把我也认定为精神病。”陶德先生耸了耸肩说道，“那么你准备怎么对我进行评定呢，格林医生？”

“我现在还不能得出结论。”我如实回答，“毕竟从我进入这里开始，您就没有让我正式提问过。陶德先生，您对过去的事件描述得再详细也并不能成为有力的佐证……”

“所以一定要通过问答才能够有所收获，是吧？”陶德先生微笑着说话，“孩子，你现在说的话和我当初对约瑟夫说的一模一样。”

“约瑟夫？”

“就是那位可怜的重潜员。”陶德先生说道，“他当时回答了我一句话，我觉得现在说给你听，也算得上是符合时宜。”

“他是这么说的：听好了，医生，我知道在你们的概念里，听到和看到并不一定就代表着真实，但是如果……我还触摸到了呢？”

约瑟夫的状况看上去糟糕极了。

天知道在台风肆虐的这几天里，这位被关在船员室里的可怜人经历过什么。我看到他的时候，他整个人都已经凹陷下去了，是的，凹陷下去，他消瘦得可怕，就像是台风并不是只在这里肆虐了三四天，而是整整三四年。

我找到他的时候他正端坐在自己的窄床上，用手指不断在金属的墙壁上写画。他是如此用力，以至于他用来书写的那根手指已经完全磨损了，这导致墙壁上留下了一段不断重复的血字：来我们的怀抱里吧，快来。

我站在旁边看了一会儿，怀着异常忐忑的心理，出言打断了他：“约瑟夫先生，您好，我叫作陶德，是一名心理医生，受您公司的委托，我来这里对您进行心理评估，请您不要紧张。”

约瑟夫先生转过头来，他眼底里的神色让我悄然放松。你我都知道，有些眼神不可能在一位精神病人的眼睛里看到，他们的眼睛可以是浑浊的，可以是充血的，可以是充满欲望的，但是永远不会是这样，自律、冷静、淡薄……清澈。

他说道：“我料到了你会来，陶德医生，请坐吧，我等你很久了。”

我把这归结于一个行业内老手的直觉，可能他在自己冲到甲板上，冲着别人喊自己发现海底有人的时候就意识到了今天，所以我说道：“我可能需要提出几个问题，需要您回答一下。”

约瑟夫先生点了点头。

于是我问道：“您宣称您在海底里看到了某种……‘人’，可否具体向我描述一下他的体貌特征？”

“五米多高，是高，不是长。”约瑟夫先生说道，“我之所以这么强调，是因为他就站在海床上，我能看见他长着鳃裂的脖子，长而壮实的四肢，他浑身覆盖着甲壳，我毫不怀疑这种装甲的坚固程度，因为我的单人潜水设备在那个时候已经开始向内挤压漏水了……”

“他不是一个人？”

“是的，他不是一个人，在他的周围，还有无数和他一样的人，确切来说。海底里有个城市，医生，您应该来自先进的地方，您知道的，就是那种我只能在电视上看到的城市，街道、高楼……这些都在海底。”

“好吧……可那是海底，深不见光。按照我这边获得的一些信息，您的重潜设备当时应该已经失去了照明条件，所以你是怎么……看到的？”

“他们有照明设备，他们有。”约瑟夫先生说道，似乎是为了笃定他自己的想法，他又重复了一次，“他们有照明设备，是狭长的，类似海带一样的东西，上面挂满了发着亮光的珍珠，盘踞在海底。那种光芒比我见过的任何一种电灯都要柔和，也都要明亮……”

听到这里，我心里已经开始感觉到迷茫了，约瑟夫先生表现出来的一切都不像是患有严重的精神疾病，他的叙述井井有条，并且非常完整，充满了各种细节。如果他是一个精神病人，那么他无论如何都说不出来这样完整的语句。

如果他不是，那么他所言的一切都在表明，这片大海里存在的，不止我们人类一个文明。

我到今天都还记得我当时的感受，就像是有一块坚冰顺着我衣服的领口滑落了下去，游走我的全身，把我冻得发抖。为了保持我的理智，我不得不继续问道：“谈谈您是怎么下潜的？您可算是创下了一个前无古人——而且也可能后无来者的记录。”

“不是我自己下潜的。”约瑟夫先生说道，他似乎是笑了一下，“就靠着那个制式的重潜设备怎么可能潜到那个深度？是他带我下去的。”

“他？”

“是的，他。”约瑟夫先生说道，他深深陷在眼窝里的眼球异样地向外鼓起，“这个过程时间太短了，医生，我一直都只能注意我面前的情况。等到我到达海底，适应了眼前的光亮的时候，我习惯性地开始打量四周，等到我转过头去，我便看见了……

“那是一双眼睛，医生，一双眼睛。他就站在我身后，用他长着厚实甲壳的双手抓着我的腰，他就站在我的身后，是他把我带下去的……”

说实话，现在回想起来，这是约瑟夫先生最接近神经质的时候。但是我并没有在意，我也根本没有办法在意，因为他一边说话，一边转过了身去，他指着墙上的字对我说道："医生，他就在我耳朵边上说了这句话，用的是我家乡的语言。我以我的性命保证，我没有听错，他说的就是这句话……"

"来我们的怀里吧，来我们的怀里。"我把这句话念了出来。约瑟夫先生没有转过头来，他就这么背对着我说出了那句话，就是我刚刚对你说的那句："听好了，医生，我知道在你们的概念里，听到和看到并不一定就代表着真实，但是如果……我还触摸到了呢？"

（第三部分，源自格林医生口述）

"他根本不可能触摸到。"我说，"那是万米深的水下，一旦脱离他的潜水设备……"

我说不下去了，陶德医生看着我微微笑了笑。我们都知道一个事实，那就是在万米深的水下，约瑟夫先生穿不穿他那身简陋的潜水设备其实都一样。

我觉得非常的窘迫，就像是又回到陶德医生给我开门，而我奋力地在自己的裤兜里寻找纸巾那一刻。为了驱散这种尴尬的气氛，我说道："陶德医生，您的回忆非常的精彩，但是我需要您知道的是，我们现在不是在讨论四年前那个名叫约瑟夫的潜水员，我是来给您做评估的，我需要了解的是您……"

"您准备问我些什么问题呢？"陶德先生一脸玩味地看着我，"您要知道，医师协会还没有吊销我的执照，这已经非常能够说明问题了。不过话说回来，格林医生，我猜约西克能源公司给出的价码不菲吧？其实不论您问我什么，您最后回到办公室里，都会签署一份我已经精神异常的评估报告，到我这里来走一趟，无非是想要留下些证据，比如高速路口的监控，往来的路桥发票这一类的痕迹，证明您真的来过我这里。我刚刚如果不开门，您是不是也就省去了很多麻烦，直接转身离开，之后昧着良心说什么都好……”

我更加地窘迫了。说实话，我在接受这个委托的时候就做好了这样的准备，就算陶德先生没有问题，我也可以把他搞出问题，比起正儿八经的精神评估，这其实才是我更为擅长的事情。但是不知道为什么，打进这个房门开始，我就那么言听计从……不过还好，我还有计划 B。

“您明白我的办事流程，陶德先生，我们毕竟算是一类人。”我说道，“所以您自然也不希望我对您做出什么不利的评定，看看您这所房子，别的不说，那位替您打扫房间的娜塔莎女士的工资想必都少吧……”

“我给您开个价，格林医生？”陶德先生坐直了，他瘦骨嶙峋的双手交织起来，放在下颌处，一双深陷在眼窝里的眼睛微眯着。

我点了点头，心底里那团火焰这时候旺盛地燃烧起来，我甚至毫不介意陶德先生现在能从我的眼睛里看到它们的热量，毕竟这就是我来的目的。

只要是钱就好了，谁给我的其实并无所谓。

陶德先生似乎是笑了笑，他冲着我身后努了努嘴，我于是顺着看过去。

我是怎么忽略掉它的？在我进门的时候。它就在陶德先生那一堆堆我连书名都认不出来的书籍之间，就在那一张张凌乱不堪的手稿之间……那颗硕大的珍珠哟！它就在那里，在客厅柔和的灯光下泛着柔光……

“上去看看它。”

我于是走上前去，把它从纸堆里取了出来，它足有我脑袋那么大，拿在手上沉甸甸的。随着覆盖着它的纸张缓缓脱离它滑腻的身躯，它的光芒才彻底绽放出来，我只觉得眼前一阵眩晕，心底里自动地回想起陶德先生的一段叙述来：“他们有照明设备，是狭长的，类似海带一样的东西，上面挂满了发着亮光的珍珠，盘踞在海底，那种光芒比我见过的任何一种电灯都要柔和，也都要明亮……”

“想到了？”陶德先生说，“你当然猜到了，四年之前我为什么会给约瑟夫先生做出精神良好的评定，格林医生。你只是没有猜到它们，它们才是真正的原因。”

“它们？”我能听到我声音里扭曲的抖音。

“嗯，它们。不过这是剩下的最后一个。”陶德先生说道，“其余的，都变成了你看到的这所房子，这所房子里的一切东西，包括你之前提到的，打扫房间的娜塔莎女士。”

“他带上来了多少？”

“一共四颗。”陶德先生说道，“我要走了其中一半，现在再给你一半，至于你要不要留下来一半去面对极有可能会找上你的心理评估医生，那是你需要去考虑的事情了。”

我背对着陶德先生点了点头，咽了口口水，飞快地把自己的西装外套脱了下来，把它装了进去，死死地裹住，生怕它的光芒再泄露一点儿出来。做完这一切我才小心翼翼地转过头来，看向陶德先生。

他还是坐在椅子上，眯着眼睛看着我，因为极度消瘦而生满褶皱的脸上神情莫名：“准备离开了，格林医生？还是想要听完我的那个委托的最后一段？”

我举起放在面前的热茶浅浅呷了一口说道：“不了，谢谢您，陶德先生。评定的事情，您就放心吧，精神病院的人想要打扰到您，必须先过我这一关。”

“那么……祝您一路顺风。”陶德先生站了起来，说道，“我就不送您了。”

我点了点头，开始向着门外走去，就在穿过门廊之前，我问了陶德先生最后一个问题：“冒昧问您一句，最后一句，陶德先生，为什么要选这里居住呢？毕竟……看上去不那么方便。”

“人类对于深海的恐惧理应是与生俱来的，格林医生，这里离大海足够远。”

车开到这里，我心里的石头终于落下了地，那股潜藏在我心底里的火焰现在已经蔓延到了我的脖颈上，熊熊燃烧，蒸红了我的整张脸。我不断打量着我的副驾驶，那里放着我的西装外套，那里紧紧地包裹着一个东西，那就是我心里这股火焰的源头。

由于事情顺利得出乎我的意料，天空还没有完全黑下去，文明的迹象又开始回到我的周围。不过为了防止那种可怖的声音再次惊扰到我，又或者是什么不相关的人看到我副驾驶上的东西，我还是死死地关着我的窗户。

也就是在这个时候，我察觉出了什么不对来。

车里有股味道，一股非常陌生的味道。

我减缓了车速，皱着眉头四下闻嗅，我可不想这种令人有些反胃的味道影响我现在的兴致，片刻之后我就确认了这股味道的源头。

那是我的手指。

一刹那间，我仿佛又回到了那个爬满了植物的门廊下面，我按了两次门铃，在第二次的时候，我明显地触碰到了一种黏糊糊的液体，于是我开始在裤兜里翻找卫生纸……我忽略了一件事……一件非常重要的事……

我按了两次门铃，但是门铃其实都没有响过。

有块寒冰顺着我的衣领滑进了我的脖颈，它沿着我的皮肤游走，熄灭了所有的火焰，它足够冰寒，让我根本没有办法驾驶下去。我于是停下了车，再去看副驾驶上的那个东西，它就在我的西服外套里面，可是我一直没有注意到的是，不知道什么时候，有一张陶德先生的手稿被夹带在外套里，被我带了出来。

它就在那里，而我一直都没有注意到，它就躺在我副驾驶的座椅上面，今天最后的一丝天光正照耀在它那光滑的表面上，并且在逐渐退却。我借着这最后一点点光，看清了那上面密密麻麻的字眼：我知道在你们的概念里，听到和看到并不一定就代表着真实，但是如果……我还触摸到了呢？

是的，其实我已经触摸过了。

是的，我明白我闻到的味道是什么了，那是海洋的味道。

“哒哒哒。”

车窗外传来轻微的敲击声，那块寒冰彻底冻住了我，我不敢回头，因为我知道我回头会看到什么……可是我不回头又能怎么样呢？

“他们有照明设备，是狭长的，类似海带一样的东西，上面挂满了发着亮光的珍珠，盘踞在海底，那种光芒比我见过的任何一种电灯都要柔和，也都要明亮……”

有什么珍珠会像带子一样串联起来漂浮在海里？如果约瑟夫先生没有疯，如果他说的一切都是真的，那么对于海洋生物来说，像带子一样串联在一起漂浮在海水里的，很有可能……是一串串的卵泡……

现在，它就躺在我的副驾驶上，在我的西服外套里，它说道：“来我们的怀里吧，来我们的怀里。”

（第四部分，源于旧城“汉斯”城市日志记载）

新历五十九年晚七点十五分，城市核心检测到外来入侵，入侵点为第十五穹顶基座，深度八百米海平面以下。

新历五十九年凌晨四点十一分，城市核心警备处接到市民格林·菲斯报案，该人声称自己目击了海底人类，并做出了如上陈述。

此次事件，被列为“第一次接触”。

第二十九章　归去

邹斯威长出了一口气，将那本泛黄的小册子合上，正准备说些什么，那厢的秦立却是先一步将那小册子拿到了手中，翻弄了一下，然后指着其中的一个名词，说道："看到这个名字了么，约席克公司？"

邹斯威点了点头，暂且放下了心中的恐惧，有些疑惑地问道："怎么了？"

"知道为什么'碧波城'拒绝了戎卫前庭的邀请吗？"秦立并不准备等邹斯威回答他的问题，而是自问自答道，"'碧波城'的前身'汉斯城'或者说'汉斯穹顶'，是编号为104的第一代穹顶，他们是距离史前历史最近的一批人，这里的民众知道很多我们不知道的事情，比如，这个约席克公司的图腾。"

说到这里，秦立将这本小册子翻到了封底。邹斯威这才发现，封底之上还画着一个图案，一个他再熟悉不过的，赤、蓝、绿、白四个相交在一起的椭圆。在这图案之下，写着一行小字：烈阳与新月交汇，恶魔出自约席克。

“这……”邹斯威瞳孔巨震，心中翻腾起滔天的海浪，“戎卫前庭的前身，难道就是这个什么约席克公司？”

“不排除这种可能。”秦立虽然早已有了这个猜想，但是此刻的脸色依旧不是非常好看，“按照‘碧波城’的记载，当他们和这个未知的海洋文明接触之后，对方曾经数次派遣海兽袭击旧城‘汉斯’的穹顶基柱，这个操作有没有给你一种似曾相识的感觉？”

“你是说……‘波顿城’的兽潮吗？”

秦立点了点头，面色凝重地说道：“‘波顿穹顶’是第三代穹顶，修建的时间要远远晚于‘汉斯穹顶’，至少从时间上来说，这个推论并没有什么冲突的地方。”

邹斯威的脑中，心思翻滚，之前与阿瞳议论过的种种异常被这本泛黄的小册子，以及秦立的言语彻底翻上心底。半晌过后，他摇了摇头，还是决定先把这些疑惑放在一旁，说道：“这些事情我们现在操心恐怕为时尚早，另外不论戎卫前庭以前是个什么样子，至少现在，他们在为了重建人类文明而继续努力。阿瞳现在还在病床上躺着，而且她已经明确告诉过我了，她选择执行这次任务，另有其他目的……”

“寻找‘缪斯’吗？她在来之前已经和我提过了。”

“所以，你的态度是什么？要不要帮她一起……”邹斯威话刚到一半，还没等秦立出言答复，窗外繁忙的“平安港”内突然响起了一阵刺耳的警报声。

“检测到航路异常！有未经许可的船只强行出港！请第五入港口船只紧急避让！”

随着这警报声同时响起的，还有一阵剧烈的炸响，耀眼的火光自“平安港”西侧亮起。看到这火光的瞬间，邹斯威和秦立的脸上齐齐变色——这种红白相间的火光几乎是戎卫前庭制式高爆手雷的基本标志。

来不及细想，邹斯威一个箭步打开了卧室的房门，向那张小小的床榻看去，只看见一件已成空壳的维生装甲，哪里还有阿瞳的影子？

在他身后，秦立飞快地打开了自己的穹顶钥匙，在全息屏幕上快速滑动一阵，然后语气有些冰冷地说道：“她把穹顶钥匙和维生装甲都留在屋里了，我没有办法追踪她的生物信号。”

邹斯威出口大骂，只觉得自己心中一股无名火起。正当他准备继续怒骂之时，斜眼却是看见了床头之上，还放着一张薄薄的卡纸。他强压自己胸口那不知道从哪里来的愤怒，走上前去，将那卡纸拿起，却见纸上写了两行娟秀的小字：

老娘自己去找“缪斯”了，你们两个莫要跟到来。

直接向戎卫前庭汇报此次观测任务进度，这是我目前能够想到的，唯一能够不牵连你们两个的办法。

留个字条，这俩都要一人一句的吗？邹斯威一边腹诽，一边将手中的卡纸递给了秦立。不知为何，这字条之上的小字，竟然如同一股清泉，轻而易举地就浇灭了他心中那股子怒火，他十分没脾气地笑了笑，然后继续看着秦立问道：“怎么样？还是刚才那个问题，你要不要帮她一起？”

“当然要帮。”秦立不动声色地将那卡纸放进了自己的怀里，开始不假思索地脱掉自己身上的维生装甲，一边脱一边说道，“这是我欠她的，你呢？”

面对秦立的反问，邹斯威苦笑了一下，并未直接回答，而是转而说道：“我能猜到她为什么要选在这个时候一人去寻找缪斯，这个问题其实在你回来之前我们两个就已经探讨过了。我与她的相遇，戎卫前庭如此轻易地就相信了我关于‘波顿穹顶’解放的汇报，甚至她能接到我们现在的这个任务，这一切看上去都是巧合，然而巧合太多，便有大问题。”

“你是说，戎卫前庭里有人，在利用我们？”

“准确来说，只是利用她罢了，我们两个不过是无足轻重的棋子。”邹斯威嘴上喃喃说道，心中却是不知为何，回想起那个娇俏的少女来，回想起自己方才那无名的怒火——现在想来，其实那愤怒大多源自对她的关心，回想起“她”那恍若白色闪电一般迅捷的身手，回想起“他”那磁性低沉的嗓音里暗藏着的狡黠智慧，回想起……她，那个被迷雾笼罩着的她，一字一句地问着自己：“邹斯威，这一城的人如果真的因为你的决定死绝了，你能承担接下来的后果吗？”

邹斯威摇了摇脑袋，最终说道：“听你说，你是坐一艘原住民的潜艇回来的？”

秦立点了点头，那张苍白且古井无波的脸上，泛起了一丝玩味的笑容：“怎么，你居然也想着帮她？”

邹斯威的唇角泛起一丝讥笑，不知道是在嘲讽他自己，还是在嘲讽某些不知名讳的所在。他一边取出自己的穹顶钥匙，与阿瞳的钥匙放在一起，一边说道：“你可别忘了，在波顿城是谁真正覆灭了你的计划。我这个人吧，虽然有些怕死，但真正不喜欢的，还是被人捏在手里，当玩具操纵。走吧，去见见你的救命恩人，另外，说不定我们还能验证一下你的那个想法——这海里的秘密究竟和你的‘波顿城’有没有关系。”

乔丹船长抱着一双手臂，站在“锤头鲨”号斑驳的外壳上，饶有兴致地看着“平安港”上那处火光四溢的缺口，一边看还一边摇头，说道：“啧啧啧，你们这位朋友的能耐还真是挺大的，单枪匹马跑到港里抢了艘船，还把警备处的十来艘轻型艇都给炸了个底儿漏，你们戎卫前庭的人都是这个身手吗？”

邹斯威带着满脸标志性的谄媚微笑说道：“要真有她那个本事，‘上边儿’也不会同时派我们两个来一起抓捕她。乔丹船长，我的提议如何？”

乔丹船长收回看热闹的目光，上下打量了一下眼前这个身型壮硕，长相清秀的年轻人，心头却是本能地觉得对方的笑容让自己有些不太喜欢。也不知道这个戎卫前庭是怎么搞的，出来的货色一个比一个奇怪，要么就是秦立那种万年面无表情的面瘫，要么就是这种……

心里虽然有些不适，但伸手不打笑脸人的道理乔丹船长还是明白的，她轻咳了一声说道：“不怎么样。”

邹斯威脸上闪过一丝尴尬神色，不过他并未直接出言，因为他听出来了，乔丹船长后面还有话没说完。果然这位船长撩了撩自己的短发继续说道：“秦立难道没和你讲过‘碧波城’的规矩吗？”

“您讲的是那个什么‘碧波法则’，等价交换？”邹斯威搓了搓手说道，似乎等的就是乔丹船长说出这句话。

乔丹船长点了点头，说道：“咱是有编制的捕猎潜艇，要咱直接出手帮你们去找那位目前已经被通缉的朋友，那是不太可能的。所以，咱能给你们最大的帮助，就是给你们一条小船。”

邹斯威点了点头，表示理解乔丹船长的苦衷。接着，他四下观望了一眼，解开了自己身上那件厚实的外衣，将内里的宽厚的胸膛，以及挂在胸前的一排高爆手雷和热能枪露了出来：“您看看这些货色怎么样？够换艘船了吗？”

乔丹船长只是瞥了一眼邹斯威的“藏货”，便摇了摇头说道：“热能枪？手雷？这些玩意儿拿到地面上还算是不可多得的好货，但咱这是在海底，咱的对手是海兽，在海里打仗，你这些东西，没一个好使的。”

邹斯威面露难色，将衣服合上，一只手却是不动声色地挠了挠脑袋。他身后站了半天的秦立看到他这个动作，终于是开口说道：“若是我们再帮你们杀一头海兽呢？”

听到秦立这话，乔丹船长一双不大的眼睛里登时放光，但是紧接着，她便眨了眨眼睛，强行将自己眼中的光芒熄灭了下去，然后说道：“要是真能杀得了海兽，那还真是绰绰有余。可现在城市核心没有发布狩猎任务，咱自己开船出去在大海里找目标，最快也得要个十天半个月的，你们那朋友到时候怕是跑得连影子都看不到了……”

“都说了是我们来帮你们，自然不会采用这样循规蹈矩的办法。”邹斯威拍了拍秦立的肩膀，那脸上的表情像是在介绍一件了不得的“商品”，“乔丹船长，您就瞧好了吧，我这兄弟的本事，那可真是大得没谱。”

乔丹船长心中有些存疑，但回想起之前“捡到”秦立的时候，他们负责捕杀的那头海兽的怪异表现，她也就将这些疑惑先放到了旁边。不过为了保险起见，她还是多说了一句：“咱倒不是不相信你们，只是任务之外的出海，需要咱们自己负担一切成本，咱丑话说在前面，要是到时候没能打到海兽，你刚才展示给咱看的那些个小玩意儿可得拿给咱。”

“我懂！我懂！等价交换嘛，‘碧波法则’嘛，乔丹船长，您就把心放在肚子里吧，我们戎卫前庭最讲究的，就是个遵纪守法。”邹斯威一脸谄媚地点头答应。他的全部精力都放在了与乔丹船长的对话里，却没发现他身后的秦立，在听到他这句话后，苍白的脸上，露出了一个极为鄙夷的神色。

“锤头鲨”号穿行在灰蓝色的大海中，按照邹斯威的要求，乔丹船长难得地违背了自己“经济实用”的原则，命令轮机长哈维尔先生在航行阶段就使用了“涡流推进器”，将整艘潜艇的速度开到了最大。

但随着距离“碧波城”的距离越来越远，乔丹船长心中那暂且搁置一旁的疑虑也变得越来越沉重起来——对方并没有给她一个具体的航行目标，只是要求她挑选了一条最为清净的路线航行。回想起之前“平安港”上发生的那起爆炸，乔丹船长心头更加担忧：这俩人只消那位“恐怖分子”一半的身手，就完全能够制服整艘船上的人，到时候还谈什么等价交换？直接抢了船就跑不是更划算？

想到此节，乔丹船长不动声色地将通信模式切换至了骨质传导，在不发出任何声音的前提下，向着舰载通信频道内下达了命令：“罗平，扫描一下方圆十海里内的大型生物信号，然后把结果直接传到舰长室来。记住，不要发出声音。”

她这边儿的命令刚刚下完，那边儿一直呆坐在她身后矮床上的邹斯威终于发出了声音：“乔丹船长，我们这会儿距离‘碧波城’多远了？”

乔丹船长神色丝毫不变，似模似样地看了一眼航路仪，然后说道：“我们出海已经七个小时了，‘锤头鲨’号按照你们的要求，一刻不停，一直以八十节的极限速度航行，目前距离‘碧波城’五百六十海里。”

邹斯威点了点头，说道：“在这个距离上，即便是海兽来袭，估计也不会影响到‘碧波城’了。秦立，接下来看你的了。”

身材高瘦的青年站起身来——他这般身高杵在矮小的舰长室内，属实有些憋屈，脑袋都快顶到天花板了——缓缓向着乔丹船长走来。乔丹船长依旧维持着脸上平静的表情，一只手却已经放到了操作台的下面，那里静静躺着一柄大口径的动能霰弹枪，在这个距离上，即便对面两人都穿着那身古怪的装甲，她也有信心在他们发难之前，一枪一个，送他们去见海拉。

但好在预想中的画面并未出现。秦立走到乔丹船长近前，低头扫了一眼操作台上那信息驳杂的显示屏，然后说道："还请船长配合我们一下，先把船停下，然后，船上应该搭载着声呐吧？"

"声呐？"秦立这个古怪的问题问得乔丹船长有些不知所措，船上当然有声呐，但自从花了大价钱给"锤头鲨"号装上了全景扫描仪后，她便再没用过那过时的古董玩意儿。

秦立无视了乔丹船长的困惑，自顾自地说道："是的，就是声呐，停船之后，将声呐打开，交给我操作就行——舰长室应该能够直接操作吧？"

秦立这副成竹在胸的模样，令乔丹船长松开了握着霰弹枪的手掌，微微点了点头，带着满腔困惑下达了指令："哈维尔，降速停船。罗平，检测下船上的声呐系统，没问题的话，就把操作权限共享到舰长室。"

或许是她之前在通信频道内下达的那条"不要发出声音"的命令被全船人都听到了，此刻两条命令下去，居然半个回应都没有。若不是此刻船身传来的轻微抖动，表示着"锤头鲨"号正在关闭自己的引擎，缓缓停下，乔丹船长都有再次出言，询问自己手下的冲动。

与此同时，罗平先生非常罕见地高效执行了船长交付给自己的任务，两个弹框几乎是同时出现在了操作台的屏幕上，前一个是"锤头鲨"号方圆十海里内的大型生物信号探测结果，后一个则是秦立要求的声呐系统操作权限。

好巧不巧，一旁的邹斯威此刻凑过脸来，瞥了一眼操作台上的信息，一眼就看到了探测结果上那个鲜亮刺目的零。他眼珠子一转，便猜到了乔丹船长方才干了些什么，不过他也没有出言点破，而是扭头看向秦立，说道："得了，船现在也停得差不多了，接下来舞台就是你的了，我就一个要求，控制点儿力度，别整太多。"

秦立瞥了邹斯威一眼，摇了摇头，说道："你能改改这动不动就把话说满的坏毛病吗？这只是个猜测而已，鬼知道能不能顶用？"

"试试看呗。"邹斯威满脸无所谓地说道，"实在不行，我们用强的，抢乔丹船长一艘小船，来日再给她把差价补上，不也能行吗？"

乔丹船长刚刚放下的一颗心因为邹斯威的这句话再次高悬，她几乎是下意识地就要伸手去摸操作台下的霰弹枪，抬头却看见那长相秀气的青年带着一股子意味莫名的微笑看着自己，于是只能尴尬地笑了笑，说道："邹兄弟，你这个玩笑开得可一点儿也不好笑。"

第三十章　缪斯

“这份导航地图你们收好。”乔丹船长带着一丝崇敬的心态将手中的存储器交到了邹斯威手里，“这是根据‘碧波城’警方通信频道的监听记录测算出来的，你们那位朋友的逃跑路线，后续如果有什么变动，我们会及时联系你们。”

邹斯威眼睛微微一亮，老实不客气地将那存储器接到了手心里，说道：“想不到还有这种买一送一的好事情，不愧是乔丹船长，做事儿就是讲究。”

乔丹船长尴尬地笑了笑，她可不会告诉邹斯威，原本她是想着这趟出航铁定空手而归，到时候直接讹邹斯威一套武器装备的，谁承想这俩戎卫前庭下来的人，还真有本事。

“等价交换嘛。”乔丹船长说道，“你们帮着我们打了那么大一头海兽，若我真是只给你们一艘小船，那也不用在‘碧波城’混下去了。”

邹斯威点了点头，不再多做言语，留下一句：“我们时间紧迫，下次再见，乔丹船长，和你们合作非常愉快。”便转身跟着秦立去了。

不多时，舰长室的通信频道里响起了罗平先生那干哑的声音："船长，那'上边儿'来的两个小子要走了，你们……谈拢了吗？"

"小船的燃料武器都给齐了吧？没差别人什么东西吧？"

"按照您的吩咐，丝毫不差。"

"那就放他们离开。"乔丹船长极为不耐烦地说道，"那么大的海兽，人说召唤来就召唤来，还能让它像个智障一样，放弃抵抗，任由我们拿锚炮轰死，你还有什么别的想法？还有，罗平！咱是不是给你讲过，你要用骨质传导和咱通信！"

灰蓝色的海水中，被"热情似火"的"锤头鲨"号船员武装到牙齿的小船像一条灵活而迅捷的金枪鱼，向着航路图标定出的目标位置飞速游弋而去。在它的身后，那头已经被高压锚炮轰击得浑身焦黑的巨大海兽安静地漂浮在海水之中，收获颇丰的"锤头鲨"号还没有带着它离开的意思，仿佛还未从方才那场单方面屠杀式的狩猎中清醒过来。

端坐在小船控制室内的两人脸色却是异常的严肃，特别是秦立，那张本来就不怎么会有表情的脸，此刻看上去就像是凝结了一层坚冰。

在将这艘小船的自动驾驶模式彻底校准了一遍，并预计了到达时间之后，邹斯威扭过头来，盯着秦立的脸色看了半晌，最后终于是忍受不了驾驶室内沉闷的气氛，叹息了一声后说道："我说，就算咱实验成功了，你也不见得要这么生气吧。说起来，没有这个通过次声波控制动物的技术，你们秦家怎么在波顿城……"

邹斯威话到此处，极为识相地闭上了嘴巴，因为此刻秦立的目光足以能够将他直接钉死在驾驶座上。可片刻之后，秦立就像是个泄了气的皮球，眼神中的锋锐不再，取而代之的，是一股子极为罕见的颓然。

他看着舷窗外逐渐由灰蓝变为湛蓝色的大海，喃喃说道：“我只是想不明白，是谁给他们权力这么去做的呢？”

邹斯威想了想，觉得自己此刻还是不要接话的好。他转过脸去，装模作样地看了一会儿小船的操作台，却不料一股子疲倦感汹涌而来，邹斯威这才想到：自开始执行这个任务，直至此刻，自己除了被阿瞳传送到碧波城的时候，失去了一会儿意识，竟然是一分钟都没有真正休息过。

一路无话。或许是过于疲惫，也或许是沉浸式体验仪的副作用彻底消退，邹斯威极为难得地睡了一个毫无梦境打扰的觉，甚至直到秦立轻轻将他推醒，他才意识到自己方才是睡着了。

晃了晃自己还有些困顿的脑袋，邹斯威坐直了身躯，看向舷窗之外。入目是微微泛着些黑色的海水，以及透过海水照耀而下的绚烂阳光，这表明小船目前已经非常接近海面，且航行的位置，已彻底远离了陆地。

邹斯威接着收回了目光，看了一眼操作台上的导航信息，发现他们此刻已经极为接近目的地，他搓了搓自己的眼皮，确认自己没有看错之后，向着秦立问道：“这导航目标怎么没有更新过？‘锤头鲨’号上的那帮子人不会掉链子了吧？”

秦立的脸色也不是很好看，他摇了摇头，说道：“没有更新过，但有‘碧波法则’在，他们既然把更新航路图加入到了等价兑换的筹码里，那就不会铤而走险，搞什么幺蛾子。”

邹斯威挠了挠头，叹了口气，心中生出一些不好的预感来：他记得乔丹船长说过，他们的航路图是根据“碧波城”的警方通信频道信息推算出来的，而如今航路图没有更新，那就代表着，很有可能“碧波城”的警方此刻已经跟丢了阿瞳。缺少了这关键的指引，再加上放弃了穹顶钥匙，要他和秦立在这茫茫大海之上找到阿瞳……

心思电闪间，操作台上传来了细微的蜂鸣声——小船已经到达了预设的导航终点。邹斯威暂且放下心头的一切猜想，打起精神来，将驾驶模式切换至手动，指挥着小船缓缓上浮。就在他十分怀念穹顶钥匙那强大的信号扫描功能之时，耳边传来了秦立的一声惊呼，邹斯威抬头看向舷窗之外，却是呆立当场，连声惊呼都发不出来。

在这片陌生的海面之上，漂荡着无数破碎的残骸，残骸之上那还未熄灭的余烬，以及海面之上还依旧盘旋未去的滚滚浓烟，无一不在表明，这里刚刚结束一场极为惨烈的战争——或者说一场惨烈的单方面屠杀——因为这些残骸上仅存的一些蓝绿相间的涂装表明，此间的残骸，全部源自“碧波城”的警用潜艇。

邹斯威方才心中的疑问终于得到了解答：为什么航路图没有更新了？

因为，这些从“碧波城”出发的警用潜艇已经被人彻底摧毁，而这一切的罪魁祸首，似乎便是那前方海面上，静静蛰伏着的巨大黑影。

阳光照射着它那看上去极为古老的钢铁肌肉，自它那平坦而广阔的身躯上，投射出大量的阴影，大片斑驳的锈迹是时间和海洋无数次侵袭留下的铁证。然而即便如此，这样雄伟的人类造物也没有丝毫被征服的痕迹。

即便只是这样远远看着，邹斯威也知道，他们找到了。

这便是阿瞳的“缪斯”，在人类文明短暂而璀璨的历史中，它还有着另外一个更为令人熟知的名字——航母。

有着整片海域的破碎残骸做先例，即便知道身为自己队的阿瞳大概率就在那航母之上，邹斯威还是下了一百个小心，只是将小船开到了距离那硕大航母较近的位置，便和秦立二人选择了弃船，通过小船上自带的潜水装备，自水面之下，游向了航母。

不多时，二人就在航母的一侧找到了那艘被阿瞳自“平安港”抢走的小船——小船浑身遍布着弹痕，在靠近驾驶舱的位置更是直接插着一枚锚弹。邹斯威伸出手去触碰了一下那触目惊心的伤痕，心中却是对那些连尸体已经找不到的“碧波城”警员产生了一丝同情：你说你们没事去追这个祖宗干吗呢？追就算了，还敢把她打成这样，这不是自个儿把路给走窄了吗？

在这艘伤痕累累的小船的正上方，有着一道爬满了锈蚀痕迹的铁梯。出于保险起见，邹斯威示意身材消瘦不少的秦立先沿着梯子爬上航母，再从上面放下钩爪，拉自己上去——他可没有拿自己这二百来斤腱子肉考量史前工业水平的打算。

铁梯的尽头，便是航母那黝黑的，可以充当飞机跑道的甲板。只是不知道为何，在这广阔的甲板之上，竟是一架飞行器的影子都没有看到，反而伫立着数十根不明材质，明明经历了至少千年风霜，但依旧闪亮如新的金属柱。

“这是小型穹顶基柱。”在这方面，秦立显然比邹斯威要识货得多，还没等他发问，便出言说道，“和你们在波顿城内秦家旧址上看到的是同款，但现在应该已经停止工作了，不然我们是没有办法从外面观测到这艘航母的。”

听到这个消息，邹斯威挑了挑眉毛，然后说道：“这说明这艘航母至少和波顿穹顶是同时代的产物？”

秦立听到他的这个结论，微微叹了口气，接着缓缓说道：“是啊……你说，阿瞳真的和这些东西同岁吗？”

邹斯威却是微微一笑，头也不回地向着航母甲板侧后方，那处看上去应该是指挥塔的设施奔跑了过去，他的声音随着烈烈海风传到秦立耳边：“等见了面，你自己问她不就成了？”

看着邹斯威那壮硕的背影逐渐远去，秦立心中却是多出了一股子莫名的意味。不知为何，他在此刻回想起了自己在“碧波城”内反问邹斯威要不要帮阿瞳的那个问题。

现在看来，自己当初问得还真是有点儿多余。

出乎邹斯威的意料，这艘航母的指挥塔居然不需要任何身份识别就能直接进入，唯一能起到一些阻碍作用的那扇金属大门，还被人以极其暴力的方式彻底摧毁。看这残骸，邹斯威便能猜到，这绝对是阿瞳留下的手笔。

进得指挥塔内，邹斯威还没跑出两步，便被空气中浓厚的铁锈味道刺激得连打了好几个喷嚏。或许是巧合，正当他一脸狼狈地擦了把鼻涕，准备抱怨出声的时候，昏暗的指挥塔内，竟然亮起了银白色的灯光，邹斯威心中本能地泛起一丝警兆，伸手就想要去摸悬挂在胸前的热能枪。却不料指挥塔内响起了一个有些熟悉的声音：“邹斯威，既然是来见我，就用不着拔枪了吧。”

这声音邹斯威已经听过了好多次，但不同的是，在这之前，他总觉得这声音外面笼罩着一层薄雾。可就在此刻，他能够明显地感觉出来，那层阻隔在他和她之间的雾气，已经消散了不少。

“阿瞳？”邹斯威试探性地向着空气说道。

“是我。”声音的主人似乎有些虚弱，在一句话之间，做了长长的停顿，“直接到舰桥上来吧，我在此处等你们，记得，别走电梯。”

秦立此时走到了邹斯威的身侧，他听着指挥塔内响起的声音，皱了皱眉头，指着自己的嘴巴，做了个疑惑的神情，那意思再明显不过：这是阿瞳吗？怎么声音听着不对？

邹斯威点了点头，给了他一个肯定的答复，然后顺着满是锈迹的船员通道，快步向着舰桥的方向走了过去。秦立虽然心中仍有困惑，但想到海面之上那遍布的残骸，以及二人直至此刻，都没有遇到丝毫阻拦的经过，也便暂时将那些困惑放到了一边，跟上了邹斯威的脚步。

狭长的船员通道转瞬即逝，在通过一个同样是被暴力开启的金属门后，明亮但略显拥挤的舰桥便出现在邹斯威二人面前。在一堆不知道名字的电子仪器之间，一袭白衣的少女引着此刻已经开始西斜的阳光亭亭而立，不知为何，她那张娇俏的小脸上，此刻满是庄严肃穆。

邹斯威是第一次在阿瞳的脸上看到这样的神色，只觉得在此刻泛着淡金的阳光加持之下，眼前这位熟悉而又陌生的少女，完美得仿佛一尊永远不会被时间侵蚀的神像，就如同那在神话之中被赞颂传扬过无数岁月的缪斯。

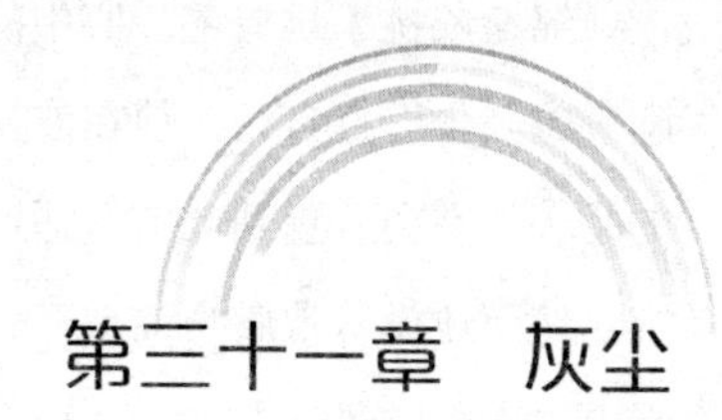

第三十一章　灰尘

“我不过是一个活得比你们久了一些的罪人，当不得你们任何的崇拜和敬仰。”邹斯威怎么也想不到，少女的开场白居然如此的清丽脱俗，“所以，请不要用那种眼神看着我。”

听见少女口中“罪人”二字，邹斯威心中难免有些疑惑。但还未等他说话，一旁的秦立却是先开了口，只见他一步越过邹斯威，开门见山地问道：“你，究竟是谁？”

这简单的几个字恍若一柄利刃，邹斯威甚至觉得自己眼前出现了一丝错觉。就在秦立问出这个问题的当口，一条原本始终萦绕在三人中间的“纽带”被生生割裂，消散在逐渐变得微弱的阳光中。与之一同消散的，还有阿瞳身上那层始终退散不去的雾气。片刻后，少女颓然地笑了笑，眼神里透出一丝难以言喻的冰冷来，她转过身去，不再看面前两个曾经一同出生入死的青年，用那依旧略带着疲惫的语气说道：“我的时间很紧迫，如果你们想要知道的是这些无关紧要的问题——看见那边的显示屏了吗？我刚刚把我残存不多的记忆上载到了那里，你们自去观看。”

邹斯威挑了挑眉毛，心中的疑惑更甚：他清楚地记得，那位“阿瞳”曾经告诉过自己，他在波顿城内尝试过提取自己的记忆，但得到的是一片空白。想到此节，邹斯威便开始向脸上堆积自己习惯性的笑容。然而还没等他唇角绽放，一旁的秦立居然二话不说，直接向那台看上去连运作都有些困难的古老显示器走了过去。

“秦老哥，我说你这是干什么？看人记忆这么阴险下作，伤害彼此感情的事情，我们怎么能做呢……”邹斯威眼看秦立已经站到了那显示器之前，赶忙出言阻止道。

听他此言，秦立转过头来，带着一丝玩味地看着邹斯威的双眼，说道：“你也知道阴险下作？那当初在波顿城，你们两个看我记忆的时候，又该怎么说？”

邹斯威万万没想到秦立居然能够如此义正词严地将此事挑破，一时间竟是语塞，半晌也没想到应该怎么反驳。正在他踌躇无言之时，正在埋头摆弄那些电子仪器的阿瞳却是开口说道：“你能不能不要再在那演戏给老娘看了？想看就去看，没得哪个拦到你。”

听着这股子熟悉中透着陌生的古方言，邹斯威嘿嘿一笑，向着头没回的阿瞳行了个礼，大大方方地走到了秦立身旁去。在这一瞬间，他敏锐地察觉到，方才三人之间那道被秦立的犀利提问斩断的“纽带”，似乎又再次将他们三个捆绑在了一起。

即便阿瞳有言在先，邹斯威二人在看到那显示屏幕上所展示的记忆之时，依然觉得一个头两个大。

二人都是曾经旁观过他人或者自己记忆的人，但像如此这般的“残片”，他们还是第一次见识。首先映入眼帘的，居然不是完整的画面，而是各种破碎的字词，这些字词或是来自书籍的片段，或是来自一些残存的画面，例如完全看不见背景的标语、商品标识的残片甚至店铺招牌的背景。

好在随着显示屏幕上画面的变动，那些破碎的字词终于渐渐组合在一起，形成了一段段完整的语句，而浮现在屏幕之上的第一句话，便深深刺激到了邹斯威以及秦立二人的心神：

烈阳与新月交汇，恶魔出自约席克。

这句熟悉无比的话，邹斯威与秦立是在“碧波城”内，那本记载着城市历史的小册子上看见的，但彼时，阿瞳并没有与他们一同看到那本小册子……

然而这一句话带来的震撼还没有过去，屏幕上接下来的语句，便彻底颠覆了两位青年对于整个世界的认知：

恶魔名叫作“洛基”。

原本我们以为它是阿基米德赠予人类的全新文明之火，然而，它不过是恶作剧之神，给人类开的一个天大的玩笑。

火焰自古便是如此，既能照亮文明前方的黑暗，也能将文明付之一炬。

看到此处，屏幕之前的两个青年对视了一眼，确定了各自瞳孔里那近乎如出一辙的恐惧。作为在“洛基”病毒的余威下苟延残喘了数代，好不容易才获得如今生存权利的新时代人类，他们怎么也不敢想，这差一点儿就要将整个人类文明毁于一旦的病毒，竟然……好像……是人类自己创造出来的？

二人对视的时候，屏幕上的画面也并没有停止播放，那些碎片状的字词终于消散。取而代之的，是一幅泛着深黄的画面，画面四处遍布着斑驳的碎块，但好在并不影响观看。

首先映入眼帘的，便是一个明亮的大厅，细看之下，不难认出这大厅其实就是他们此时身处的舰桥，彼时此处还没有现在这般拥挤。画面正中，整齐站着数个身着白色大褂的人，他们的左胸处，均绣着约席克公司那经典的四椭圆图形，只是在这图案的下方，似乎还有一个小小的，淡紫色的月亮，而这帮人领头的，正是身材娇小的阿瞳。

“进度如何了？”画面里传来一个苍劲有力的声音。循声看去，只见舰桥正中，一个身着考究西服的老人正在发问。

“首轮和次轮植物与动物实验已经通过了。”阿瞳眼中满是崇敬地注视着老人，干脆利落地回应道，“但此次研究的对象性质特殊，根据目前的情况，即便按照既定的研究计划，通过全部五轮动植物实验，我也没有办法保证‘火种’的绝对安全。在这种情况下，我并不建议将‘火种’过早地投入使用，毕竟，我们的目标是通过‘火种’改变生物体适应环境剧变的能力，它就是一柄双刃剑，不做到万全的准备，谁也不知道它会带来的是灾难还是新生。”

老人点了点头，一双花白的眉毛却是皱了起来。片刻之后，他转而说道：“反制手段呢？研究得如何了？”

阿瞳似乎是踌躇了一下，然后说道：“进展很不顺利。目前计划内的反制手段只有疫苗这一种办法，但……这其实和我们的整个研究方向是相悖的。我们的研究重心，一直放在如何降低‘火种’与不同种类的生物接触时可能产生的伤害，而疫苗的核心防卫机制，便是需要动物体对‘火种’病原体产生免疫反应，所以……我们目前还未得到任何合适的样本……”

老人还是点了点头，似乎对于阿瞳的这个回答早有预料。他抬起头来，看向舰桥舷窗外那一抹正在缓缓坠入海面之下的残阳，口中喃喃地说道：“样本吗？或许，这残阳便是样本吧。”

随着老人的话语渐渐消散，显示屏幕上的画面再次变化，此次出现的却不再是能够看见阿瞳的第三视角，而是变作了一个监视屏幕上的鸟瞰画面。

画面之上的主要场景依旧在这艘航母之上，只不过从方才的舰桥变成了船员通道，只是不知为何，没有听见任何声音。

整个画面的内容也简短异常，只见漆黑的船员通道内闪过几个全副武装的黑影。几乎没见他们怎么动手，原本负责在通道内巡逻的士兵便颓然倒了下去。黑影们训练有素，在放倒了肉眼能及的防卫力量后，他们便集中在了画面左下方的一处舱门外，紧接着监控画面便闪动了几下，被成片的雪花覆盖。

画面很快一转，这一次却是来到了航母之外，那几个黑影此时已然离开了控制台，以一个三人在前，三人殿后，四人处于正中的紧密阵形向着船舷处移动。那阵中的四人合力抬着一个看上去不大的箱子，却是不知道箱内究竟放着什么，这么一个小小的体积，抬箱的四人居然被压得脚步虚浮。

正当这十人小队抵达甲板侧沿，准备通过提前预埋在船体上的抓钩撤离之时，那小小的箱子内突然发出了一阵异样闪光，数道热能光线自箱体内平行射出，然后一个旋转，竟在一瞬间将十个簇拥在箱体四周的战士的双腿齐刷刷切断！

这些黑甲战士也不知道是哪里出来的精英，在全部失去双腿后，竟然还想着要完成任务。无声的画面里，他们挣扎着爬向那已经破损不堪的小小箱子，竟是准备合力将它推进大海。就在此时，一开始最靠近箱体的四人突然原地痛苦地挣扎起来，他们就像是突然之间着了什么魔，开始极为痛苦地撕扯自己身上的战甲，不多时，竟是在甲板之上将自己扒了个干干净净。然而这种疯狂的举动并没有减轻他们的痛苦，那裸露而出的皮肤上，无数烈焰式的瘢痕恍若恶魔的利齿，贪婪而迅速地啃食过他们的每一寸肌肤。片刻之后，他们便颓然地倒在了地上，身体已然化作四具被恐怖烈焰侵蚀过的“焦尸”。

其余几人见状，居然还敢接近那小小的箱子，只有一个负责打头的士兵似乎被眼前这地狱般的惨状惊扰，掉转头去，疯狂地爬向船沿。在他的身后，那些奋不顾身的同僚很快便重蹈覆辙，挣扎惨叫着死去，而这位想要苟且偷生的逃兵也并不好过，他将将爬到船沿，奋力用自己的上肢撑起残躯，将脑袋奋力探出甲板边缘，一道耀目的热能光束便精准地命中了他的头颅，将他那颗充满了求生欲望的脑袋彻底打爆。

然而，站在屏幕前观看这惨烈一幕的两位青年，瞳孔之中的恐惧却再也埋藏不住，身体竟然开始止不住地战栗起来。因为，那具无头的尸体，就这么在他们的注视之下，剧烈地挣扎起来，疯狂地撕扯掉自己身体上附着的衣物。

航母的甲板上高悬着一轮新月，在月光的照耀之下，这具无头尸体，最终痛苦地蜷缩起来，变作了一具被恐怖瘢痕爬满的焦尸。

“该不会……”邹斯威战战兢兢地发声，却只觉得此刻自己的嗓子眼儿被什么东西彻底给堵上了，压根儿没有办法发出任何声音。好在那显示屏上的画面似乎猜到了邹斯威此刻的窘境，竟然将那监视镜头上的画面无限拉进，放大，然后还清晰处理了一遍。

只见那具无头焦尸倒伏着的船舷之下，一股猩红鲜血以及雪白脑浆，在空中化作一阵粉红色的烟雾，就这么毫无阻拦地，飘洒到了蔚蓝色的汪洋大海之中。

就在青年们已经看见，那差一点儿就要覆灭整个人类文明的恶魔在向着他们微笑之时，显示屏幕上的画面紧接着一转，变成了一间狭小的房间。房间内的墙壁之上，填充着发白的橡胶软垫，房间内，娇小的阿瞳被紧紧束缚在一张看上去有些类似沉浸式体验仪的小床上，她安静地看着房门之上那个小小的玻璃窗口，从她清亮透彻的眼神中，丝毫看不出她有什么被关在这里的必要。

片刻后，房门被缓缓打开，那个穿着考究的老人从门外缓步走了进来。只是不知道几段画面之间的间隔时间是多久，老人原本花白的头发此刻竟然已经变成了全白，甚至剩都没剩下多少。

“你来了？”阿瞳的声音平静异常，就像是站在自家的门厅里，问候一个上门拜访的老友。

老人听见她的问话，缓缓点了点头，却是没有什么过多的言语，直接从自己身侧取出了一个小小的存储器来，说道：“这是两份根据你自身特点设计而出的记忆，稍候我会直接把它们植入到你的大脑里，只是……我需要提前告诉你，这种做法对你原本人格以及记忆的伤害巨大，我不能保证……”

阿瞳的眼角里闪过一丝讽刺的神色，但她尽量没有将这丝讽刺在语言中表现出来，开口说道：“外面怎么样了？”

“‘三千世界计划’如今已经进入到第三阶段，你现在所在的地方，便是规划内的第三代穹顶的建造地址。”被阿瞳岔开了话题，老人的神色难得地好看了一些，他整理了一下思路，然后继续说道，“‘戎卫前庭’计划也安全实施了，我用尽了自己的全力，将‘烈阳’在那些选中者中的影响降到了最低……”

“所以呢？”阿瞳最终还是没有忍住自己内心的情绪，出言说道，“文明已经被‘洛基’彻底摧毁，现在的一切办法不过是在重建罢了，‘烈阳’那帮疯子完全达到了他们的目的，就算他们此刻放手，直接把人类的未来全部交付给我们‘新月’，又有什么意义？你答应我的，更好的未来呢？你给我画下的那些蓝图，更美好更适宜人类居住的地球呢？我警告过你多少次了，那是一柄双刃剑，在没有做好万全准备的情况下，不要打它的主意……”

老人张了张嘴巴，想要说些什么，却半晌也没有说出来，只能任由阿瞳用语言宣泄着愤怒。末了，他带着一丝羞愧，将手中的存储器推到了阿瞳身前，接着伸出一只手，轻轻帮着阿瞳整理了一下她头顶因为方才的愤怒而变得凌乱的发丝，然后才说道：“抱歉，我曾经答应你的一切事情，目前只有这一件能够勉强做到……植入这两段记忆，让你的主人格陷入沉睡，在之后的末日审判里，你就能以精神病的身份避免制裁活下去。这处病院也是公司的产业，我会嘱咐他们，对你使用最新的休眠技术，只要这处穹顶不灭，你就能够在全新的纪元里醒来，开始新的人生。”

老人温和的嗓音似乎抚平了阿瞳的愤怒，她停止了连珠炮似的发言，眼底里闪过一丝颓然和哀伤。接着，她继续用那种仿佛问候老友的语气问道：“那你呢？”

“我？”老人的脸上终于露出了一丝笑容，他从容不迫地说道，“出了这么大的事，公司总是需要有人出面去承担责任的，我老了，也该死，所以……请不要用那种眼神看着我，阿瞳。你知道吗？他人的敬仰，对于一个人类来说是极为危险的馈赠，因为，这会让他忘记，对于整个世界而言，他再如何值得被铭记，也不过一粒灰尘。”

显示屏幕上的画面就此完结，再往后，便是一片晦涩的黑暗。

邹斯威站立原地，一句话也说不出来，他只感觉自己的头脑此刻陷入了一片冰冷的恐惧、灼热的仇恨，甚至旁观真实历史的略微兴奋交织而成的浑噩风暴里。但即便如此他还是艰难地将自己方才看到的片段拼凑出了一个完整的答案。

差一点儿颠覆整个人类文明的“洛基”病毒，拯救人类于水火的“三千世界计划”，以及即将帮助人类文明开启全新纪元的“戎卫前庭”，竟然全部出自那个约席克公司之手。

而“烈阳”和“新月”似乎代表着这个公司内部两股观念完全不统一的派系。只是这些人的脑袋好像都有些不太好使，考虑的事情，似乎都是要改变整个人类文明。

其中“新月”的想法似乎是在人类原有的文明基础上创造更美好的世界，而“烈阳”的想法则要更加激进暴虐，他们似乎是想推翻曾经的整个人类文明，然后再创造一个全新的世界。而“洛基”病毒似乎就是在这样的争斗之中产生的，而它最初的作用，似乎是用来帮助人类改变所处的生态环境。

然而，“烈阳”在抢夺“洛基”病毒的过程中，导致了还未完全研制成功的病毒泄漏，整个人类文明就这么稀里糊涂地进入了濒临覆灭的危险境地。

而阿瞳，作为研制“洛基”病毒的罪魁之一，原本应该接受那场历史上著名的“末日审判”，被处以极刑。然而她却通过在自己体内注入虚假记忆，伪装精神分裂的方式。一直休眠，直到此前不久，才终于被进入波顿穹顶的邹斯威唤醒，而那时出现在邹斯威与秦立面前的，只是阿瞳用来打掩护的两个虚假的“人格”，所以才会有之前“阿瞳兄弟”所言，他尝试过提取自己的记忆，得到的却是一片空白的情况。直至他们来到“碧波城”，由于靠近“缪斯”，真正的阿瞳终于彻底醒来，也就是此刻，站在他们面前的这一位。

想到此节，邹斯威不由得打了个寒噤，心中那浑噩的风暴中，恐惧的冰冷情绪终于战胜了其余的一切，开始吞噬他的整个心神。一个全新的问题，伴随着那刺骨的寒冷从内心的深处蠕动而出，最终向着他张开了满是毒牙的巨口。

方才那位老人似乎说过，他用尽了自己的全力，将“烈阳”在“戎卫前庭”内的影响降至了最低。但这全新的世界，似乎又完全符合“烈阳”这个派系一直以来的追寻，那么……究竟是谁，要绕开这么大一个弯子，通过戎卫前庭内的任务系统下这么大的一盘棋？让自己唤醒阿瞳，让懵懂的阿瞳来到“碧波城”，让清醒过来的阿瞳找到这原本应该彻底消失在人类历史长河中的“缪斯”，更为关键的是，这个下棋的人，究竟是怎么知道阿瞳体内人格分裂的真实情况的？究竟是怎么预料到，阿瞳一旦醒来，便会如此不顾一切地，要找到“缪斯”的？

这个人……真的如他自己所言，只不过是一粒灰尘吗？

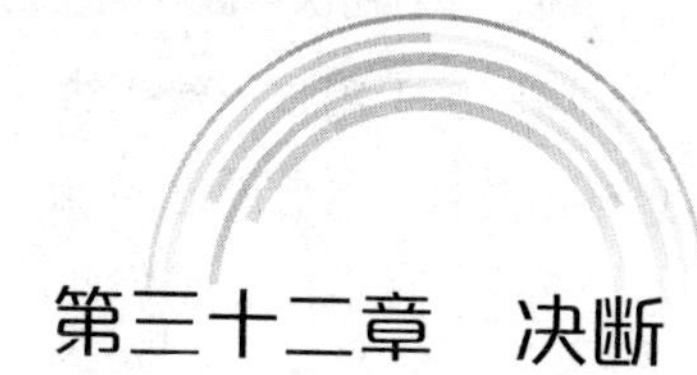

第三十二章　决断

“看完了？”阿瞳的声音将两位依旧身处巨大震撼中的青年拉回了现实，不知为何她的语气之中带着一丝焦急，“还有什么别的想问的吗？”

邹斯威瞥了一眼眼神中依旧带着一丝迷惘的秦立，迅速整理了一下思路，清了清嗓子说道：“就两个问题，第一，那个老人家，究竟是谁？”

“你猜不到？”阿瞳的神色中出现了一丝错愕，接着便是一些不耐烦，似乎在她的观念里，问出这样的问题，属实有些不太符合邹斯威的才智。

邹斯威苦笑一下，然后说道：“大致猜到了，只不过还是想找你确定一下。”

“好吧……他本名燕丛安，而他的化名则要著名得多……”阿瞳说到此处停顿了一下，然后才又接着说道，“我们习惯称呼他为约席克。”

果然如此，听见这个答案从阿瞳嘴里说出来，邹斯威竟然觉得自己心中那冰冷的恐惧减弱了一些，于是他接着说道：“第二个问题，我想问问，你对用次声波控制生物的这个技术有印象吗？”

阿瞳脸上闪过一丝茫然，紧接着她皱起一双好看的眉头，细细思索了几秒，然后说道：“很抱歉，我知道的并不是太多，但我可以肯定的是，这个技术是在‘三千世界计划’启动之后不久，由公司开发的。”

“从你的回忆上来看，你当初的身份至少也是‘新月’派系的核心人物。”邹斯威摸了摸下巴，沉吟道，“而你被限制在精神病院里，则是第三代穹顶正式开始建造之后的事情，你不清楚这个技术的细节，那也就是说，这个技术……应当是由‘烈阳’派系开发的。还记得‘汉斯穹顶’的穹顶基柱附近袭击我们的那头海兽吗？”

一旁的秦立此刻似乎终于消化了阿瞳那破碎的记忆，接过邹斯威的话头说道：“我曾经与乔丹船长聊过，她明确表示，那头海兽的行为举止完全超出了她以往的认知，所以，那头海兽很有可能是被人控制着袭击我们的。而这个技术掌握在‘烈阳’手中，这也就说明，这一切的背后操纵者，很有可能来自‘烈阳’，只是……他们的目的不是已经达到了么……”

阿瞳摇了摇头，嘴角浮现出一丝嘲讽的笑容，说道：“世界变成了他们想要的样子，他们不还得把世界掌控在手里吗？”说到此处，阿瞳稍稍停顿，然后继续说道，“你们的问题都问完了？我得加紧做正事儿了。”

阿瞳一边说着，一边用自己纤细的手指在她身前的操作台上一阵滑动。那台已经陷入一片漆黑的显示屏再次亮了起来，这一次，出现在显示屏上的，是整个航母的三维透视框架图，在这复杂而精密的钢铁骨肉之中，有两处应当是被阿瞳标记出来的高亮位置。

“在我正式开始之前，我需要最后和你们两个确定一件事。”阿瞳的神色变得异常严肃，“继续帮我，极有可能会搭上性命，你们真的能够接受吗？”

听见阿瞳此问，邹斯威本能地犹豫了一下。倒是旁边的秦立毫不犹豫地站了出来，无所畏惧地说道：“若不是先生出言相劝，出手相救，秦立这条性命不但早就折损在了波顿城，恐怕还要酿成弥天大罪，这是我欠先生的。”

阿瞳点了点头，接着眯着眼睛，带着一丝玩味地看向邹斯威，也不说话，只是静静地看着青年那堪称秀美的双瞳。

在这目光的注视之下，邹斯威最终叹了口气，竟是突然伸手探进了自己的裤裆，将那个紫色的小剑掏了出来，面色凶狠地将它挂在了胸前，然后用蹩脚的古方言说道：“帮帮帮，老子帮。但是老子也和你讲清楚，老子不是在帮你，老子只是看不惯这些人，动不动就要把世界掌控在手里。”

阿瞳长舒了一口气，然后语速飞快地说道：“既然如此，那便认真看看我标记出来的那两个实验室。你们两个接下来要做的事，便是要分头行动，前往这两个位置，手动触发实验室的自毁程序。而我，我要想办法将这艘航母炸掉。”

虽然已经下定决心要帮助阿瞳，但听到她这个有些荒诞的计划之后，邹斯威还是忍不住骂了一句。阿瞳却是似乎早就料到了他这个反应，丝毫没有停下讲述的意思，继续解释道：“此去凶险万分，你们要打起一百二十分的精神，相信你们已经猜到了，在两个位置保存着的，都是还未研究成功的‘反制手段’，也就是‘洛基’病毒的疫苗。

“‘洛基’当初被设计出来初衷，是直接改变生物体，特别是人类的身体属性，使我们能够适应史前时代已经开始急剧变化的生态环境，能够让我们在更高的温度、更低的氧气浓度、更高的压力之下存活。被‘洛基’病毒感染的宿主产生的那些恐怖瘢痕，原本应当是一层全新的生物自适应机制，基于这样的研究方向，‘洛基’的作用一定是长期的，想要反制‘洛基’，使接种疫苗的生物体产生免疫属性，便需要长时间地刺激机体，产生更高浓度的抗体，所以‘洛基’的疫苗都是经过特殊处理，失去毒性，但保留免疫原性的类毒素，换句简单的话说，它们就是‘洛基’病毒本身。

“虽然现在的人类以及整个地球的生物体都已经对‘洛基’产生了群体免疫，但我们免疫的，其实是已经经过了无数次演化之后的‘洛基’，这些保留在最初实验室内的类毒素，完美地留存了‘洛基’最原始的样子，一旦它们接触这个全新的世界，便能迅速向着新的方向进化，那就会带来一场全新的灾难。所以，为了避免这些摇篮的恶魔被人掌控，我们便要摧毁这些疫苗，并将这艘保存着‘洛基’整个研究过程的航母彻底炸掉。”

阿瞳一边说着，一边将两个手持通信器递给了邹斯威与秦立。与此同时，她扫了一眼邹斯威挂在胸前的热能枪，皱了皱眉头说道：“这枪，是戎卫前庭下发的制式装备吧？”

邹斯威先是点了点头，接着心头巨震，伸手将那柄热能枪从胸前取下，像是那枪身上有什么恐怖的瘟疫一般，一脸惊恐地将那枪支扔向了舰桥的角落中。

阿瞳却是摇了摇头，带着一丝镇定地说道：“不用过于担心，既然他们放我来找到‘缪斯’，便早就准备了详细的追踪计划，你带不带这把枪来见我，都不会改变最后的结果。快去吧，我们时间紧迫。”

伴随着一阵烟雾，以及难闻的油漆融化的气味，功率全开的热能匕首毫不费力地将眼前这扇爬满了铁锈的金属门切割开来。邹斯威不等门框上那些滚烫的金属液滴落下，便一个闪身进了门内，将在舰桥上找到的强光电筒打开，警惕地观察起四周来。

这里是一处船舱，进门处的门牌显示，它原本应该是一处船员休息室。而从现下的情况看来，它早就脱离了自己原本的作用，因为在这船舱的正中央，建造着一间几乎将整个船舱填满的，完全透明的玻璃屋。这么多年过去，那些玻璃幕墙居然一尘不染，站在屋外，能够清晰地看见屋内仪器林立，秩序井然。除此之外，在玻璃屋的入口处，还躺坐着几具姿态安详的白骨，从他们的姿势，略微发黑的骨骼，以及手边的注射器不难看出，这些人应当都是自杀的。

但不论他们是怎么死的，这些尸骨的出现都彻底打消了邹斯威进入玻璃屋内一探的想法。他轻咳一声，举起老式通信器说道："这里是邹斯威，我已经到达指定位置。"

不多时，通信器内秦立的声音也传了出来："我是秦立，我也已到达指定位置。"

在确认二人都到达了实验室之后，阿瞳在通信器内说道："仔细检查实验室的入口处，在那里应该预设着一个身份识别开关，采用暴力破拆的方式攻击开关，实验室就会启动自毁程序。你们需要同时动手，因为一旦一个实验室自毁，另一个实验室为了保证研究成果的留存，便会自动进入'安全屋'模式，到时候想要再摧毁实验室，那就困难得多了。还有，你们只有最多二十秒的时间逃离现场，注意安全。"

"收到。"听到阿瞳所言，邹斯威心中难免有些忐忑，于是重重地呼吸了一下，一边举着手中的电筒，在实验室的入口处找到阿瞳所说的身份识别器，一边冲着通信器说道，"怎么说？你看到识别器了吗？"

"看到了。"秦立的声音毫无波动，"数到三？"

邹斯威刚准备出言回答，通信器内却是突然传来一阵刺耳的电子杂音。正当邹斯威暗叫一声不好，认为是通信装置出了问题之时，那纷乱的电子杂音中，一个他此刻绝对不想听到的声音响了起来。

这声音庄严肃穆，听上去根本无法识别性别：“第 0105 号观察员邹斯威，戎卫前庭检测到你所在小队所属成员，第 360 号观察员林焱瞳有重大危害行为，请就地击毙该观察员后，原地等待高级观察员接管当前任务。”

这段话重复了一次，接着纷乱的电子杂音便消失了，邹斯威抹了一把额头上渗出的冷汗，冲着通信频道内说道：“还能听得见我说话吗？”

“听得见。”回答他的是秦立，而阿瞳那边则是半晌都没有回应，很显然，戎卫前庭将他们之间的通信切断了。

“你方才……有听见什么指令吗？”邹斯威迟疑了一下，还是问道。

“听见了。”秦立的回答干脆且利落，“叫我击毙阿瞳，然后就地等待高级观察员。”

“你……”

“邹斯威。”秦立难得直呼了邹斯威的名字，接着他说道，“说起来，有件关于你的事，我非常好奇。”

邹斯威挑了挑眉毛，他没想到秦立会在这么个时候选择岔开话题，但秦立显然没有等着邹斯威发表意见的打算，他直接问道：“你老是藏在裤裆里面的那个小东西究竟是什么？就你刚刚还拿出来，戴在胸口的那个。”

听见秦立的提问，邹斯威愣了一愣，他本能地伸出手去，捏了捏胸前那把紫色的小剑，然后带着一丝追忆地说道：“这是我父母的荣誉勋章，也是我从我的穹顶，带走的唯一一件东西。”

“你的穹顶？你还想回去吗？”

“不想了。”

“那么，你对这新的时代满意吗？”

“不太满意。”

“所以，我们数到三？”

无数不堪回首的过去涌上心头：暴雨肆虐的夜晚，他独自一人站在门廊里，接到父母的死讯；迷雾笼罩的街角，他被两个不知天高地厚的损友裹挟，面对根本无法撼动的目标，以卵击石；寒气迷茫的山谷，被人当作垃圾一样卖掉，参加死亡游戏的他，毫无感情地出枪，击杀了两个冒死前来寻找他的损友；冰冷无情的审讯室内，好不容易逃出生天，活下一条命来的他，却被父母的前同事当作犯人一般审讯，最后落得个被逐出穹顶的下场。

是啊，戎卫前庭是找到了被整个世界抛弃的他，似乎也赋予了他全新的生命。但说到底，这一切不过都是他们的补救措施罢了，他们曾经毁灭过一个世界，而现在……

邹斯威的眼神终于再次坚定，他用力地点了点头，说道：“数到三。”

剧烈的震动自脚下传来，隔着好几层钢板，邹斯威都能感觉到脚底传来的恐怖温度。这种充满了毁灭意味的异动给邹斯威带来的，却是无与伦比的安全感，他快步穿过空气已经开始扭曲的船员通道，来到了甲板之上。

此时，天色已然完全黑了下去，璀璨的银河悬挂在头顶漆黑的苍穹之上，抬眼望去，竟然让邹斯威产生了伸手便能触及的错觉。但他自知，自己并没有驻足观看此等美景的时间，埋下头去，向着不远处的指挥塔快速奔去。

秦立和阿瞳却是先一步就在指挥塔的入口处等着了。借着指挥塔内的灯光，能够清晰地看见少女脸上的神色并不是很好，不用想也知道，秦立应当是将戎卫前庭方才下达的命令告诉了她。

“下一步我们怎么做？”邹斯威深知此时时间紧迫，于是他人还没到，便先出言问道。

阿瞳抬起手臂，将手中的一块平板电脑举起，在邹斯威面前晃了晃，让他看见电脑屏幕上那个长得仿佛没有尽头的进度条，然后说道：“这艘航母是由核能驱动的，我已经尽我最大所能，过载了整艘航母的能源核心，并关闭了反应减速装置。但即便如此，依然需要至少半个小时，能源核心才会发生爆炸，我们现在……可能没有那么多时间了，以戎卫前庭的手段，只要到了船上，就有办法阻止爆炸。”

“航母上有什么防卫武器吗？”阿瞳话刚说完，一旁的秦立却是率先说道，那张苍白的脸上露着一丝决然，看样子是已经下了与戎卫前庭决一死战的决心了。

邹斯威下意识地看向阿瞳，后者难看的脸色却是直接回答了秦立的问题。于是邹斯威只得抓了抓脑袋，抬头看了一眼万里无云的天空——戎卫前庭的办事效率他早有体验，此刻疫苗被毁，“上边儿”估计已经炸了锅，不出几分钟，戎卫前庭专属的飞行器就会出现在头顶。没有威力足够的家伙事儿，想要把这些家伙直接从天上轰下来，那简直是痴人说梦，想要拖住半个小时，除非……

“阿瞳。”邹斯威脑海中想法还在转，嘴上却是已经把话说了出来，“你从戎卫前庭里带出来的那个捕捉传送仪还在吗？”

阿瞳摇了摇头说道：“那个东西被我放在‘碧波’了，不过这艘航母上倒是还有别的传送仪，就在指挥塔里。”

邹斯威眼珠轻转，看向甲板之上的微型穹顶发生器，心中的计划终于是成型。他出言说道：“别的不说，我们先去控制台把微型穹顶撑开，干扰一下戎卫前庭的探测，这样至少能拖延个十分钟左右。另外我和秦立是坐一艘小型潜艇过来的，那里距离此处大约半海里，你先通过船上的传送仪过去——这航母上的传送仪，传送半径大概是多远？有纵深限制吗？”

“这个要我看过之后才知道。”

“那就甭管能传多远，总之你到达小船之后，便把小船的传送信标发回船上，然后你开着小船，能潜多深是多深，能走多远是多远，总之就是不要被戎卫前庭发现。我和秦立负责拖住来此的戎卫前庭高级观察员，在核心爆炸不可逆之前，我们再通过传送仪到小船之上与你汇合……”邹斯威一边不断交代计划细节，一边却是脚步不停，径直向着指挥塔内走去，看样子，完全没有让另外两人否决自己计划的打算。

“你这计划是不是太冒险了些？”阿瞳虽是快步跟在了邹斯威的身后，语气间却是难得地出现了一丝犹豫。

邹斯威咧嘴笑了笑，却是充满自信地说道：“你忘了波顿城了？拯救世界这种事儿，我也不是没有经验。”

“你是有经验，但你问过我的意见了吗？”队伍最后的秦立突然开口，他那张几近万年冰封的脸上，竟然是出现了一丝戏谑的笑容。走在前面的邹斯威扭头看见他脸上的神色，竟是直接将一张脸板了起来，故作严肃地说道：“我问你啥意见？老子是队长，不需要你的意见。”

夹在二人中的阿瞳心中顿感诧异：这俩人不就是分头去摧毁了一下实验室吗？什么时候关系变得这么……亲密了？

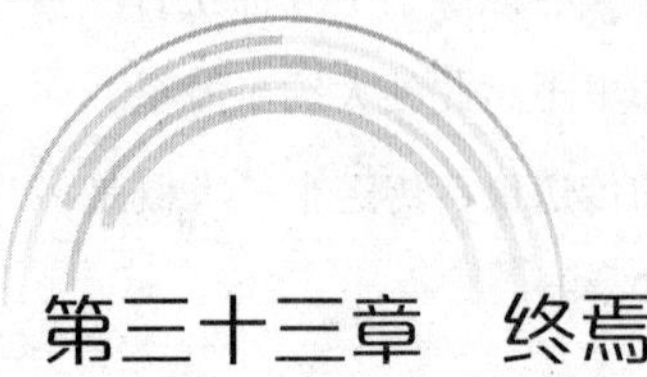

第三十三章　终焉

漆黑的天穹之上，闪烁过一道耀目的流火。紧接着，一艘巨鹰似的飞行器推开细密的波纹，竟是直接无视微型穹顶的保护，直接来到了航母的上空。

但为了通过这层屏障，飞行器也是花费了巨大的代价，进入航母上空后，竟是连悬停的动力也无法保证，活像个宿醉了的醉汉，摇摇晃晃地停在了甲板之上。银白色的机身在狭长的跑道上摩擦出刺目的火花，并与那些罗列在甲板上的微型穹顶发生器正面碰撞。随着这阵碰撞，天穹之上传来一阵水纹似的波动，紧接着微型穹顶便化作片片肉眼可见的透明碎屑，彻底消散。

飞行器内的人显然没有工夫去估算自己此次鲁莽行动带来的后果。机身后的舱门直接在一片刺鼻的青烟中弹开，三个身着亮银色维生装甲的身影丝毫不惧四周的高温与火焰，一个纵身，便跳到了甲板之上。

三人之中身型最为高大的那人似乎是这支小队的小队长，只见他动作极为麻利地从臂甲之上取出了自己的穹顶钥匙——若是邹斯威在场，难免会叫上一声偏心，这人的穹顶钥匙更加轻便微型不说，单就这钥匙外表鲜亮的银色，就不知道比邹斯威手里那个黑漆漆的货色高级多少。

随着那人的手指轻动，一道浅绿色的光波自他的穹顶钥匙上发射而出，几乎是在瞬间便扫描过了整艘航母，并再次回到了穹顶钥匙之内。片刻后，这艘巨大的钢铁浮岛的全部构造直接投射到了他面前的全息屏幕上，那人细看一番，也不说话，只是抬手指了指正前方的指挥塔。

他的两个队友见此指令，竟是直接化作两道银色闪电，向着指挥塔飞驰而去，不消片刻便进入了塔内。领头的这位缓缓起身，举起穹顶钥匙，看样子是想再次扫描一下航母。

正当此时，一声刺耳巨响自那指挥塔内传来，小队长一脸茫然地抬起头来，看向巨响发生的方向。却见指挥塔的金属外皮上破开了一个硕大黑洞，无数浓烟从黑洞内滚滚而出，他的两个队友竟是直接躺在了指挥塔前的空地之上，一身银色的维生装甲此刻已然变得焦黑，竟是半晌都没有起身。

小队长大骂一声，哪里还有心思再去给脚下的航母做细致的信息扫描，也是化作一道银色的闪电来到了指挥塔前。他先是俯身检查了一下自己的同伴，确定他们只是由于爆炸产生的震荡昏了过去，性命都还尚在，这才起身。踌躇了一下之后，向着那还冒着滚滚黑烟的洞口举起了手臂，发射出一道银光闪闪的钩爪，接着轻盈一跃，已然是来到了指挥塔内。

身体将将站稳，小队长便极为警惕地取出了自己的热能枪，俯身观察起四周来：这是通往舰桥的必经之路，整个船员通道被剧烈的爆炸肢解成了上下两半，指挥塔的墙体被自内而外冲破。从那些恐怖的焦黑灼痕以及金属墙面的形变来做判断，造成这次爆炸的，并不是什么突然袭击，而是一个极为阴险的炸弹陷阱。

这让小队长内心的警惕又上升了一个档次，同时也多出一丝自责来：方才他从穹顶钥匙回传的生物探测信息上确定，这处指挥塔内只有两个活人，生物信号与任务目标都不匹配，这样的信息让他自然而然地认为那两个次级观察员已经完成了任务，所以他才会在未与对方通信的情况下，派出自己的两个队员，谁能想到……

“次级就是垃圾，这种小事儿都做不好。”小队长一边暗骂，一边极为小心地在漆黑的船员通道内，向着舰桥前进。设下埋伏的人显然手段非常高明，他就像能够预测对手的心理，知道经过一次爆炸之后来人会提高警惕，于是并未再在船员通道里设置陷阱。

如此摸索前行一段后，宽大但却拥挤的舰桥终于出现在小队长的眼前。看着舰桥内林立的各式仪器以及货柜，小队长眉头紧皱——在这样的环境内布置陷阱，效果显然要比空旷的船员通道来得容易得多，他犹豫片刻，终于下定决心，清了清嗓子，站在舰桥门口大声喝道：“编号 0105 号观察员邹斯威，这里是高级观察员 G03 古河，听到请回答！”

他雄浑的声音在舰桥之内回荡，却半晌没有得到他想要的回应，只在舰桥大厅操作台附近传来了一阵低沉的呜咽声。古河循声看去，只见两个满脸淤青的青年被人绑住四肢，紧锁在操作台前，二人的嘴巴都被几块碎布彻底堵死，那呜咽的声音，便是从他们口中发出来的。

古河心中再次暗骂这些低级观察员草包，脚下却是步履不停，极为小心地向着那两个被捆得死死的倒霉蛋靠近。也不知道是他运气好，还是那设置陷阱的人发了慈悲，这本应凶险的一路之上，居然还是没有出现任何新的陷阱。古河顺利来到二人身边，正准备伸手去取下二人口中的碎布，却听见被捆在左侧的那个一脸秀气的青年口中不断呜咽，一双眼睛瞪得老大，其中满是惊恐神色。

古河心中警惕再起，他平复了一下自己的心神，仔细向着两个青年口中的碎布看去，这一看只将他背后惊出了一片冷汗：只见那两位青年口中的碎布之内，居然分别埋有两条崩得笔直的透明纤维。顺着这纤维看去，只见操作台的暗处，齐刷刷码放着两颗圆滚滚的高爆手雷，手雷的引信早已被拔出，全靠两根纤细的金属杆抵住了触发引信，而那透明的纤维便连接在金属杆上——他方才手但凡稍快一些，直接将这两位青年口中的碎布扯掉，这么近的距离之下，两枚手雷同时引爆，他即便有维生装甲保护，估计也是难逃一死。

好在此时先一步发现了此处陷阱，古河二话不说，直接操纵臂甲，喷射出一股低温喷雾，将那两颗高爆手雷的引信彻底冻住，再伸出手去，将它们从操作台的阴暗处取了下来，接着快步走向舰桥的舷窗处，抬手放出钩爪，击碎舷窗上的厚实玻璃，将那两颗手雷从指挥塔的侧面抛了出去。伴随着两声振聋发聩的巨响，这处陷阱总算是安全解除。

古河再次回到两个青年身边，确认了一遍四周再无陷阱之后，这才伸手取出了他们口中的碎布，不等二人发话，先行问道："你们两个，哪个是邹斯威？"

"我，我，我是邹斯威。"那个方才阻止古河直接取出碎布的秀气青年出言疾呼。见他还想继续说些什么，古河赶紧摆了摆手，示意他先闭上嘴巴，然后才又问道："邹斯威，你小队所属第360号观察员林焱瞳现在何处？"

"我……我不知道。"邹斯威眼神中闪过一丝黯然，接着带着一丝恐惧地辩解道，"我们也是刚刚追踪她来到此处，还未与她沟通，便遭到了袭击……"

“你们的穹顶钥匙呢？”经历过两次凶险，古河自然没有那么轻易便能够相信眼前这位低级观察员所说的话。

“我们的维生舱在任务开始时，便由于海兽袭击损毁了，为了追踪林焱瞳，我们两个不得不用穹顶钥匙在碧波城换了一艘小船。”邹斯威早有腹稿，此时撒起谎来自然是面不改色——“碧波城”是一座不接受戎卫前庭帮助的城市，“上边儿”就算是手眼通天，想要在短时间内印证他此时的说辞，也是天方夜谭。

果不其然，古河听见他如此一说，竟是微微点头。这轻微的动作，却是不经意间也透露给邹斯威一个信息：两柄穹顶钥匙换条船这种荒唐话居然说出来就信，很明显，眼前这位高级观察员是知道“碧波城”那条著名的“碧波法则”的。

“她离开此处多久了？”古河丝毫没有给眼前这二位松绑的意思，而是负手站在原地，以一种近乎居高临下的姿态问道。

邹斯威却是没有感到丝毫不适，这位高级观察员问题越多，便越是正中他的下怀。只见他微微皱眉，细细思索，好半晌之后才说道：“我们被打晕之后再醒来，就再没见过她的身影，这期间我们昏迷了多少时间，我也不太清楚。但‘上边儿’给我下达最新命令的时候，我是醒着的，自那之后，我掐着脉搏估算过时间，大概有个十五分钟的样子，我便听见大人们到来的声音……”

这厢邹斯威絮叨半天，那厢古河却是突然俯下身子，仔细查看了一下两个青年的后颈。果然不出他的所料，这两人的脑袋也被固定在了操作台上，用的依旧是极为难以察觉的透明纤维。古河心中不由得感叹一声这个林焱瞳的艺高胆大，居然敢在两个完全失去意识的人身上布置这么阴毒的陷阱，只是……

“你脑袋被绑得这么死，是怎么看见那放在你视角盲区的陷阱的？”古河完全没听进去邹斯威的长篇大论，突然出言问道。

邹斯威显然早已预料到古河会有此问，嘿嘿一笑，将自己最为拿手的谄媚笑容堆积到了脸上，一本正经地说道：“回大人话，小人其实根本没看到有什么陷阱，一切不过是小人猜测罢了。老话说得好，事出反常必有妖，我们两人已然是完全被她击晕，若不是指着用我等残躯设置些阴毒陷阱坑害大人们，一刀把我俩直接宰了就是，何必把我们捆得这么仔细？”

邹斯威此言合情合理，又隐隐透着些马屁，即便古河真的心细如发，也很难怀疑。更何况这古河本就对邹斯威这样的低级观察员有些轻视，在他观念之中，戎卫前庭便是这些人的再造父母，自己便是最能代表戎卫前庭的发言人，邹斯威如何敢欺骗自己，于是终是卸下了全部防备，皱着眉头迟疑了一下，从胸甲内掏出了一柄热能匕首，帮着邹、秦二人松起绑来。一边松绑，他一边说道：“这林焱瞳不是什么简单货色，说来惭愧，我手下两个兄弟也是着了她的道，被炸伤了，你们两个一会儿出去，还得搭把手，把我两个兄弟扛到飞机上。”

邹斯威心中暗道：这真要是那个姑奶奶的手笔，你们仨还有得活命？也就是小爷我人美心善，还想着给你们这些无辜之人留条性命，不然，你们怕是连活着见着小爷面的资格都没有。不过心中纵使一百个瞧不起这位古河，邹斯威面儿上的功夫却是做得滴水不漏，又是感激涕零古河救命之恩，又是不顾由于长期捆绑导致的四肢酸麻，一个劲儿地拍胸保证，一定完成古河交代之命令，看得一旁的秦立都忍不住悄悄摇了摇脑袋。

秦立虽然不齿邹斯威这番有些下作的表演，但也不得不承认这表演效果的立竿见影。那古河给二人松了绑，竟然还转身走在二人身前，帮着引路，一边走还一边不断向着身后二人强调一定要跟着他的脚步，避免触发其他陷阱。

不多时，古河带着二人走出舰桥大厅，正当他心中略松了一口气，耳畔却是陡然响起一阵劲风，古河下意识便要闪躲，却只觉得自己侧颈处传来一阵刺痛。还未等他回过神来，一阵强烈的眩晕感便迅猛地向着他的大脑侵袭，惊慌错愕之下，他只看见邹斯威那张清秀的脸凑到了自己跟前，只听见他一声满是关切的呼喊："大人，你怎么了？"

接着，这位戎卫前庭高级观察员便两眼一黑，彻底昏死了过去。

秦立完全无视了依旧还在表演的邹斯威，一脸冷漠地将插在古河脖颈上的注射器拔了下来。邹斯威却是并不放心，翻开古河的眼皮确认那管子高浓度的镇静剂彻底生效，才卸下了自己脸上一直维持着的假笑，冲着秦立挑了挑眉毛，说道："秦老哥，好身手啊，维生装甲就颈部有那么点儿缝隙，你都能一击即中，啧啧啧。"

秦立强忍住往邹斯威那张嘚瑟的脸上凿上一拳的冲动，绷着脸地说道："接下来怎么办？这三人怎么处置？"

邹斯威却是不疾不徐，自裤裆的暗兜里掏出了一块微型计时器出来看了一眼说道："时间还早，还是把这三个蠢蛋搬到飞机上去，来个自动驾驶吧。至于能不能活命，那就全看他们自己的造化了……你来搭把手啊，这货死沉，你总不可能叫我一个人把他搬出去吧？"

听见邹斯威这个决定，秦立却是有些意外，出言道："你可不像是这么心慈手软的人，这种时候，居然还想着给他们留条性命。"

"你可别忘了，这古河可是全程都没看见是你动的手，要是回头咱翻不出戎卫前庭的手掌心，被抓了回去，这人还能算得上是我们的友军，你这时候留他一命，就是在给自己留条路。我说你还愣着干吗，赶紧的啊！

"对了，别忘了把这仨的穹顶钥匙扒下来，留在船上，可不能留下啥对我们不利的证据。”

目送着那艘动力大损的飞行器歪歪斜斜地飞上天空，邹斯威和秦立二人便麻利地返回了舰桥，在邹斯威手中的计时器还剩下十分钟左右的时候，顺利启动了航母上的传送装置。随着一阵蓝光闪烁，昏暗的舰桥瞬间消失不见，鼻间一直氤氲着的，由爆炸引发的焦臭气息也没了踪影，取而代之的，是一股子咸腥的海水味道。

这次传送的距离相对较近，邹斯威只是晃了晃脑袋便将传送引发的剧烈眩晕感驱逐出了自己的身体。但那边儿的秦立显然还没有经过足够的磨炼，在小船驾驶舱冰冷的金属地板上趴了许久也没起身。

“这么快？”驾驶室内的阿瞳显然因为二人这出色的效率有些惊讶。但惊讶归惊讶，她手上操纵小船的动作可是没停，手指滑动间，直接将小船的航速推到了最大。

邹斯威微微一笑，一边在阿瞳身边找了个位置坐下，一边有些沾沾自喜地说道：“只能说一切都不出我所料，对方既然要兜这么大一个圈子让你找到‘缪斯’，那想要派人逮捕我们，便也只能走正规的渠道，遵循戎卫前庭就近调配的原则。

“有人在我们之前便与‘碧波城’的民众接洽过，而在你加入戎卫前庭之后，却又有人以观察‘汉斯’的名义发起了新的观察任务。这就意味着，头一批曾经来过的观察员，在这片海域寻找过‘缪斯’。无果之后，他才会把宝又压在你的身上。试想，这位躲在背后下棋的人，处处都在暗处落子，怎么敢明目张胆地一直把自己的亲信留在碧波城附近？果不其然，被戎卫前庭临时调配过来的高级观察员根本不知道‘缪斯’意味着什么，一门心思只想把你找到，这其中的信息差，足以被我钻个大大的空子。”

“讲弄个大一堆，说到底，你还不是在赌。”阿瞳一脸嫌弃地撇了撇嘴，用古方言小声嘀咕道。不等邹斯威反应过来她究竟说了些什么，少女的脸色却是一变，如临大敌般地坐直了自己的身体。

只见她手指在小船的操作屏上轻轻滑动，小船那淡绿色的动态探测图便被陡然放大，只见几乎是和小船重叠的位置之上，一个硕大的红点陡然浮现。

“那……是什么？”秦立虚弱的声音从二人身后传来。邹斯威瞥了还半躺在地上的高瘦青年一眼，只见他微微抬着自己的手臂，指着小船的舷窗之外。邹斯威循着他所指的方向看了出去，只见灰蓝色的大海之中，一个恍若幽灵般的黑影不知何时出现在了小船的正上方，透过海水，不难看清它流线型的躯体，以及正在全速运转的“涡流推进器”，而在它黝黑光滑的金属表面之上，赫然印着一幅诡异的图案：那是四个紧紧交叠在一起的椭圆。

几乎是在这幽灵般的黑影出现的瞬间，小船内置的通信器内便响起了那个此时三人绝对不想听到的，无法听出性别的声音：“第 360 号观察员林焱瞳，请放弃逃逸，戎卫前庭愿意聆听你的声音。”

“说好的就近调配呢？”面对着这计划之外的追兵，邹斯威的大脑陷入了片刻的迷茫。但紧接着，他便伸出一只手来，狠狠给了自己一个耳光，强迫自己冷静下来，大脑高速运转之下，他近乎语无伦次地说道，“他没说他是观察员！这是由戎卫前庭直接控制的无人潜艇！他是冲着阿瞳来的！阿瞳，我们距离‘缪斯’多远了？”

“大约五海里。”相较他的方寸大乱，阿瞳此刻明显要镇定得多，她直视着邹斯威的侧脸，说道，“已经脱离了我测算过的爆炸影响半径——‘缪斯’是个老家伙了，不用过于担心他的自杀会在这个距离上影响到我们。”

邹斯威似乎感受到了阿瞳的目光，于是他扭头看向少女那双清澈的眼睛。他原本以为自己会在那双眼睛中看到对自己的埋怨或是没来由的愤怒，却不料，在少女的双眸之中，他第一次看见了一抹……带着丝丝感谢的温柔。

“到这里，可以了吗？”邹斯威没头没脑地问了一句。

“到这里，可以了。”阿瞳没头没脑地回答道。

“那……我们去看看‘缪斯’的最后一程吧。”邹斯威如释重负一般地说道。

“可能看不太到了。”阿瞳抬手向上指了指那艘幽灵似的“黑船”，说道，“还有三分钟，或者更短，我们来不及浮到海面上了。”

“那便……束手就擒吧。”

“嗯。”

角落里的秦立此刻总算是从传送的昏厥之中缓了过来，抬头看向自己两个正在对视的伙伴。不知为何，他莫名其妙地就接受了他们这莫名其妙的放弃，甚至于，他还觉得自己有些多余。

正当此时，遥远的漆黑的海水中，传来一阵轰然巨响，这响声振聋发聩，甚至盖过了小船内不断鸣响的，那来自戎卫前庭的警告声。声波席卷之下，小船内的三人均是眼前一黑。随着这声波而来的，还有无数沉重而纷乱的海流，这条还在不断加速航行的小船，登时变成了海流中飘摇的一片小小树叶。

片刻后，沉重的撞击感自头顶传来。几乎是瞬间，小船内刺目的红色警示灯便疯狂地闪烁起来，直将涌入船舱内的冰冷海水，染得一片血红。

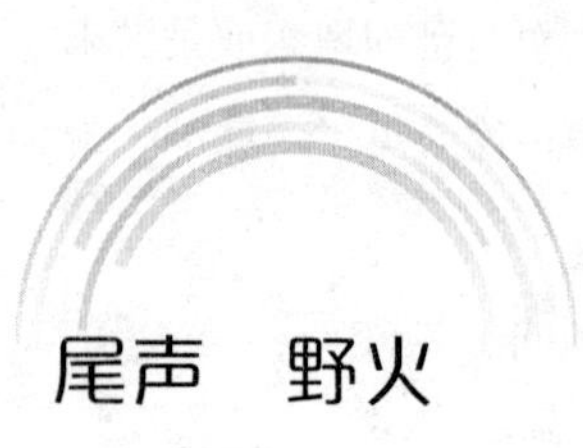

尾声　野火

荒凉的沙漠之上，这座高耸入云的孤塔，看上去就像是一根倔强的钉子，无声而孤傲地向着烈烈罡风以及漫天的黄沙宣示：这里也是人类的领地。

孤塔的倔强似乎激怒了这场百年难得一遇的巨大沙暴，它不断疯狂暴虐地卷起黄沙，冲击这孤塔那黝黑冰冷的外壳，然而却根本无法撼动这孤塔分毫。更为讽刺的是，就在这孤塔的下方，一辆披挂着重装甲的全地形车晃晃悠悠地破开了漫天沙尘，几乎是无视了沙暴的肆虐，开进了孤塔之内。

随着厚重的金属门缓缓关闭，那不断叫嚣着的沙暴被彻底隔绝在了塔外。紧接着，塔内强劲的空气净化系统便全力运转起来，只在数秒之后，那些好不容易趁机侵入塔内的黄沙，便消失得干干净净，甚至那全地形车的黝黑装甲都变得光鲜起来，引擎盖上的那四个紧紧交叠在一起的椭圆颜色更是艳丽异常。

驶过一段崭新的沥青路面，全地形车来到一处拱形通道内，早有一名全身披挂着银色维生装甲的高级观察员在这里候着——只是不知道为何明明已是毫无沙尘威胁的室内，他却依然戴着厚实的面甲。

两道璀璨的绿色光芒分别从观察员的身上，以及全地形车的车身上扫描而过。伴随着一声清脆的“嘀”声，全地形车的货舱门缓缓打开，紧接着两个漆黑的自走货箱自货舱内缓缓滑出，异常乖巧地在观察员面前停下。他上前检视了一下自走货箱上的信息卡，确认无误之后，抬手拍了拍全地形车的门板，于是全地形车的货舱门缓缓关闭，接着，它开始倒退着离开。观察员并未着急走动，而是静静地站在原地，目送着那辆全地形车消失在漫天的沙尘之中后，才转过身来，领着两个自走货箱，向着通道内缓缓走去。

通道并不算长，很快观察员就来到了尽头处。这是一个本来还算宽敞的大厅，但那些遍布着整个大厅的能量管束，使得这个大厅显得拥挤异常。在这些能量管束共同的尽头，是一片覆盖了整个金属墙壁的，巨大的湛蓝光幕。

观察员轻车熟路地穿过能量管束之间的缝隙，领着两个自走货箱来到光幕之前。等待它们挪动着纤细的四肢，把自己安安稳稳地放进光幕之前的两个基座上，然后长舒了一口气，按了按自己的胸甲，从甲片弹出的凹槽内，取出了一柄漆黑的穹顶钥匙，开始操作起来。

随着他的手指在穹顶钥匙光滑的表面上滑动，首先出现异动的，是那两个一直很乖巧的自走货箱，只见两个货箱的上半部同时缓缓打开，露出货箱里透明的高强度玻璃内胆。湛蓝光幕照耀之下，只见那内胆之中存放的并不是什么货物，却是两个被紧紧束缚在内的青年！

左侧的青年面容清秀，身型却是异常壮硕；右侧的则是浑身苍白，裸露在外的皮肤上，满是狰狞恐怖的瘢痕。

与此同时，穹顶钥匙上弹出一块全息屏幕，观察员再次核对了一下屏幕上的信息，接着清了清嗓子，开口说道：“醒来。”

偌大的大厅内，这单调的两个字形成层层回音，显得分外诡异。那内胆里面的两个青年却是仿佛能听见观察员的呼唤，相继睁开了自己的双眼，只是不知为何，他们的眼神根本没有焦距，就像是两个空空如也的躯壳。

观察员丝毫不在意他们的眼神，自顾自地照着全息屏幕上的内容念了下去：“编号 0105 号观察员邹斯威，编号 0359 号观察员秦立，你们在观察任务中与‘洛基’原始类毒素发生了接触，对即将复苏的人类社会存在重大威胁，念及你们过往为人类的全新时代做出的贡献，戎卫前庭决定将你们流放至近地轨道。你们身为接触过‘洛基’的‘野火’，依然能够注视着人类重新在这颗蔚蓝色的星球上散发文明之光，这将是你们此生最大的荣耀。”

念完这段话，观察员面无表情地关闭了自己的穹顶钥匙，站到了那硕大的光幕之前，以一个恭敬谦卑的姿态向着光幕深深鞠躬，然后说道：“传送物信息确认无误，传送程序已批准，高级观察员 G103 燕顾萍，请求启动传送。”

深蓝色的光幕微微闪烁，似是接收到了观察员的请求。很快，大厅地面上的那些能量管束便开始向外散发出蓝色的微光，恍若片片星辰，一个庄严肃穆，完全听不出性别的声音在大厅内响起：“准许传送，能量模块充能中，传送倒计时三十……二十九……”

燕顾萍缓缓站起身来，看着货舱内那两个双目无光的青年，唇角突然浮现出一抹微笑。声声迫近的倒数声中，他突然朗声说道：“第 360 号观察员林焱瞳，被确诊为深度精神分裂，她被送进了最好的精神病院，你们两个放心，我们会好好照顾她的。”

这句毫无头绪的话，像是一道炽烈的猛鞭，击在了那两个青年赤裸的肌肤之上。他们原本空洞无神的眼睛在这一刻陡然迸发出了骇人神采，不需辨认，便能轻易看出，那是熊熊燃烧的愤怒火焰。

燕顾萍似乎对这句话的效果十分满意，他缓缓踱步，走到了光幕的正面，好让那两个货舱里剧烈挣扎着的可怜人看清楚自己的相貌。

“十……九……”倒数仍在继续。燕顾萍像是一个完成了全部表演的演员，向着两个青年行出一个标准的谢幕礼，接着朗声说道：“忠诚的勇士理应得到庇护，愿烈阳新月永不落幕，野火在大地上，熊熊燃烧。”

大厅之内，能量管束剧烈地颤抖起来，那些管束表面蓝色的碎星陡然全部消失。随之而来的，是那硕大光幕闪耀出的一道恢宏亮光，燕顾萍早早地闭上了自己的双眼，等那光芒闪过，他才又缓缓地将眼睛睁开。

在他的面前，那道光幕黯淡得几乎消散，那两个装载着青年的货箱也彻底消失不见。燕顾萍微微皱了皱眉头，似乎是对自己方才的表演还有些不太满意。

我好像说得慢了一些，也不知道那两个蠢货有没有把话听完。

（全书完）